另一座城

In Another City

唐颖

浙江出版联合集团
浙江文艺出版社

好小说是一个世界带给另一个世界的信息……它们发出光芒，虽然微弱，但经久不息。

　　　　　　　　　　　　　　——雷蒙德·卡佛

目录

1

~~~

车子在公园门口停下，阿宝下车，阿宝并没有进公园大门朝 Park 97 去，而是转过身，朝着相反的方向，然后她看到街角的招牌：咖喱乡。

那是皮特的餐馆，就在百米之外。如果你只是个过路客，怎么会对这样一块招牌发生兴趣？它就像路边一棵树，一棵梧桐，淹没在其他梧桐树里。

所以，皮特指引朋友去他的店，必然先要提一下 Park 97，宛如一座地标性建筑，或者说，它是皮特的上海地标。

"在英文版的《上海指南》Pub 这一页，它排在该栏目第一，人人都知道！"

人人都知道！听起来像在做广告。

阿宝对着电话唯唯诺诺，似乎没有什么感觉，皮特干脆把 Pub 指南第一页传真过去。

这一页通过传真机油墨字迹不甚清晰的"指南"让阿宝更

加困惑，不就是一间酒吧吗？何以让转战世界不同城市见过世面的皮特追捧至此，居然，"人人都知道"！

她记不清自己年轻时在酒吧消费过多少廉价酒，那时候身处美国中西部，平原空旷白雪覆盖长达半年，至少在视觉上不提供任何热烈的想象力，如果没有爱情做火炉升温取暖，只有酒精可以暖身了。

周末，城里酒吧挤满年轻的本科生，夜晚两点酒吧关门后，他们拥到街上，人行道上站满年轻醉客，那是深夜的嘉年华会，蕴含暴力的黑色狂欢。然后，不知谁领头，众人尾随其后成群结队去那些灯更暗酒更烈的地方。

阿宝偶尔也会加入"更其放纵"的下半夜，只是清醒后便会奇怪那些让你视线蒙眬却似乎幽深无比的场所到底躲在哪里。

阿宝后来才知，她所住的小城酒吧密度在全美榜上有名，也就是说，她曾在寂寞指数相当高的地方生活过。

大概那就是她的"狂飙岁月"了。酒喝到一定的量，便开始卸妆解衣，酒精掩盖了脆弱的自我意识，她突然身轻如燕，找乐子碰撞禁忌，总之 high 了，释放了，可以重新开始乏味的好学生的人生。

十年婚姻，酒吧已成过往场景，她早已把那个世界所代表的全部意义弃之身后，如果皮特不是用这么一种煞有介事的口气来谈论一间酒吧。

那一刻的阿宝怎能料到，这个好像蕴含了纪念意义的店名，在不久的将来也成了她人生里的一个 sign（标记），她的生命轨道在此急转弯。

回想起来，在瞥见它的那天，便是转向的预警，就像阿拉丁的神灯："不要回头，不要回头，你一回头，就变成了石头。"

龙被新加坡公司派来上海开展业务，阿宝陪伴丈夫到上海安置居所，他俩都是初次踏足上海。

对于到上海发展这件事，阿宝比丈夫更迫切，这些年关于上海是个 hot topic（热门话题），无论媒体还是坊间，还因为这是母亲的城市，而母亲已过世。

阿宝在上海唯一的熟人、父亲辈的朋友皮特邀请阿宝和龙去他餐厅用 brunch（早午餐）。

那天应该是周日，一个上海的多云天，这样的天气便是阳光时时被云团遮蔽，好容易洞穿云层，其光线已不那么耀眼并且转瞬即逝。

阿宝的手里拿着皮特传真过来他自己手绘的地图，上面浓笔渲染的两个圆点挨得很近，"Park 97"和他的"咖喱乡"，它们好像一双圆眸，瞠视着读地图的阿宝。它们的四周是横七竖八扭曲的黑线，那是上海西区一条条小街，对于阿宝，它们更像一条条深浅未测的河流，布满漩涡，潜伏波涛。

那一对"圆眸"留给阿宝强烈的视觉效果，往后，阿宝独自走在这条百米长的路上，一次次地惊问自己，怎么会这样？怎么会呢？那一对"圆眸"便在意念中瞠视着她。

其实去皮特的店不费周折，当车子停在公园门外，阿宝和龙便立刻看到了 Park 97 的招牌。这里是公园边门，窄小偏僻，乍然到来，难以想象这里隐匿着都会时尚夜店。

写着 Park 97 的招牌随意地甚至是潦草地挂在公园门口墙上，远不如想象中那般招摇，或者说，作为一间夜店好像无法在白天展示她的魔力，她隐没在公园的围墙内，悄无声息，也无颜色，只等夜幕降落灯光打开。

在那一刻，阿宝怎能预见往后有一度，它将成为她的人生颇富悬念的场景，她站在它的门口，那一股浓烈的奢华光彩令她的眼睛发花，她伸出手挡在额前……

时近中午，公园门口却行人稀少，通向公园名为皋兰路的柏油马路不到一千米，几步之外的教堂令人瞩目，这是一座圆顶高耸沿袭拜占庭建筑风格的东正教堂，让人联想十月革命后逃亡的旧俄贵族，他们穿越西伯利亚走陆路到中国东北，或者继续前行从海路到上海租界落户谋生。

这条路原名高乃依路，与法国诗人同名，居于当年法租界的中心地带，隔一条马路就是繁华主街二十世纪三十年代称"霞飞路"的淮海路，旧俄们在霞飞路上开了多少小铺子，珠宝店钟表店理发店，然而时过境迁，世俗日常难以挤进历史，却留下教堂做见证。

这座东正教堂正是逃亡在沪的俄罗斯建筑师亚伦的作品，建造于二十世纪二十年代，名圣路依斯。四十年后，中国的一场"大革命"延续十年，漫长的除异过程中，教堂高耸的圆顶被掀，铸铁窗框内镶嵌的彩色玻璃被击碎，接着内墙四壁华美的彩色瓷砖敷上厚厚的尘屑，铁器摩擦声器物敲打声和混杂其中的说话声叫骂声连成一片喧嚣，替代了教堂固有的宁静，一间工厂驻扎进来，然而这仍然好过于被视为废弃的建筑遭拆毁。

"革命"结束，平静未久，新的浪潮涌来，这一次是经济改革，物欲像封闭在包装袋里的膨化食品，一加热便"砰"地因膨胀而爆破，涨满在空间每一角。现在教堂已从工厂变成餐馆，昂贵的法式菜，似乎在呼应街区早先的法国化，这段历史曾经是耻辱现在则是时尚。

当然，这一切对于阿宝这个偶尔路过的异地行人还未产生任何意义。

此时此刻她和龙并肩，他们的目光已掠过教堂驻足在沿着马路围墙后树木仍然葱郁的庭院，庭院深处白墙红顶的西式洋楼，当年达官贵人的宅第多半成了政府办公机构，看起来风尘仆仆，像个落寞哀怨的徐娘。

不过，这股风尘味赋予街区那么一点诗意的苍凉气质，令阿宝突然沉默，有种感怀，陌生而新鲜，她和龙一起在北美农业州度过少年和青年，那里太辽阔太直白。

皮特的"咖喱乡"在思南路近皋兰路的角上，这条思南路同样窄而短，南北相向，与东西相向的皋兰路相交，形成十字。

与皋兰路相比，思南路是更经典的法式住宅区，曾经藏龙卧虎，当然远在半个多世纪前，居民里有政界要人商界大佬演艺巨星，街区北面一栋栋花园洋房，历史书上炙手可热的人物的故居一一排列。却在后半世纪寂寂无名，像隐名埋姓的前朝元老，改朝换代后出生的市民对其一无所知，更毋庸说阿宝和龙这两个旅人，他们对她的前史无从了解，更不会预期之后，他们的命运会因为经过此地而生变。

人行道上的梧桐树繁茂的枝叶几乎遮住旧街道的天空和街边低矮的旧洋楼，树自有其宁静的力量，满城节庆般的喧嚣被阻挡了一下。

隔着横向的思南路，这法国梧桐随着皋兰路这一端一路延伸到公园，在里面更其高大茂盛，形成一团团巨大树荫，与朝四面八方铺展的草坪互相对照。

这正是人们想象中的公园景象，绿漆长椅围着大树兜成一个圆，长椅上稀疏坐着上年纪的市民，他们就像栖息在绿枝上的疲惫老鸟，衰老丑陋但是气定神闲。

往后，她再来这里已是夜晚，夜晚的公园如舞台场景的暗转，它消失在黑暗里，或者说，已被另一个灯光炫目声色犬马的世界吞噬，她一次次经过 Park 97，都是擦臂而过，当然也渐渐忘记公园的存在，那些个绿漆长椅上的"疲惫老鸟"给予她的感动骤然间成了遥远的记忆。

但此时此刻，她在竭力用自己的官能去感受这一个刚刚踏足的新鲜世界，她和丈夫并肩站在公园门口。秋天的上海，空气干爽凉风阵阵吹拂，夹杂着泥土和植物香的可以称之为清新的风，光是风就能让你认同或排斥一个城市。

在新加坡住了十年，她仍然无法习惯黏腻潮湿毫无轻盈感的风，热带岛屿，风滞重并且裹了一层气味，奶酪臭咖喱香混合着刺鼻的热带香料，似乎不同民族的厨房都敞开着，尤以印度食物味道最烈。

初来乍到产生反应的首先是胃，这股在终年三十二度高温中堆积并发酵的味道，在阿宝的胃里膨胀，她食欲消退，困顿乏力，就像坐在一部有异味的长途车里，晕着车。

直到有一天，这味道变成一团烟雾升腾到空中渐渐消散，她的胃好像缩回正常尺寸，她跟丈夫一样再也没有"气味"一说，闻不到了，或者说，她的身体不得不向环境——这个巨大存在认同。

在热带岛屿一住十年是因为龙，此时，站在公园门口的阿宝深深瞥了丈夫一眼，并伸出手挽住他的臂膀，似乎再一次向自己确认生存在这个世界的意义。

"结婚十年还这么痴情是病态的！"她的学姐朱迪以批评的口吻表达她的艳羡。

是病态，她为自己过于充沛的爱意稍感不安，这爱意像一条厚而软颜色深沉的毯子将她裹卷，包括她的个性和好恶，她耽溺在一片昏暗的温润中，当片刻的不安袭来时，她只是更紧地裹住毯子，让自己沉得更深。

然而此刻，阿宝和龙在上海复兴公园门口驻足的几分钟，丰富而绵密，因了眼前景物的意味深长。时光是因为其蕴含的意味而变得短促模糊或者漫长清晰富于层次吗？

　　回想起来，在公园门口的这几分钟，他们还这般亲密和安宁，一起做深呼吸，一起感受公园这一块城中最稚嫩最新鲜却又最不真实的空间如何从这一个角落无比从容地伸展着，从她的水泥墙，漆成绿色的铁丝网的大门伸展出来，似乎要把这一个街区乃至整个城市吸纳进她绿色的肺部。

2

按照皮特吩咐，阿宝和龙从出租车上下来时脸正对着公园，然后来个一百八十度的转身，阿宝其实是花了几秒钟才看到皮特"咖喱乡"的招牌，它和其他招牌一起，从上到下排列，如一堵广告墙，半悬在皋兰路朝思南路的拐角处。

一排三层高的西式公寓楼，砖木混合结构，西班牙红瓦顶，钢窗的窗间有罗马式螺旋柱，重新覆盖水泥拉毛外墙的乳黄涂料过于鲜艳而品格下跌。无论如何，七十年的旧楼仍然不掩当年的精雕细琢，岁月的风尘平添没落，而没落成就了风韵。

阿宝用手肘撞撞身旁的龙："没有想到吧，我们的 Uncle 皮特竟然把饭店开在这么一个看起来是高尚的地区。这可怎么办？！"

她收住脚步打量自己，她穿着牛仔裤和运动鞋，上身的外套也是牛仔质地。

"有什么问题吗？"龙问。

见他发问认真，阿宝又有几分好笑："你不觉得我这身装束在这个区域显得有些野蛮吗？"

"但平时你穿什么？"龙显然失去判断，疑惑道。

呵呵，我平时穿什么？

她啼笑皆非，不要怪龙不记得，连她自己也记不得。

她一头短发是组屋发廊出来，无风格可言，脸不化妆，皮肤不保养，这 CK 牛仔装穿在她身上像地摊廉价购得的赝品，显示不出格调，可衣服主人只是在这一刻才感觉到，于是怯场了，对于片刻后的亮相把握全无。

"他可是像等待贵宾般地等待我们。"

"你的 Uncle 皮特会嫌你穿得不漂亮？"

龙打量她，盲目的，一种"视而不见"的注视。

阿宝却在打量迎面而来的女郎，她们好像个个装扮精致，姿态矜持。"我印象中的他很草根啊，以为他的店就像那些'咖啡店'开在草根阶层的居民区。"

阿宝口中的"咖啡店"是指新加坡的大排档，一些联想让阿宝兴致又高："他会不会西装领带地迎接我们？"

阿宝的手肘又撞一下龙，带点儿俏皮，她不会来女人那套撒娇，即使结婚十年，在丈夫面前仍像个青涩的女生。

她再一次打量龙，一件翻领短袖 T 恤，同样配上牛仔裤和运动鞋，却俊朗有型。

"没关系，有你就够了，皮特一定喜欢你。"

她是由衷地为龙骄傲，虽然自觉可笑。这种不间断的对身边人的欣赏而涌起的喜悦，已经不好意思与好友朱迪分享。

"我不能确定他一定会喜欢我！"

龙的反应总是认真得迂腐。

阿宝好笑地牵着龙的手朝皮特餐馆去，有点像带着第一次上门的未婚夫见爹娘。

可是，龙轻轻挣脱了她的手。

关于皮特，阿宝经常提起，龙还没有机会见他。他是阿宝父亲的朋友，阿宝尊称他 Uncle（叔叔），皮特年轻时去美国闯荡过一阵，他四十五岁回新加坡，五十五岁来上海做生意，不久开了这家东南亚风味的餐厅。

这个令人畏惧的陌生大城市里，有个亲叔叔般的长辈，在看起来相当昂贵的地段开一家餐馆，阿宝陡然升起莫名的成就感。

"说真的，我喜欢皮特把店开在这样的地方。"阿宝又一次驻足打量周围，"这个上海与我想象中的上海距离更远！"

她深深吸了一口气，他们的出租车刚刚还在被四周高楼阻断视线的高架桥上，下了桥，在车流人流和紧密排列商店的繁华街，才拐了两三个弯，几乎是冒失地撞入这么一个静谧的、似乎有着不可言说秘密的街区。

阿宝的身心突然就被类似乡愁的情绪笼罩。

母亲未满十岁便与外婆搬去广东小镇，为了靠近已去香港的外公。也许对于上海的记忆更多是来自母亲的母亲，阿宝的外婆，或者说，是来自于外婆和母亲关于这座城市的谈论。

她们俩的离世，使上海更像一个传说中的城市。

眼前这一个幽静得有些神秘的街区与阿宝母亲经常描摹的那个上海大相径庭，她母亲的上海是市井的热气腾腾的，狭窄的弹硌路弄堂里拥挤着两代三代同堂人家，家家门户大开，弄堂更像室外客厅，煤炉马桶煮饭的油烟味家长里短的八卦声使弄堂常年人气旺盛，嘈杂脏乱，却彼此亲密无间，你只怕太闹、只怕人黏人而黏出汗来，不会有孤单清寂的惧怕。

那一股类似于乡愁的心绪又是从何处涌来？

"喜欢的话，以后就搬到这一带住。"

她吃惊地看住龙，一见钟情？这可不像龙的风格。

"'咖喱乡'这块招牌放在这个区域有些不协调。"龙指着招牌发出评论，"这里比较欧化，到处是旧洋房。"

"给一点南洋风味，不是很异国情调？"

龙就笑了："谁是谁的异国？"

"皮特的南洋对本地人是异国嘛！"

龙想了想，似乎要把这层关系理清，半晌才点点头。他的个性和他的外形也是不协调的，他外貌英俊却沉默寡言，喜怒不形于色。

阿宝和龙走进"咖喱乡"，那里已座无虚席，但店堂仍然显得安静，那是相对于阿宝后来看到的夜晚景象，那时的皮特也是阿宝记忆中那个慈祥的 Uncle。

"我已经很少见到这么干净的男孩。"

干净！初次见到龙的皮特竟用这个词形容当时的龙。

"你把这么干净的男孩送到上海可是一场冒险！"

当时的皮特开过这么一句玩笑，阿宝其实并没有真正听懂，阿宝和龙正好奇地打量皮特的餐厅。

这里的气氛如同招牌很南洋情调，青翠萦绕，盆栽热带植物像屏风将大厅间隔成不同区域，深褐色木质桌椅虽然不是真正的印尼柚木，但至少已经接近柚木气质，配着墙上棕色木雕，男侍应穿着引人注目的纱笼和木屐。

总之，很热带，或者，人们想象中的热带气氛被皮特调制出来了。

"它们唤起了我的乡愁呢！"龙半开玩笑地感叹，"纱笼，纱笼，让我想起童年的新加坡。"

"可是你刚刚从新加坡来。"

"现在的新加坡对于我，是另一个西方城市。"

龙摇头断然否定。龙十岁与母亲移民北美，二十五岁回国，故乡躲进了记忆里。

人人心中都有自己的故乡模式。阿宝惆怅了。

她对自己的出生地广东小镇已经毫无印象，她四岁随父母移民香港，十五岁之前搬迁了五个城市，从香港到加拿大的多伦多，从多伦多到纽约，从纽约到旧金山，再到中西部。

父亲在旧金山与朋友经营中国饭店失败回香港谋生，母亲要让阿宝受美国教育，拒绝回香港，不久父母离婚，她进高中那年母亲患心肌梗塞骤然去世，阿宝独自住到中西部亲戚家没有再搬迁，但心理上很漂泊，她写的第一首诗，题目便是《波浪困倦》。

这天的早午餐让阿宝和龙的心情好极了，白瓷西餐盘满满一盘香喷喷的增肥食物，煎成金黄色的培根，撒上黑胡椒的烤肉肠，裹上蘑菇和火腿的煎蛋卷，拌了奶酪的土豆泥，一大坨融化的黄油，放在小竹篮里烤得金黄的蒜泥面包，黑咖啡则是装在陶瓷大号杯里热腾腾的浓香扑鼻，食欲如敞开大门的仓库，已经急不可待。

久违的北美早午餐，让他们想起在美国相恋的日子，相聚的星期天，他俩常常睡到十一点，然后一起去坐落在小城河岸、用当年汽车零件厂车间改造的那家叫"强力工厂"的餐馆，享受一顿分量超足的美式 brunch。

是否，皮特南洋餐厅道地的北美早午餐给了龙和阿宝极大错觉，他们将在此寻回熟悉的生活方式？

皮特抽空过来和他们聊上几句，他身材矮胖脸上五官也偏圆，再戴一副圆镜片更添几分喜感，是人们想当然的饭店老板相貌。

如今的皮特穿一身 POLO，淡水绿色衬衣米灰色西裤，和那个 T 恤短裤南洋气息的 Uncle 判若两人。

"Uncle 哎，你衣冠楚楚像新郎呢，有女朋友了吧！"阿宝惊喜地打量皮特嘴里开着玩笑。

皮特呵呵笑着，一双历练的目光却在打量龙。

"上海是个浮华世界，你们俩本质上是中西部的孩子。"

皮特讲着龙听不懂的广东话。

"可是我和龙一下子就喜欢上她了。"阿宝用英语回答他。龙附和地点点头。

皮特哈哈大笑，目光下意识地朝四周打量，餐桌满满的客人给他几分自负，这里几乎没有年轻人，历经沧桑却还未上年纪，早午餐的餐桌上竟也是三五成群，难道星期天他们也不和家人在一起？或者他们只是一个个孤单的异乡人，在大城市怕落单，而热衷于在人堆里打发时间？

皮特有些心不在焉，或者说要把他的心分送给客人们，他用目光朝不同桌子打了招呼，然后道："我没有说错，中西部的孩子简单天真。"继续他的广东话，正色对阿宝，"既然丈夫有好职位，那就一起搬过来，总之一家人不要分开就对了。"

皮特又匆匆离去，阿宝有些失落，她发现上海的皮特已不再是她一个人的 Uncle，或者说，他更忠于餐馆老板这个角色，他宁愿将阿宝当作他亲近的顾客之一，在餐桌边找些话题聊聊，并不真的关心她目前的生活，也没有时间与她叙旧。

不过，转脸看着丈夫埋头于餐盘，阿宝笑了，看他此刻神态，连用餐都是这般专注，无论做什么龙都是专注的，用餐读书工作做爱。他是个精算师，大学毕业后也仍然在忙于考试，精算师的高职位是考出来的，他好像从来也没有这份闲暇和朋友们聊天学会享受时光，像近旁桌子的客人。

是的，华人的孩子都是一路用功读书朝好学校挤，无暇顾及玩乐，更不会为了兴趣去选一门专业。而他俩结婚太早，龙几乎是刚拿到学位便走进婚姻，生活对于他就是目标和责任。

这一刻，阿宝竟心疼起他来了。

那天从餐厅出来，他俩原是要去公园坐一会儿，却被街边的景致吸引而流连。

秋天的阳光明澈却不再炽热，风吹来携着落叶，落叶飘向街边的小楼，叶子已从边缘开始枯黄。小楼更陈旧。

午后行人仍然稀少，他们从隐向深处的弄堂出来或进去，弄堂幽静神秘，这个城市有种特殊的气氛，或者说，在城市的这个角落有种非同寻常的气氛，让阿宝的心里无端地不安。

"给我两年时间！"

龙突然道，阿宝一怔，转而惊喜，刚才被打断的话题又被丈夫拾起。

"等公司业务稳定下来，你们都搬过来。我们就在这附近找房子。"龙笑着，"早午餐，咖喱鱼头，新加坡和北美就在附近。"

阿宝一个劲地点头，一时感慨万千，她年幼多次搬迁，成长时父母离异，然后母亲离世，当父亲有了第二次婚姻，并与和阿宝同年的继母有了自己的孩子，阿宝便觉得自己连娘家都没了。

她早年的经历令她对未来住哪个城市从来没有在内心确定过。

她不那么适应新加坡，那里太潮湿、太闷热，一年四季高温，却让她觉得孤寒。当然这种感受太消极，她是不会让龙知道的。

"说好了，从今天起，我们一起朝这个目标努力！"

"加油！"阿宝开玩笑地握住拳头。

龙笑着伸出臂膀搭在阿宝的肩上，阿宝的手臂也搭过去，他们勾肩搭背，宛若同学好友，他们本来就是高中校友，这使他们的关系比寻常夫妇更像朋友。

这一点是朱迪经常要拿来讨论的。"男女情转瞬即逝，也许真正的夫妻就应该像你们这样，像同学像朋友。"

阿宝对此没有见解。

她这一生只有过一个男人，龙是她的初恋也是她的丈夫，她无从比较关系之间的差异，所谓"干柴烈焰"的男女情对于她，可能太肉欲，而阿宝更愿意相信"精神"、"心灵"，她是在宗教气氛浓郁的中西部长大，虽然不去教堂，但包围着她的文化是清教徒的，虔诚、忠诚，充满道德感。

阿宝享受与丈夫这种同学好友般的关系，她觉得自己幸运，她得到了少女时代心仪的爱人，他们的十年婚姻之路平坦几近光滑，此刻，在这座似乎熟悉其实陌生的城市，在这条陌生但似乎又很亲近的街上，阿宝再一次感受上天对她的厚待，如果说和龙的结合是一个超乎她愿望的奇迹。

午后的太阳热烈起来，推童车的年轻父母，奔跑的幼童，正朝着公园去，阿宝想念起自己的孩子，八岁男孩源源的内向专注是龙的翻版，三岁女孩阿囡活泼雀跃是一家人的掌上明珠，她情不自禁地嘀咕着："Perfect（完美的）！"

几乎同时她的心脏跳出了忐忑，怎么可以把"完美"这个词说出口？阿宝不由得紧紧挽住龙的臂膀。

以后，她经常回想这个下午的这个片刻，当她脱口而出"perfect"的同时心脏跳出的忐忑。她紧紧抓住龙的臂膀，就像企图抓住转瞬即逝的好运气。

3

龙到上海一年有余。

有一天阿宝突然接到皮特的电话："据我所知，龙的公司已经撤回上海业务，至少撤回三个月了！我认为他不合适一个人在上海！"

皮特"呵呵"笑了两声，像干笑："这里诱惑太多，他是个老实人，要上当的！你最好来上海，把龙带回去。"

皮特匆匆挂断电话。

阿宝仍然拿着话筒，心在下坠，落得过猛而让她虚弱，然而之前，似乎一直半悬，现在才到了回落的时候。

电话铃又响。

"阿宝，你必须来一次，一定要把龙带回。"皮特加重语气，"否则我怎么向你父亲交代？"

"龙在干什么，他怎么了？"

"电话里说不清，你订好机票告诉我飞机航班，我来接你。"

似乎不想给阿宝询问不休的机会，皮特很快挂断电话。

阿宝放下电话回到卧室继续她做到一半的保胎气功，她的手臂举起又放下，它们软绵绵的好像被抽去了筋骨，不仅手臂，是通体发软，她朝后一仰，躺倒在床上。

她怀孕快满五个月，这是她和龙的第三个孩子，事实上怀上老三不久，龙的公司便走下坡路，他已有三个月拿半薪。

不仅仅是家庭的经济现状，这半年来，龙的心在远去，他的电话日渐稀少。

她怎么可能对于丈夫的状况完全无知？

他们毕竟相爱过，失爱的感觉其实很强烈，潜意识里阿宝已经明白一些故事发生了，但阿宝的理智在排斥这种"明白"，甚至连龙本人也是想排斥的，怀上老三便是证明。

年初中国新年时，龙回来休假过。

新加坡终年温度高达三十二度，是个穿T恤短裤过春节的地方。尽管是在炎热的城市过中国年，但组屋区庆祝中国农历新年的气氛绝不逊色于中国。新加坡最大族群汉族，因未受任何外力破坏，其民俗民风保存完好，古老的中国传统在异国小岛得以延续。

春节前一个月，组屋楼下的便利店杂货店和超市已被红色密密围匝，中国新年的红和革命年代的红在颜色和热烈的程度上几无区别，只是那高悬的愿望如此迥异。

店堂的天花板下密集地挂着一串串象征吉祥福禄的鲜红小

纸袋,它们是被用来包红利或压岁钱。一些水果在新年获得珍视,象征步步高的柚子,与"吉"发音相似的橘子,它们也被悬挂在店屋或公司的门口。

除了密集悬挂的小红袋、水果,所有有外包装的食品、糕饼点心等也都被红纸包扎成礼品包的样子,堆在店堂的大厅大台子上。阿宝好喜欢这样一个喜气洋洋"一片红"的世界。

这也是海外华人聚居的中国城气氛。

这时候,阿宝想起的是纽约曼哈顿下城的 China Town,那时候东河对面皇后区的法拉盛还未发展成后来这般规模。春节期间,曼哈顿的中国城更拥挤了,那些日子,她被妈妈牵着手一家家的店逛过去,母亲总是高高扬起她那用镊子拔出来的细眉,一声声地惊叹着:"噢,噢,就像回到中国了呀!"

年年春节,每每走进那一家家中国店,那红通通的景象,都会让母亲兴奋得好像第一次面对。

新加坡的春节,阿宝思念母亲的伤感不会持续太久,家事多得没头绪,大扫除买年货孩子像镣铐让人放不开手脚,她也要带着孩子们逛店赶热闹,她牵着老大背着老二,不肯偷懒一家家店挤过来,T恤被汗水浸透,回家冲凉后再出发,那些日子,汗水没有干的时候。

当地华人有大年夜逛中国城"牛车水"然后去观音堂抢烧头香的风俗,大年夜的"牛车水"拥挤异常,因此,应该不是"逛",而是"挤"。

每一个大年夜一家老小齐齐去挤"牛车水"去观音堂抢烧头

香对于阿宝和龙是体力考验，最初几年，源源上学前，阿囡还是个婴儿，阿宝和龙一个抱一个背，还要搀着上了年纪的婆婆。

他们跟着人流从大巴窑经过广场简直要被人海湮没，一家人必须手拉手，先是一字排开，随着人流密度的高涨，这汉字"一"便竖成阿拉伯的"1"，拉手便改成扯衣襟，总是由龙领军，阿宝殿后。

阿宝的两条手臂朝前伸直像两支栏杆维护着排在她前面的孩子和婆婆，这支用衣襟连接的短短的队伍有点像小时候玩过的游戏"开火车"，阿宝的嘴里便发出火车压在铁轨的声音"轰隆隆、轰隆隆"，孩子们便跟着她唱，"轰隆隆、轰隆隆"，稚嫩的和声感染着更多的声音加入进来，脸上淌着热汗的人们笑得很开心，包括龙，他一边领头朝前挤，一边回头看顾紧跟其后的家人，他含笑的眸子对上阿宝的笑眸。

这整整一年，好像只有这一刻他们的笑眸恰如其分毫无偏差地对上了。

无论如何，新加坡的中国新年，是她人生里最具仪式感的喜庆方式，多少减轻了母亲去世后令她挥之不去的那份漂泊感，让她学会和众人一起感受人生里平实的安宁和喜悦，心里祈祷这样的平安能够年年延续。

可是，这一年的中国新年对于阿宝却布满疑虑忧伤的阴影，这个新年的大年夜他们一家破天荒地没有去"牛车水"和观音堂。

龙直到大年夜这天才从上海回来，他的航班抵达新加坡是晚上九点，回想起来，龙是刻意躲过大年夜一家人齐齐挤"牛车水"。

不能去"牛车水"了，至少家人还可以团聚一桌吃顿年夜饭。就是从这一刻开始，阿宝退而求其次地给充满危机的人生进行艰辛的"补缺"工程。

龙到家时，年夜饭饭桌早已布置好，年夜饭的重头戏是一锅被福建人称为佛跳墙的汤，自然，这是龙的福建籍母亲每年过年必煮的汤。

鲍鱼干贝火腿鱼翅海参是上等食材，草鸡衬底，配些冬笋草菇腐竹等家常食料，犹如阶级划分，大众压底精英居高，各等食料仔细搭配，在汤锅里层层相叠，排叠方式颇有讲究，用文火炖，然后焖，再炖再焖，至少花去一天时间。

每每喝这锅汤，龙都会感叹，这世上怎么会有这般鲜美、似乎是无法复制的汤？

而对阿宝，更是一种惊艳！她婚后和龙移居新加坡，第一个大年夜便喝了婆婆李秀凤煲的鲍鱼汤。

"就像煮给仙女喝的。"

她竟用上这么幼稚的语言来表达心中的感动。童年时家境困窘，不记得是在香港还是纽约，偶尔母亲也会带她逛街，大都会的橱窗美轮美奂，年幼女孩目光都是渴望，母亲便说，这是给仙女的，我们看看就很开心了。

母亲的洗脑让女孩以为，这世上最美好的一切只归仙女拥有。即使她很快便发现这是妈妈为她造的神话，遇上好东西，她仍然会忍不住用"就像给仙女"来形容自己"喜爱"的程度。

阿宝这句形容曾让丈夫和婆婆失笑，婆婆李秀凤尤其感动。

"是个懂得珍惜的人。"她这么告诉儿子。

阿宝是厨师的女儿，自嘲有"喜食烟火"的基因，对"烹煮"这项厨房活，不仅不厌倦还很享受，学会煲"佛跳墙"，是她对自己的许诺，只为了每个新年听到龙在喝这口汤时发出的由衷的赞叹。

可惜在成长岁月，母亲致力于将她培养成淑女而把她与厨房隔绝，所以对于厨房这个舞台，她至多是个有热忱但技艺不熟练的三流票友。

但煲汤并不难，材料齐全，火候到，不至于太离谱。

这些年里阿宝忙着照顾孩子，大年夜的这锅汤仍是李秀凤掌勺居多。今年这锅汤却又非同寻常，让阿宝无法克制地寄予着希望。

然而真的自己掌勺时，却又临时怯场，生怕煮得不够水准，让龙失望，便重当学徒，寸步不离跟着婆婆当她下手。

装在"陶瓷慢煮锅"的这一大锅汤，因为太沉端起来竟颤颤巍巍，阿宝万般小心捧着汤锅好似捧着一锅热气腾腾的愿望，汤锅被安置在桌上，散放着餐具和菜肴的饭桌立刻有了稳定感，犹如被奠基的建筑工地。

李秀凤已带领家人端坐在桌旁，包括龙，事实上，他就坐在阿宝身旁。不过阿宝还无法安坐，她得给家人盛汤，她先用汤勺和筷子小心地挑起汤中精华，那些形还在但质地已相当黏稠的鲍鱼海参等一一分配进每只空碗，然后注进汤。

这个过程缓慢琐细，龙连连打着呵欠，他的呵欠让阿宝无端地焦虑，她竟放下盛到一半的汤勺，问李秀凤："妈，我动作太慢，你来盛吧？"

"急什么？看你盛汤也是一种享受，是不是？"

李秀凤笑道，朝龙使了个眼色，可是龙懵懂地看看母亲，谁都看出他的心不在焉。

阿囡喜欢撒娇，她偎在父亲怀里，汤未进口已瞌睡上眼，便被李秀凤抱去床上睡了。

"你今天喝双份汤，阿囡那份你喝。"阿宝笑对龙道。

龙默然不语端起汤碗，她等着他发出年年都会有的惊叹，只见龙不停地吹着热气，终于喝了一小口汤，再喝了一口……

等不到他的赞叹，阿宝忍不住问："好喝吗？"

"当然，这鲍鱼汤是喝不腻的。"

是理所当然的享用，而没有了惊叹。

李秀凤皱着眉头一笑，正要说什么，阿宝却抢着回答："喝完了，我再煮，让你在家两个星期天天喝。"

"待不了两星期，初五就要走。"龙答，手里的筷子仔细挑起已煮成黏稠状的鲍鱼块送进嘴。

"哦……"阿宝一愣，一时说不出话。

"这么急，忙什么呢？"李秀凤问，口吻带了气，但尽力克制着，"中国人不都在忙着过年？听说中国要放两星期假呢！"

"那是中国企业，外国公司有自己的schedule（时间表）。"
龙笑笑，却是对着碗里的汤，刻意不去接受阿宝的注视，她眸子里无法掩饰的失望，让龙陡然焦躁。

"今天大年夜，我们不谈工作上的事。"

如同高空抛物，"砰"的一声响在各人心里，脸色一紧，气氛一沉。

也许，这只是阿宝的错觉。

他们的儿子源源虽人在饭桌，却心在手掌机上，吃什么喝什么于他都是游戏的过场，今晚更因为大人们各怀心事，而有了自己充裕的空间，十支细指像弹琴般在小小的游戏机上弹跳。然后猛然意识到饭桌上的沉默而抬起头。

"你们怎么不说话？"他问母亲，父亲很久不回家，源源与他疏远。

"爹地刚回家，也不晓得和他说说话，都快成机器人了。"阿宝轻轻责备儿子。能够给她责备的也就是儿子了。她突然就有点为源源委屈。但源源并没有感觉，依然盯着掌中爱物。

龙伸手在源源头上摩挲几下，禁不住叹了一口气："在家里要帮妈妈带妹妹。"

"我不喜欢妹妹。"源源朗声回答，倒是让三个大人一愣。

"为什么？"龙的脸上几分好笑。

"女人都很娇。"源源朗朗道，在沉闷的饭桌边，他的声音显得如此清亮无辜。

大人们又一愣，然后笑了。

源源得意，向父亲提出了要求："叫妈妈给我养个弟弟。"

这一次大人们的笑声响些了，"呵呵呵"然后"哈哈哈"的连成一片。

大年夜饭桌，不喜说话的儿子竟成了主角，掌控了长辈们的快乐，他们今天似乎很捧他的场，目光对着他，笑容对着他，他不知道他正在制造大人们迫切需要的大年夜的繁荣感。

大年初一早晨，全家仍在酣睡，阿宝悄悄起床，洗沐后只喝一杯清水便直奔观音堂。

婆婆说过，空腹烧香更显诚意。

天未亮阿宝便醒，她的失眠都是在下半夜，那时丈夫已熟睡起鼾声，他通常是在超疲累的情况下才会打鼾。阿宝不要去想象他疲累的原因，不去探究他提早回沪的真实动机，她试图清空堵了一胸的乱麻。

然而心情无法由意志控制，心烦意乱的她再也睡不住，此时迫切想做的事，是去观音堂给自己给这个家烧一炷香。

这观音堂原本布置简洁，一座观音佛像安坐大殿深处，大殿空空荡荡，硬木地板亮洁如大理石。凌晨抢烧头香的拥挤已过，但上午这个时段仍是香客人来人往，虽然人多，但个个屏声息气不敢造次。

阿宝在大殿门口为自己和全家买了油灯，手举点燃的香，赤脚踏上大殿一尘不染的地板，心情骤然安静下来。

她轻步移近观音前，跪伏在地。对佛教几无认识的她，现在的跪拜更像是"病急乱投医"，眼看人生的某些变故正在到来，她忐忑不安，信心丧失，必须寻求更强大的力量支撑自己。

从观音堂出来，有一种大事完成后的疲惫，她去附近的咖啡店坐了一会儿，要了一杯"糕坯乌"（黑咖啡），一份印度拉饼，权当早餐。

阿宝很少在外边用餐，尤其是在这个初一早晨，但她竟很怕回家面对丈夫，一个晚上的相处便让她明白，他已经离开她了。

用完早餐，她开车去湿巴刹（菜市场），来这里干什么呢，停车时她问自己，婆婆已经准备了过年菜肴，说好初一这天不做家务了，这是中国年传统，人们认为初一干活便意味着一年辛苦到头。

她几乎是依照某种惯性朝湿巴刹的海鲜摊位去，一眼便看到大木桶里鲜龙活跳的石斑鱼，想着龙最爱吃的咖喱鱼头是印度菜系，李秀凤的中国新年菜谱里没有这道菜。

阿宝在鱼摊称了一条活鱼。让卖鱼的"安哥（大叔）"当场杀了鱼，脑中已经铺排在厨房为龙煮咖喱鱼头的场景。

"说不定这是我和他一起过的最后一个春节。"

在初一上午十点钟，她站在湿巴刹的鱼摊前，试着告诉自己正逐步到来的、她必须去接受的痛苦未来。

这天午后龙带着源源和阿图去逛"牛车水"，阿宝说服李秀凤和他们同行，她想独个留在厨房。

"逛到晚饭前回来，咖喱鱼头等着你们！"她告诉丈夫，眼睛却看着孩子们和李秀凤。

"今天是初一，不用煮饭吧？"

龙的反应有些冷淡，甚至有那么一丝不耐烦，但他很快就掩饰住了。

"想吃咖喱鱼头可以去'小印度'嘛！"他的目光也是对着孩子们。

"中国新年，去'小印度'干什么？"李秀凤责备地瞅了儿子一眼。

"六点前到家，说好了！"

李秀凤会意地朝阿宝一笑，她什么都明白，因为太明白了，反让阿宝有几分心虚，她问自己，是否太急于求成？很多事却是人算不如天算。

一个人静悄悄地在厨房忙，烹调的好处是，成果当下就可获得，虽然那么微小，但让心里的痛楚获得短暂的缓解。

满厨房的咖喱香，往事和热腾腾的蒸汽一起弥漫。

美国中西部小城，连中国超市都没有，她从韩国杂货店买来三文鱼，腥味很重的冷冻三文鱼，她一分为二做成两种风味，下半段腌制后放进烤箱烤，上半段便做成印度风味的咖喱鱼头。

韩国店也出售亚洲不同国家食料，但终究店面小无法面面俱到，尤其是香料部分很难齐全。虽然配料总是缺这缺那的，但她已习惯在异乡做出缺憾颇多的东方菜。

她仍然记得当年做咖喱鱼头时的心情，鱼头在平底锅用玉米油炸成金黄放进汤里中火滚半小时，眼看汤渐渐浓郁如奶，阿宝的心充满喜悦，如此这般雀跃地准备好配料：煸炒过的墨西哥辣椒蒜头，奶酪，番茄，用日本鲜酱油调味，起锅时拧半只新鲜柠檬汁再撒些白胡椒和中国香菜。

　　和龙开始约会后的第一个中国新年，这道咖喱鱼头成了年夜饭的主菜，前菜则是蔬菜沙拉和用米饭海苔牛油果做成的寿司。

　　龙给阿宝斟上他带来的干白葡萄酒，举起酒杯与她碰杯，他凝视阿宝，这般深切。

　　"谢谢你给我这么完美的中国新年！"

　　这也是阿宝的"完美的中国新年"，而她的"完美感"是因了他对她的感激。

　　这个初一夜晚，她端出的可是一锅道地的印度风味的咖喱鱼头，放了椰酱和印度香料，其辛辣香浓当年如何企及？但现在丈夫的舌头似被厚厚的舌苔盖住，他吃得理所当然而麻木。

　　"中国和新加坡没有时差，我怎么觉得像在倒时差！"

　　龙微带自嘲的口吻，前一夜的沉睡反而唤醒了龙累积多日的疲惫，喝了两半杯干白葡萄酒，他便倦怠地放下碗筷。

　　"想睡就去睡吧。"

　　阿宝体贴他的疲累，她看出李秀凤的不快，几乎同时三人一起朝墙上的钟一瞥，才八点半。

　　还有三天，她暗暗计算他离去的日子，焦虑时间的飞逝，他马上又要离去，他们却连一次谈话的机会都还未找到。

初四晚上，他们也是早早上床。明天他就要走了，不过是为了工作提早离去，阿宝为什么有一种也许他再也不回来的恐惧？夜半突然惊醒，就是被这个恐惧击打而醒，泪水汹涌，阿宝悄无声息地哭泣着。

阿宝恨自己没来由的恐惧，却无法制止自己的泪水，她不想发出声音让龙发现，泪水塞住鼻腔也不敢吸一下。于是鼻涕便跟着出来，阿宝伸出手去摸索放在床头柜的纸巾，竟然听到龙在问："还没有睡？"

他的声音听起来十分清晰而冷静，他跟她一样醒着呢！

阿宝委屈地挨近他伸出手臂搂住龙，并把脸埋进他的怀里。

龙似乎想回避，但也只是刹那的踟蹰，他立刻又拥住已扑进怀里的妻子。

一秒钟的躲闪。

阿宝身体马上发冷，和他这次回来后第一晚的反应一模一样，当阿宝抱住他时他欲推开她，久别后第一晚的性爱不再继续，连着几天他们也没有过身体的亲近。

变故已经发生，这并不是潜意识的预感，而是现实，阿宝不想去面对罢了。她在这一秒钟思绪飞得很远，而受伤的自尊令她松开手臂，她把头放回自己的枕头，但是这一次龙主动靠过去，他把她揽进怀里。

意外之时，他的身体已经压上来。

容不得任何思虑，他们已经融合在一起，龙在阿宝耳边嘀咕："源源要弟弟，就给他生个弟弟。"

龙翻身睡回时却又叹了一声："这样一来阿囡就要寂寞了。"

为什么是阿囡寂寞，我就不寂寞了？阿宝只觉鼻子一酸，说出的话却是："阿囡有哥哥和我。"

"源源比阿囡大了太多，玩不起来了。"龙认真回答，"阿囡喜欢有妹妹跟她玩。"

"到底要生妹妹还是弟弟？"她笑问，为了迎合丈夫故意做出的轻快。

"都好，生妹妹阿囡喜欢！"龙说到阿囡爱意骤浓，"生弟弟源源开心，再说，有两个儿子，家里香火就很旺喔！"

说这句话时有了几分自嘲，几乎同时龙翻了个身，在黑暗中他的脊背对着阿宝："有两个儿子的父亲应该是很骄傲的吧。"

自嘲的口吻更强。他又翻回身，平卧的姿势，双掌压在脑后，他的双眸睁得大大的，看着天花板。

月光那么亮，晶莹的光线勾画出他脸上的轮廓，他遗传了出生在中原的父亲，脸庞轮廓硬朗有型，眉宇间几分沉郁。他深深吸了口气，却把叹息悄悄收回腹部，他侧身手撑起头看住阿宝。

"阿宝，多生个孩子你会辛苦些，但也更热闹了，"停顿半秒，"我不在时。"

"你的角色谁能替代呢？"

阿宝微笑着，泪水不听话地滚落，阿宝抬起胳膊压在额上，不想让他看见。

"现在是非常时期，我们是夫妻，后面的日子长得很。"

他躺回自己的枕头，发出长长的叹息，这般突兀的叹息，连他自己都受惊似的，戛然而止。

一阵寂静。

"我总归要回家的，会有这一天的……"

他咕哝着，便跌入了梦乡。

这一个中国新年，就结束在龙的叹息声里。

4

她能听见李秀凤领阿囡回家，然后是读三年级的源源回家，孩子的吵闹声，李秀凤轻轻的呵斥声……

五点……六点……七点……阿宝每睁开一次眼睛，就看到时针又朝前走了一圈，西晒的太阳把金属百叶窗帘照得半透明，屋子出奇的明亮。

阿宝半闭眸子也能看清挂在白墙上不同时期的全家福，她睁开眼睛，镶嵌在镜框里的照片在这一刻愈加清晰的每一张脸，每一个表情，但也是同一个表情，她和龙，然后加入婆婆和源源，再以后阿囡加入。

每个时期照片上的她都在笑，笑成一个表情，而龙的双眉永远微蹙，即使是蜜月旅行，他们去了夏威夷，坐在沙滩，椰子树伸向半空，身后是无边无际的海水，按照龙的说法，是他的人生中最放松最肆意的日子，可那些照片上他的眉尖仍然微蹙。

"长相如此！"龙自我评价。

而阿宝笑得也不好看，她从来无法对着镜头自如微笑。僵硬紧张的嘴角，笑意还未充分展示便逃逸，就好像她从来无法真正确信自己的快乐，即便做新娘时。

然而这只是现在，家庭这个完整的圆产生裂缝，她重新审视照片，才对那些笑容产生了质疑。

此刻正是一天中最闷热的时段，西晒的夕阳有一股燃烧到灰烬的劲头，然后突然消失像被熄灭的灯，似乎是在一刹那，天地便被暮霭罩住。

这个晚上，阿宝没有起床。

吃饭，洗澡，老大做功课，老二练钢琴，所有的程序没有她的监督也照样进行，她第一次在家里怠工。

夜深，两个孩子都睡下后，李秀凤轻轻敲门进她的房，那时她正大睁双眼看着天花板，李秀凤在她的床边坐下，手放到她的额上。

"我没有病！"她轻轻摆了摆头，摆脱了李秀凤的留着自来水水渍有些潮湿的手掌，她闭上眼睛为了挡住婆婆忧虑的目光。

"不要管我，让我一个人待着。"她仍然闭着眼睛，"我只想休息休息。"

这么多年，阿宝第一次表现得这么任性。

"龙来过电话了？"

她闭上眼睛深深吸了口气。

"发生什么事了？"

"可以想象的最坏的事情。"

沉默。

"龙在外边有人了？"李秀凤的声音陡然严厉。

"差不多就是这么回事。"她睁开眼睛朝李秀凤笑笑，她的手被婆婆抓住，阿宝的语气又柔顺下来，"皮特来电话，要我把龙领回来，听起来他现在留在上海已经不是为公司的事。"

"领他回来。"李秀凤不容置疑的口吻。

她微微一笑，是苦笑。

"我怎么能把一个大男人领回家，只要想想，就让我感到一点力气都没有，妈，他要是不回家，领他回来又如何。"她突然坐起身，"我已经担心了很久，他变没变心，我怎么会没有感觉，只是不想去面对。"神经质地一笑，"我不断问自己，我到底哪里做错了……"

"你哪里有错？"李秀凤打断她。

"没错心里才有恨！"她咬了咬嘴唇，"我心里真的有许多恨，我觉得自己很可怕，我这么爱他，爱得再也看不到其他男人，现在只有恨，恨……恨得……"

她不知道怎么表达这种恨，只觉得自己的身体有一种暴力的冲动，她没法向龙母亲描述这种冲动，她为自己有这样的冲动感到恐惧。

"我也恨过！"李秀凤平静道来，"因为恨而做过许多蠢事。"

阿宝一惊！

"现在的我算不算在做蠢事呢，除了是三个孩子的母亲什么都不是？"她问婆婆。

李秀凤摇头，但阿宝没有看见，她仰身躺回床上。

在与龙的关系上，她是低的一方，她好像总是需要仰头看他，觉得自己够不上，甚至还有一种歉疚。

"为什么？你并没有欠他。"学姐朱迪从来无法理解她对龙的莫名的歉意，"他如果不爱你怎么会向你求婚？"

是否，龙在美国选择有限？她总觉得自己不配龙，觉得龙娶她是退而求其次。即便已成为夫妻，仍然觉得身边人更像一个幻影。

阿宝曾为自己有这种感觉而痛苦。也许，正因为梦寐以求，一旦得到，便害怕失去？

这份心思的曲折，朱迪怎么可能理解？

朱迪是美国女子，虽然黄肤色黑头发，对于情感的认知简单直接，要么爱要么不爱，什么叫退而求其次？英语里没有这类成语。

十岁来到美国，三年后能讲流利英语但坐在教室心里仍然发虚的阿宝，二十岁时在大学校园和出生在美国的华裔女生朱迪并肩，已经像一对姐妹。

阿宝学朱迪披肩直发绝不染色，穿有破洞和毛边的牛仔裤，低胸吊带衫前的乳沟一样诱人，然而骨子里她们却是脱胎于两个种族，宛如两棵种植于不同土壤的植物，阿宝只是一棵北移的南橘。

这巨大差异在她们三十岁时重逢而凸显，一些本质的东西藏在根里，将随着年龄增长而冒出枝桠。

三十岁的阿宝看起来已经像"安娣（阿姨，Auntie 的发音）"，这是新加坡人对中年女人的称谓，那种已显松弛状无"型"可言的女人。

阿宝生了两个孩子后体型好像大了一轮廓，和当地组屋区的安娣们一样进进出出一身大卖场的汗衫短裤，一头组屋区发廊的短发，早晨冲凉后吹风机都省了，顶着湿漉漉的头发去湿巴刹买菜，被人称"安娣"她并不烦恼，只要丈夫不嫌弃，她更不会计较。

朱迪到日本公差，挤出两天时间飞来新加坡探阿宝，抵达狮城当晚她来电话约阿宝去著名的莱佛士酒店的 Long 吧喝酒。

与朱迪在酒吧重逢，两人相拥，发出尖叫，阿宝的眼睛都湿了，有重返青春乐园的错觉。

然而，踩在满地花生壳"嚓嚓"作响的酒吧，阿宝竟发出阵阵惊叹："这么豪华的酒吧居然把花生壳扔在地上！"

她们坐到吧台前的高凳上。

朱迪转过身难以置信地打量阿宝："不会吧，你真的不知道'满地花生壳'是 Long 吧的风格？"

朱迪站起身用她昂贵的高跟凉鞋夸张地踩着花生壳，脚底发出"嚓嚓嚓"的响声。

"当年的庄园主穿着长筒靴踩在热带雨林干枯的落叶上，

便是发出这种嚓嚓声……"朱迪向阿宝做着解释，她的目光里有着遗憾，当年阿宝与她做伴是酒吧常客。

阿宝如梦初醒意识到自己的孤陋寡闻。"呵，原来是这么个故事，酷！老酒店到底非同寻常，有她的调调！"

她赞叹着，望着她的好友，朱迪仍然长发披肩，白色吊带衫衬着黝黑光滑紧致的肩膀，低腰牛仔裤上是纤细的腰身，漂亮的肚脐上金属环耀眼。

比起自己的孤陋寡闻，朋友的形象更令她自惭形秽。

"据说有关莱佛士酒店的轶事可写厚厚一本书，它太有魅力，以至毛姆来过六次之多！"

"毛姆来过六次你都知道？"阿宝问道，怅然若失。她曾是毛姆的书迷，她从来没有把毛姆的南洋和自己在其间生活的大巴窑的南洋联系在一起。

"酒店楼上有间小博物馆，很多名人照片，卓别林都来过呢……"

"喔，卓别林……"

她脸都红了。莱佛士酒店是新加坡殖民时代最著名的大酒店，也是今日旅游景点之一，她岂止来过，还来过多次，通常都是家有客人从国外来，来此是做陪客，吃顿饭或喝杯咖啡。

问题是，她知道楼上有个小博物馆，收藏着与酒店历史有关的名人轶事，但她竟然从来没有抽点时间上楼看一眼。

"好啦，我知道你做了母亲不能为所欲为，但也不至于，不至于两只耳朵听不见……外边状况吧？"

朱迪大概是想说一句现成的中国成语"两耳不闻窗外事"，但她总是说不完整一句成语，却又喜欢说，这也成了朱迪最让阿宝乐的"点"。

但今天的阿宝并未对此开怀大笑，她看出朱迪掩饰不了的失望。

大学周末的那些夜晚，还未到法定喝酒年龄的她们违法买造假身份证，只为混进酒吧，然后阿宝总是首当其冲把自己灌醉，她们那时互相发誓，一过二十一岁绝不虚度有酒的周末。

"好啦，我明白了，以后要多来看你，把你从家务中拉出来！"朱迪扬起声调安慰着看起来有些沮丧的阿宝，她也真是这么希望着，可怜的阿宝，难道做了妻子和母亲就把自己给丢弃了？

不过，阿宝似乎很满足她的角色，这又有什么不对呢？朱迪突然有些自责，这世上的女人不过问时尚照样幸福快乐的多了去。

可是朱迪不知道，坐在她身边的阿宝，第一次对多年的贤妻良母人生产生疑问。

阿宝深感，她们已经不像同龄人，她不配和穿吊带衫牛仔裤的朱迪并排坐在吧台前，她现在后悔得要命，今天居然穿了件毫无风格可言的短袖衬衣配一条同样平庸的裙子，可笑的是，这还是为了莱佛士酒店这块招牌而换上的出客装。

这晚，整间酒吧，阿宝最像到此一游的落伍旅游者。

"我在这里几乎没有自己的朋友。"阿宝突然有了怨言，都是朱迪惹的，她令阿宝发现自己人生的缺憾。

"你有龙呀，偶尔和龙享受一下两人时光也不过分嘛！"

阿宝一愣，和龙的两人时光？

偶尔做个爱而已，如果说有两人时光。用"偶尔"再恰当不过，因为很少做爱。龙的大半时间在出差。人们说小别赛新婚，但她从未有这种感觉。恰恰相反，出差回家的龙，对她反而疏远，总是要过上几天，好像在做调整，他才会接近她。

说实话，是她去亲近他，就像她的需求多过他似的，然而，按照朱迪的标准，她已经快接近性冷淡了，如果以此参照，龙应该是双倍性冷淡。

然而他是她唯一的男人，她没有比较。

虽然在美国长大，但那是在宗教气息浓郁的中西部，母亲又是道地中国母亲，阿宝在高中时很自闭，几乎没有朋友，如果有过什么关于性的讨论，也只是在进了大学，认识了朱迪，并成了密友以后。

她在那一刻使劲回想，婚后，她和龙的所谓两人时光。

她告诉朱迪，龙难得在家休闲，即使有，他更愿意在电视前度过，忙着看各种体育赛事。

朱迪认为，这不算什么，她自己的父亲也是在电视机前度过余暇。

问题是，如果说平常日子他们很少一起上床，龙经常在电视机前坐到夜深，而那时的阿宝早已沉入梦乡。那么遇上周末和节日，阿宝会尽量去配合龙让自己晚睡，那些夜晚她是有期待的，而龙却租来电影碟片，熬夜看碟。

这样的夜晚，阿宝身心浸透失望，然而，毕竟孩子小家事多，她容易困倦，一旦进入睡眠那些感觉就像被洗刷了，现在要把这种感觉说出来和朱迪讨论，她又觉得太微妙太私密有点说不出口。

朱迪见阿宝欲言又止，也不便追问。

朱迪在新加坡的两天，阿宝又黏上她，就像在大学，她们是死党，同性伴侣，或者说她是朱迪忠实的追随者，年轻的她须努力跟上朱迪的时尚步伐，她在这方面几乎没有 sense（感觉）。

然而阿宝心里明白，亦步亦趋跟着朱迪生怕落伍，还因为害怕自己孤单地站在同龄人趋之若鹜的圈子之外。

是的，朱迪不仅是阿宝的朋友，她的形象本身便是阿宝生命中一根永远上升的标杆，在她松懈下坠时，只要抬头瞥见这根标杆的高度，便会调整呼吸，重新起跑，朝这个高度跳跃。

朱迪离去后的一段日子，阿宝曾经在自己的形象上努力过，她在社区的健身房买了年卡，希望下一次见到朱迪时，她会双眸亮出惊喜。

奇怪的是，她在想象自己美好的形象时，竟然是从朱迪的视角打量自己，或者说，关于自己的形象她好像感受不到来自于丈夫的目光。

因为龙忙着养家，她忙着持家，他们忙得没有时间互相打量？

她脑中复现的片刻是，一家人外出聚餐，龙紧紧看住虽然一声不吭却手脚一分钟也不会停的大儿子，她和婆婆轮流抱着不肯坐童车的阿囡，爱哭闹的女儿总是一脸汗水泪水口水让她和李秀凤的衣服常常湿漉漉的。

现实便是这样，纵使有好衣服也不舍得穿，岁月磨人而潦草，夫妇俩专心对付如同天敌般的儿女，他们是一场战事中的战友，并肩作战，聚焦于同一方向，而不是彼此。

而朱迪匆匆来去，如春风拂过她的脸将她周围静止的物都吹动起来，却转瞬即逝，或者说，她是阿宝另一种生活的发动机，她一离开，就没有了那些让阿宝需要努力的必要场景。

而孩子这一边总有各种事情发生，老二的一场水痘让阿宝把只用了两个月的健身卡弃之一边，直到完全忘记。

回到原来的生活节奏简直不费吹灰之力，两个孩子的家庭主妇，比 full-time（全职）的上班女忙得多，阿宝马上连不安的感觉都不再有。

5

阿宝去上海这天，李秀凤坚持驾车送她，带上了从来不离身的阿囡。

在婆婆的说服下，她在接到皮特电话的三天后启程，经历了最初休克般的打击，她不得不先冷静，继而面对需要解决的现实。

起先无法克制的虚弱摄住她，令她无力去做任何事，她在床上躺了两天，那是结婚十年她第一次对自己的主妇和母亲职责罢工。是李秀凤帮她订飞上海的机票。

婚后的生活平淡安稳，阿宝还未经历任何危机，李秀凤成了紧急时刻唯一可以依靠的长辈，她是这个家的主心骨，假如她和龙都已经失魂落魄。

"我怕，万一他连见都不想见我……"

当看到李秀凤从旅行社拿来的机票，阿宝却想起婆婆描绘过的某个场景，那时候龙的爹在马来西亚有了外遇，李秀凤找到了他和外边女人同居的公寓，她坐在公寓大堂会客沙发上，一坐坐了二十四小时，龙爹死活不肯下楼见发妻，他们是在离婚法庭见了最后一面。

这是阿宝能够想象的最不堪的场景，它使她顿然丧失重行上海的勇气。

"如果去上海见不到龙，我是说他不肯见我，我怎么办？"

她抚摸着自己微微隆起的肚子，无助地看着李秀凤，此时她有一种强烈的隐遁念头，就像年幼时犯了错，怕受到父母惩罚而把自己藏到衣橱里。

"既然你的 Uncle 皮特打电话叫你去，我想他会想办法让你们见到，龙……一时糊涂呀，你去拉他回来，他没话说的，立刻就跟你走，这是我能肯定的！"

到底是长辈，紧要关头，李秀凤显示了她的定力。阿宝发紧的内心稍稍获得宽解。

"他离不开你的，这，我清楚得很！"李秀凤不容置疑的口吻。

"龙跟他爹不同，他疼孩子！"李秀凤坐到阿宝的身边握住她的肩膀，现在阿宝和婆婆成了共同面对危机的难友。

"不要太担心啦，你已经过了保胎期，坐飞机没有问题，龙看见你的大肚子，心疼都来不及，天大的事都要放下，跟你走。"

就这几句话，让阿宝从床上起身。

"记住，没有什么大不了的事，他要是脑子发昏，不要和他啰嗦，回家就是了！"去机场的路上，李秀凤手握方向盘眼盯着前方，用一种阿宝极少见到的斩钉截铁的语调做着叮嘱。

"阿囡要坐飞机的，不要啰嗦，到上海去就是了。"被绑在后座童椅上的阿囡突然发出声音，其斩钉截铁的语调显然刚刚从祖母那里学到。

阿宝和李秀凤一愣，互睃一眼，然后爆发出笑声，见自己的话语获得这么强烈的效果而无比得意，阿囡更是"格格格"地笑得喘不过气来，似乎这还不足以宣泄激动的情绪，她的两只手用力拍着胸前的搁板，像给自己的笑声打拍子，阿宝和李秀凤竟笑出眼泪。

就像被注射了强心针，阿宝虚弱的心脏发出了有力的跳动，黯淡的躯壳隐约有了光泽。

"龙那些事我也是听传闻，他现在很少来我这里，即使来，也是几个人一起，有男有女，他当然是要防我……"

"他们怎么说他？"

"反正不会空穴来风。"皮特没有直接回答，"总之，让他一个人在上海……不可以！不可以！不可以！"

皮特一连说了三声"不可以"，好像赛场上的裁判，看见参赛者触犯了最基本的规则而感到不可思议。

"不出事才怪呢！一百年前这上海滩就被称作'冒险家的乐园'……"皮特若有所思，摇着头，笑笑，意味深长。

"我看现在也是，冒险不一定淘金，也可以做些在自己家乡不敢做的事，对外来人，这里有匿名的便利。"

"匿名？"阿宝不太懂。

"是啊，在别人的地方别人的城市，没有人认识你，你就像没有名字的人，自然，顾忌少许多！"

皮特看看阿宝，见她一脸迷惘，叹了一口气，他放慢语速，似乎在对一位汉语不熟练的老外说话，"上海这个地方纸醉金迷得很，你现在很难相信它仍旧是共产党的地盘。"

阿宝猛地转脸看住皮特，这句话似乎把她给惊了一下。

"当然以我的立场很庆幸她这么开放，我开饭店要挣钱，我也没有家庭拖累，用不着对什么人负责！"皮特耸耸肩膀，力图用他认为的客观立场的口吻。

"可是，龙向来保守。"阿宝嗫嚅着，她好像终于悟出皮特的话中话。

"我和他一个高中，从未见他追女生……"

来接机的皮特和刚下飞机的阿宝站在浦东机场候机大厅，他们几乎没有寒暄便谈话直奔主题。

周围熙来攘往，这是个焦虑的空间，无论乘客和接机客都在寻寻觅觅，而阿宝眼前的现实好像被雾遮住，或者说，被这一个对于她仍然是陌生的城市的看不见的围墙挡住了，清晰的、近在眼前的是那个走在高中走廊的龙。

那个龙俊秀沉静，却拒人千里，这是个几近完美的女生偶像，深刻地印在她的记忆屏上，他远远比现实中这个陡然陌生的丈夫更具有说服力。

他当年的不可企及，正是他的魅力中的神秘部分，这一种无法靠近的距离似乎从未真正消失，即便他们做了十年夫妻。

"进大学后他也不约会，本科女生最疯了，也很主动，他几乎和那些女生隔绝，如果不是他母亲在中间为我们拉线，我和他也不一定成。"

她慢慢道来，用渐渐走回往事的节奏，似乎希望通过回忆整理思绪，更像是睁大眸子去盯视那个渐行渐远已看不清面目的亲人。

可皮特没有耐心配合阿宝的节奏，他拉着阿宝匆匆走向停车场，一个饭店老板，心挂几头，自己这摊子事有数不清的麻烦要操心，他是老江湖了，懂得人情上蜻蜓点水，惦念着不要卷入太深，一心盼望赶快脱身。

然而阿宝的这番话，却让皮特突然停下步子大摇其头，他转脸看着身边的阿宝，几分惊诧，好像面对一种异常，到底还是忍不住。

"你这人啊，太单纯，简直有点傻。"但皮特马上用手拍拍自己的嘴，"对不起对不起，Uncle 是为你着急，话说得不好听……"

他直叹息，眉头紧锁，急着脱身，却又显得不甘心，欲言又止的。

"Uncle，你要说什么，尽管说！"阿宝想听又害怕听。

"有些事让他自己告诉你更合适。"皮特回答得斩钉截铁，拉着阿宝继续前行，看来已打定主意不再多话。

"毕竟，他和你有三个孩子，赶快把他带回去，还来得及！"

说这些话时，阿宝和皮特已坐在她将入住的酒店大堂，穿旗袍的年轻女服务生过来为他们续茶，她腰身纤细，笑容妩媚。

阿宝和皮特一起看着她，两人都发怔片刻，然后阿宝抬头朝大堂打量，她此时才发现，在大堂穿梭做服务的女子都是长着一流身材和漂亮脸蛋的少女。

"这家酒店简直美女如云。"阿宝笑对皮特"抱怨"。

"不是这家酒店，而是上海所有的酒店，整个夜上海。"

早已离异的皮特突然来了精神，阿宝这时才有点明白他为何这么喜欢上海。

"这里最不缺的就是漂亮女人，尤其不缺年轻漂亮的女孩子，这些女孩子很知道自己的魅力，还很知道自己的魅力的市场价格……"

皮特摇头叹息："我早就说过，这里是浮华世界，各种诱惑都有，不要责怪龙，要保住这个家，赶快让他回家。"

可是，皮特的劝解和陈述，在阿宝听来，进一句出一句的，过于抽象，关于龙遭遇的故事他未给予任何清晰的画面，而阿宝好像也不太有兴趣，其实是没有勇气了解个中细节。

说到底，不就是一场外遇吗？她在心里冷笑。

然而，她仍然难以相信龙是个需要在匿名状态下放纵的人。有这个必要吗？

她在回想自己读本科时狂喝滥饮的周末，那些周末，龙却在大学的体育馆健身。他告诉她，因为忙，平时只能见缝插针做些跑步之类的锻炼，只有周末晚上，才是全方位的运动，从游泳到举重，等等等等，那些个阿宝不太感兴趣的有氧或无氧运动项目。

这个看起来斯文的男生，练出一身的肌肉块，她直到与他约会时才发现，当然，这更增加了她对他的倾慕。那时的她，就像那些同龄女生，认为肌肉男最性感。

"他不是个随波逐流的人，他如果做了什么，一定有他的道理，他如果好好跟我谈，我会给他自由！"

很久以后，阿宝会奇怪自己当时竟能说出这番冷静的话，好像理性从未丧失过，如果比起之后她做出的那些蠢事。

以至皮特对她刮目相看，他朝阿宝打量，赞赏的目光，欣慰地笑开来："你这么放得开，Uncle 我就放心了！"

可转瞬间，阿宝的语气一变："再说，他是成人了，要是犯糊涂也该由他自己负责。"

口吻负气，好像平衡即刻前的冷静。

"女人不可以这么刚烈，一个家会不会散都由做太太的决定，太太要是放弃，这个家就没有指望了。"皮特拍拍阿宝的手背，规劝地说。

"你还年轻，你不懂男人其实是孩子，贪玩，什么都要试一试。"皮特放低语调，似在自语，"怎么可以乱试？身上的有些部分就是不能试，是禁区，就像毒品，你一沾上就完了，永远无法解脱！"

"您说……试……什么？"阿宝很懵懂。

"没有啦！"皮特一怔，又道，"我的意思是，太太要给先生改错的机会，龙是老实人，他是被人拖下水的，他不是明明跟你有了三个孩子？这说明他是要过正常人的生活！"

"有外遇未必是不正常呀！"阿宝皱眉一笑，心里在说，"有外遇太正常了，只是因为发生在自己老公身上觉得没法接受。"

她出声道出："从现在起我得学会接受！"

见皮特惊诧的神情，阿宝重复道："我现在得学会接受老公有外遇这件事！"竟笑了一声，好像在嘲笑自己。

"那……那就好！"皮特犹犹豫豫答道，好像并不特别认同阿宝准备做出的高姿态，但他立刻又改换了一种爽朗的口吻，"也是，现在的世道乱是乱了点，你看那《断背山》电影，喜欢它的不只是同性恋呢，听说不少家庭妇女哭哭啼啼，迷得不得了，为它建立网站，互相谈体会，也不知她们的体会从啥地方来。呵呵。"

对着一脸茫然的阿宝皮特大摇其头："你Uncle脑筋老啦，看到两个男人抱在一起，汗毛竖竖，就是看不惯，是呀，我同情他们，So what？（又怎么样？）但是，我怎么肯让自己儿子走这条路？"

阿宝应付般地点着头，她的心思还在龙身上，哪有心情和皮特讨论什么电影。

"反正，现在你的龙是一跤跌到陷阱里，就是人们平时说的走了魔窟运，他现在不会听别人劝告，只有你能救他了。"

突然听到皮特来上这么一句，阿宝一惊。

我怎么救他？阿宝在心里自问，只觉得一阵慌乱，但她向皮特频频点头，好似向他表决心，为了不辜负他的好意。

"Uncle，你说得对，我总要试试看，看能不能带他回去！"她声音很轻，听起来一点没有信心。

"不是试试看，你必须把你老公带回去。"告别时，皮特斩钉截铁地告诉她。

这是个阳历六月的下午，正逢上海黄梅天，滴滴答答下着小雨，同时却会闪烁出一片阳光，其潮湿闷热劲已追上新加坡。阿宝从机场附近的酒店，打车去市中心皮特的餐厅，一路堵车。只是到了这一刻，阿宝才感受自己渴望见到龙的急切。

在路上阿宝给皮特电话，他的声音笃定："不用急，龙还没有到。"

他还没到？他会不会不来呢？阿宝甚至不敢把担忧问出口，挂了电话，望着已堵成停车场的路口，心急如焚。

终于，阿宝坐的出租车排在车阵里慢慢移动，司机骂骂咧咧的。

阿宝焦虑地竖直身体，朝窗外探去，她后悔没有更早出发，担心着与龙失之交臂。

她的手机响了，她翻腾着手袋，慌乱得连手机都找不到了，情急中将手袋里的东西统统倒在座位上，总算在一堆乱物里扒出了手机。

"还没有吃饭吧？"人在饭店的皮特好像已经感受到了堵在路上的阿宝此刻的焦虑，所以又打来电话安慰般地关照道，"我给你准备了招牌主食，炒粿条，鱼丸米粉汤。"他呵呵笑，"你老公到我这里，只点这两样！"

"喔，我肚子已在咕咕叫了！"她勉强发出笑声，鼓起劲去回答皮特，她明白是皮特在鼓她的劲，谁都害怕沮丧的人。

阿宝早晨起床后只喝了一杯牛奶一杯果汁，那是为了向肚里的孩子交代，属于她自己的胃却很堵。

过了十字路口，路渐渐畅通，司机重踩油门，车速上去，眼看朝皮特的店接近，阿宝却又忐忑了，要是龙不来怎么办？

这一刻的阿宝又突然希冀去皮特餐厅的路途不要太通畅，她害怕坐在皮特的店堂空等龙。

直到很后来阿宝才会发现，自从接到皮特的电话，她便本能地学会接受最坏的结果。然而，即便如此，事情的发展仍然比她想象的走得更远，远得多。

不过，这天下午，阿宝到达皮特的"咖喱乡"时，龙已等在店堂。

下午的店堂空寂黯淡，和那个阳光明媚餐桌满满当当的周末早午餐的场景已经是两个世界。

阿宝站在餐厅门口，让眼睛适应骤然变得黑暗的空间，阿宝隐约看见龙的身影朝自己走来，一团朦胧的影子随着他的移近而清晰，就像电影镜头，像梦幻，从远至近，从模糊变清晰，以后它将一次又一次出现在阿宝的梦中。

而此刻，切实无疑，它仍是现实生活的镜头。

龙并没有让阿宝空等，他向她走来，让她悬空的心落回原处，当她真正看清龙，又觉得他陌生。

龙留长了头发晒黑了皮肤，似乎眉毛更浓眼睛更深邃，他眉宇间原有的那几分沉郁在浓烈地扩展，成了他神情的主要调子。

龙好像经历了一次漫长的游牧生涯，或者，一段丛林历险，陡然变得强悍、性感。

如果说过去，她更喜欢用"斯文"、"清俊"来形容丈夫，几乎从未在丈夫身上感受"性感"这一面，虽然她曾以为肌肉便是性感。

她注意到，龙穿一件起皱的衬衣，配紧身牛仔裤，他一向注重保持的肌肉被强调而令人瞩目，这肌肉在他的这身衣服里几乎呼之欲出。

这个漂亮男人宛若是另一个长得像龙的陌生人，她面对这个号称是龙的男人一阵心跳，莫可名状地惊慌，但她掩饰住了，竟然扑哧一声笑开来："喔，Honey，你好像一夜间从白领精英变成艺术家，你看起来好颓废！"

她上前一步拥抱他，然而这只是一个看上去像拥抱的拥抱，她清楚，龙也清楚，他们的身体并没有相贴。

就像李秀凤预言的，当龙的目光落在阿宝的膨胀的肚子，立刻充满温柔。

"身子不方便，为什么还要到处走？"他轻轻责备。

皮特招呼他们坐到已布置好桌布碗筷的桌旁，龙立刻扶着她的腰将她带到位子上，他步伐小心，就像过去她怀孕时他曾经呵护她那般。

刚起锅的炒粿条上桌，新加坡食摊气息顿时热烈，龙笑了，洁白的牙齿！

黝黑的肤色将他的牙齿衬得白如假牙，阿宝怔怔地看着他，他举筷娴熟地夹起粿条放到阿宝面前的瓷碟里，阿宝笑了，他也用笑回答她。

坐在同一张桌的皮特抽着烟斗也在咧嘴似笑非笑地看着他们，虽然他的眸子并没有笑意，然而烟雾令他眯缝起眼睛，他眸子里的意味被遮住了。

当他们喝餐后咖啡时，皮特已回避到他自己的办公室。

他们俩一时无言，脸上都尽力保持着一丝微笑，就像一对必须互相应酬有利益关系的合作人。

阿宝是来劝丈夫回家的，或者说，是来和一个她从未谋面的与她争夺丈夫的第三者宣战，但面对变得陌生却依然如此沉静的龙，她感受着自身的乏力，储存了一肚子的话像逃兵溜之大吉，只觉脏腑空空。

为难之时龙已站起身，他把她搀起来，手扶住她的腰，欲把阿宝送出店堂，皮特正当其时出现，他对龙说："我给你们叫出租车，你先陪阿宝去酒店休息，她身子重，累不起。"

皮特转脸朝阿宝使了个眼色："明天出去走走，也不要太贪玩，家里有两个孩子呢！"

皮特回转身对龙关照："这次回新加坡不用着急出来，大陆的政策千变万化，做坏的公司哪止你一家？不如等一等，待老三生出来再说！"

但是，龙并未把阿宝送回酒店，他们刚上出租车，龙的手机响，他看了一眼来电显示，不肯当着阿宝的面讲电话，而是要求她先回酒店，当时便有一股热腾腾的气流直冲阿宝的脑门，她脱口道："龙，我今天等你到晚上十二点，如果你不来，就不用来了，我明天就回新加坡。"

当晚十一点三刻龙赶来酒店，他告诉阿宝，他和她一起回新加坡。

6

~~~

　　"这个家再待下去，我怕我会抱着女儿从这里跳下去！"

　　龙说，他就站在阿宝身边，而他们并肩站在阳台。

　　二十层楼的公寓阳台，窄长的水泥空间，他们四岁的阿囡就站在他俩之间，她身体特别瘦小，才到他们的膝盖处，此时正把她的总是汗津津的红脸蛋紧紧贴着水泥栅栏两英寸宽的间隙，好奇地瞭望着展现在她眼前的天空。

　　偶尔会有一架飞机出现，那庞然大物犹如天外来客骇然出现在地球上空，它倾斜着从半空伸向邈远的大气层，伴随着震耳欲聋的轰鸣，令阿囡脸上的好奇转为惊恐却又立刻变得惊喜。

　　他们的公寓位于飞机起落航线附近，有了孩子才发现，这已经不是缺陷而是为他们家带来乐趣的长处，因为无论儿子还是女儿都不知疲倦地为这庞然大物的突然出现而惊喜不已。

　　可是，此刻的阿宝好像又被拽入噩梦，她想拧着自己的大腿，把自己拧得生疼从而解脱噩梦缠绕。

但阿宝第一个反应动作竟是去抓女儿，她紧紧地抓住她，这种近似于争夺的动作令阿囡受到惊吓，女儿哭了，李秀凤出现在阳台门口。

"阿囡，来，不要吵妈妈！"李秀凤蹲下身子朝阿囡伸出双臂，小女孩朝她扑过去。

温暖的手臂，阿宝也渴望扑过去。

"我要妈妈一起去！"

当李秀凤把她抱起来欲离开阳台，阿囡却朝阿宝倾身，并伸出手，带着哭音尖叫："妈妈一起去……"

阿宝走上前把阿囡从李秀凤手里抱过来，她满满地搂着女儿，全身心去感受女儿在自己怀里的感觉。

此刻的阿宝就像一只母老虎，在受到威胁时浑身顿时充满了强悍的攻击力，意欲撕咬的武器已经伸出，牙齿、爪子……甚至闻得到血腥味，然而，这也只是刹那的反应，然后理性回来，她才发现自己的身体在微微发抖。

"当心……你的身子！"李秀凤着急地又把阿囡接过去，阿宝身孕七个月，她的身体就是一件庞然大物，它如此之大，遮住了她朝外部世界张望的视线，如此之重，让她常常不想挪动步子，简直想让自己变成一棵树，在她立足的地盘生出错节的根来。

除了阿宝自己，只有婆婆李秀凤时时替她感受女人如何被自己沉重的身体困住。"婆婆带阿囡去游水！"她适时而迅速地把阿囡带离阳台。

阳台突然空寂。

阿宝转身去找龙,一瞬间她几乎以为他消失了。

龙走开了,走到阳台的顶端,阿宝从未发现他们家的阳台那么长,站在阳台顶端的他离她那么远,远得像在另一维空间,仅仅是一具影像,清晰却无法触摸。

她再次发现丈夫的侧影仍是那般俊朗,衬着这片影像的天空晴朗无云却刺眼,而她充满再也触摸不到他的恐惧。

"龙!龙!"她走到他身后呼唤,好像在呼唤另一个被噩梦缠绕的梦游人。

"你不知道你在说什么,刚才?"阿宝的目光却是哀求。

"我当然知道,是你不想知道。"他略略转身用背对着阿宝,声音平静,不如说是冷漠,如果她愿意正视,"我只是把我的恐惧告诉你,为了让你明白!"

"明白什么?"她突然就失去了控制,声音在颤抖,她憎恨这种颤抖,但她控制不住。

"你不能把我关起来,我的身体关在这里,心已经飞出去了。"他侧过身体,脸朝天空,飞机的尾线消失,天空清澈,宛若从未有任何庞然大物经过。

"我会疯掉的,我已经疯了,我会跳下去!"他举起手用力一掷,想象中的一样东西已被他从高楼扔下去,并摔得粉碎,"我有一天真的起过念头,我抱着阿囡跳下去……"

她扑过去捂住他的嘴,事实上,她只是捂住自己的嘴,她害怕自己疯狂的嘶喊，两人中至少一个人必须理智，她这么提醒自己，她拿开手，用自己听起来是平静的声音说道："这是我们的家，我没有关你，我只是希望你像过去一样待在自己的家。"

"对你是家，对我是牢笼。"龙长长地喟叹一声。转过身面对阿宝，他的目光有几分同情，宛若旁观者对身陷困境的遇害人的同情，阿宝即刻泪流满面。

"你要救我，就让我走。"他讷讷道。

"龙，我怎么做才是对的？"

阿宝的腿发软，她的身体是她自己无法超越的累赘，她能够抓住的是阳台的水泥边缘，汗水从她额上淌下。

"你不舒服吗？"他过来扶住她，她几乎要靠到他的怀里，但同时她敏感地察觉他想要回避的身体。

"让我坐下来会好一些。"她站直身体，轻轻推开他的搀扶，一当迈开步子她便重新获得行走的能力，阿宝拖着她的大肚子，比自己想象的更平稳地走回房间，在沙发旁的椅子上坐下，然后又慢慢移到沙发上，这样，她的腿可以在沉重的肚子底下获得伸展。

"龙，我怎么做才会让你开心起来？"阿宝又一次问道。

"在这里，我是不会再开心了！"龙在阿宝旁边的沙发坐下，他的这双总有几分忧伤的眸子如今却因为绝望而神经质地闪闪发光。

"你没有错，错的是我，我努力过，没有用，回不来了！"

现在是龙在劝解阿宝，只是那语调有种不容置疑的无情。

"我还能做什么？"这句话一问出，阿宝便如同陷入深渊，她捂住脸不愿面对已经看到的现实。

"你知道怎么办，是吗？"龙的声音激烈起来，这使他的身体陡然有了生气，如果说这两个月的住家生活，他如此消沉沮丧死气沉沉。

"让我走，不要管我了！"他几乎是咆哮地喊道。

他双手抓住阿宝的手臂，抓得这么紧，好像要阻止自己的身体下坠。

"这个家对我就像坟墓，我活着，像死了一样，像一具行尸走肉！"他的话像刀子戳向她的胸口。

同时，他那么用力地拽住她，似乎要把她从地上拔起，不如说，他更像溺水的人，抓住一根救命稻草般地死死抓住她。

这充满绝望的力量覆盖住刀扎般的疼痛。

阿宝被骇住了，她怯声怯气地问道："你说过你已经断了，和那个……"她迟疑着，困难地说出"那个女人……"

"什么'那个女人'？"龙反应强烈地反问。

阿宝吃惊地看着龙，脑子一片空白，然后，才慢慢理出头绪似的。

"你……不就是为……你的女朋友……去上海？"阿宝发出的是疑问而非责问。

她看见龙脸色大变，继而摇头，嘴角一抹笑，讥讽的。

"我几时说过有女朋友？"龙厌恶地反问。

"那么，为什么急着去上海？"阿宝柔声发问，心中又升起希望。

龙没有回答，他看着阿宝，眸子里都是悲伤，再说话时，声音已经失去刚才突然爆发的能量："不要问我为什么，我也在问自己为什么，请给我一点空间。"

"我是你妻子，我有权知道为什么！"阿宝惊奇地听见自己声调刺耳的声明。

"不要逼我，"龙突然倔强，"你应该知道我们彼此是自由的，婚姻不是牢笼。"

呵，婚姻当然不是牢笼，谁愿意结婚去坐牢？

阿宝冷笑了，还不是此一时彼一时？当初拿一纸婚约便是自愿受羁绊，是为了获得永久相伴的保证，到了今天想要挣脱这契约又将它说成是牢笼。

"拜托了，不要用人家都用烂的词好不好？"她告诉他，可是她听不见自己的声音，手脚陡然冰凉，冷汗湿了她的脸。

她苍白的脸大汗淋漓让龙慌乱了，他冲进浴室去拿毛巾。

"你……要紧吗？快……躺下。"他蹲下身欲扶阿宝平躺下来。

"不用管我，你走吧！"

他表现出的不安反让阿宝怒不可遏，阿宝挣脱他的搀扶，她想试着起身去卧室，但沙发太软，她重新靠回沙发背，暗暗使劲调整身体的重心，但七个月的身孕让她觉得力不从心。

这种来自于肉体的负担，令她的愤懑更强烈："为什么要在我最虚弱，最需要你的时候向我发难！"

她狠狠地盯视着他，她这一刻才发现，这个世界上，最能伤到你的，正是你最爱的人。

她的脸就像从水池里出来，泪水混着汗水。

龙手里捏着毛巾凑过来给她擦汗，阿宝仰开头，一把夺过毛巾朝地上扔去。

龙把毛巾拾回来，去了一趟浴室，换了一条干燥的浴巾放在阿宝面前的茶几上。

阿宝拿起浴巾覆在脸上，她的两手捧住盖着浴巾的脸，仅仅一块毛巾就能把她和眼前的世界隔绝。

她维持着这个姿势，良久。

龙在她旁边絮叨，阿宝捂住耳朵，但他的声音仍然清晰可辨。

"我努力过，这两个月来，我每天都在挣扎，希望自己回到过去。"

"阿宝，我骗不了自己，也不想骗你，我回不去了。"

阿宝在想，他明明坐在沙发上，却在说"回不去"。

"虽然人坐在家里，却觉得家好远。"

"为什么到了现在才有这种感觉？"阿宝尖声问，这尖声将她自己给刺激到了，她不能控制地哭将开来，这一哭不可收拾，立即转为号啕大哭。

"还有两个月老三就出生了，你却要来和我谈离婚，早知今天又何必当初？"

她睁大泪眼使劲看住他："为什么要让我怀孕，让我像头猪一般下贱？"

这句话是跟着哭声一起嚎叫出来，但阿宝立刻下意识地用手去捂住口，她的理智躲在下意识里，她仍然要顾忌家里其他成员，她的婆婆，她的女儿。

虽然她们其实已经离开家。

阿宝控制住自己的哭叫，但她的目光充满动物般的攻击性。

"我从来没有想过和你离婚……"龙在阿宝哭声戛然而止时说道，阿宝看着他，不可思议的目光，好像这是一句多么荒谬的话语。

"我对不起你，在你面前我永远是个罪人。"龙突然跪在阿宝的面前，"给我时间，我会把事情处理好，最终是要把你和孩子们都搬到上海，你要明白，我不会和你离婚，无论发生什么都不会离。"

"无论发生什么都不会离吗？你人在这里，心已经离去，而且马上连这具没有心的身体也要一起离开。"

阿宝挣脱他的手，尽力平稳地从沙发上站起身："去你的上海吧，我不拦你，你是自由的！"

当她对他说出这句话时，她突然也有某种解脱感，她好像和他一起从令人狂乱的困境中解脱。

阿宝已经没有其他选择，她只能答应龙让他再次离开家，重回上海，可能，从某种角度，可以看成是在他的胁迫下，是的，疯狂和暴力之间又有什么区别？假如他被自己的绝望逼到疯狂而做出……

阿宝没有勇气想象，那些画面常常无法控制地出现在她眼前，它们让阿宝冷汗直流，双手捧头十指深深扣进头发，企图把这些想象从脑中扯掉，就像把胶卷从相机里扯出来。

那天黄昏，李秀凤带着阿囡从公共游泳池回来也顺便把源源接回，龙正在厨房煮饭，而阿宝则躺在床上已经熟睡，一种近乎昏迷的睡眠，夜晚餐桌上摆满菜肴时，龙来唤醒阿宝，那时她好像已心如止水，她顺从地起身，漱了口便坐到饭桌前。

"龙要回上海处理一些事。"阿宝平和地告知婆婆。

李秀凤吃惊，看看阿宝又去看龙。

"有必要吗？"她问龙，声音虽然轻柔但透着责问。

"我们已经讨论过了，觉得有必要。"阿宝抢在龙之前回答，李秀凤点点头，她锐利地瞥了龙一眼，"快去快回，阿宝还有两个月就生了。"

"妈，生孩子这件事做丈夫的帮不上忙。"

"但他可以在精神上支持你。"

阿宝一笑，泪花好像模糊的玻璃即刻罩住她的眼睛，她赶快起身去厨房兜了一圈，打开水龙头把这张洗了又洗的脸再洗一遍。

回到餐桌，龙的目光有了感激，到卧室后他拉住阿宝的手说："阿宝，我一辈子只欠一个人，那就是你。"

阿宝的手从他的手里抽出来："不是我，是你母亲，我们不过是相处了一场，但是她为你付出半生心血。"

龙的脸阴下来，声音又变得冷漠："正因为不想让她失望，我才……卷入了这么多的麻烦，本来……事情会简单得多！"

"不懂你的话！"阿宝又烦躁起来，一旦龙闪烁其词。

龙沉默了。

"这正是你母亲最不愿意看到的，她最恨的事莫过于始乱终弃，像你的父亲。"

然而，阿宝把这句话咽下去了，既然已经放手，又何苦在言语上争个短长。

7

阿宝面对的现实变得荒谬，或者说，失去了某种真实性。已经回家的丈夫再次离家，按照他的说法，让他离家他才会再回家。她希望相信却无法相信。她希望这只是一场梦魇，却又明白，这是个再真实不过的现实。

夜晚她梦见自己又回到度过整个青春期的美国中西部小城。

她一身热带装束，T恤短裤夹脚拖鞋，站在一个被冰雪包裹的世界的边上，她的身体却被封闭在一个透明的狭小的斗室。

肉体触及不到寒冷，被透明体隔离的冰雪世界通过视觉而进入感受系统，寒冷的无情坚硬和无法阻挡的尖锐似乎在想象中更具侵略性。

她被隔离在透明的四壁内，就像被蛛网裹住的昆虫，几万年后它演变成透明的琥珀，你可以看到昆虫当年被裹进最后一刻挣扎时的姿态。

这黑夜里的白色梦魇已经消失许多年，它曾经出现在她踏足热带岛屿不久，那时的她必须全身心地去拥抱和占有热带气候的偏颇，至少，闷热潮湿可以帮她抗拒关于寒冷和冰雪孤独的恐惧，需要抗拒的念头比爱更强烈。

不能相信，她竟然被所谓忧郁症缠上，或者说，是这种疾病令她被白色噩梦缠绕。那是婚后第二年她对这个城市的气味已不那么敏感，新买的三房组屋刚刚完成装修，那是为可能到来的儿女、将日渐庞大的家庭做准备，然而她还未怀上孕，她的生理周期有些紊乱。

这令她焦虑，或者说担心丈夫焦虑而使她焦虑，他告诉过她，他理想的生命场景是儿女绕膝。

她当时笑话他和她自己，我们真不愧是美国中西部儿女，早早结婚，拖儿带女，家庭至高无上。

然而，她发现，龙真正的注意力是在工作上，他应聘一家美国公司，他恰恰是在离开了美国以后进了新加坡的美国大公司，并经常出差北美。

而龙对频频出差这件事从不抱怨，甚至十分享受。每次出发，他都是自己收拾行李，他的轻便行李箱被收拾得井井有条，从剃须刀到袜子，每样东西都有自己的位子，并显得如此舒适。

是的，在阿宝眼里，龙的旅行箱不仅整齐还舒适，舒适的感觉是来自于她的心理投射，她对他携带的箱子竟产生嫉妒，因为它陪伴龙的时间已超过她？因为龙在收拾它时带着一种享受的心情？

她为自己奇怪的心态不安，而真正令她困惑的是，她守着宽敞舒适的家，感受着自己颠簸的生命路途正进入愈益平坦阶段，她却开始失眠，夜深人静，空虚像巨大的黑洞在吞噬她。

孩子没有及时到来，丈夫为了工作离开家，这一切都是暂时的，她必须经常告诉自己，不如好好享受一段悠闲生活。

然而，她并没有享受的感觉，忧郁症像不期而至的感冒，她觉得疾病来得不可理喻。但是医生告诉她，每一种疾病都不是偶然的，都有自身的演变历史。

她通过向医生倾诉而追忆充满压抑和忧伤的青春岁月，她告诉医生，她的丈夫正是她少女时代暗恋的对象，她感到不可理喻的是，作为新婚妻子她为何没有幸福感。

医生认为，过去的压抑和忧伤累积过厚而无法自行消失，正是生命节奏开始舒缓，意志跟着消退，"历史"重新浮现，它开始干扰她的幸福，或者说，干扰她的幸福感。

医生希望约见她丈夫与他讨论她的病情。

她没有回应医生的建议，丈夫出差去了美国西岸，他们的时差颠倒，她需要和他说话时，他刚起床，或者正在去工作的路上。即使通上话，她也不会告诉他她的莫名的忧郁，她不想为他们刚刚建立的新生活抹上阴影，丈夫不是她青春期的梦想吗？她应该向命运感恩而不是忧郁。

她不承认自己患上忧郁症，也因此中断了与医生的联系，但这种"中断"并不能坚持太久，她需要倾谈时还是要去找心理医生，这个城市于她如同真空，她没有朋友，没有社会根基，她曾去一所小学教英语，但也只是个临时代课老师。

本科最后两年，她选择英语文学系，在教室和教授、同学一起讨论战后美国戏剧，女性作家的现代意识，那时她希望自己一路读上去，直到取得博士学位，像坐在讲台上那位留着长发的年轻副教授一样，端着纸杯咖啡进教室，没有什么讲稿，手里握着颇有争议的女剧作家的剧本，当然不是给幼儿讲解英语语法，而是和到达成人年龄可以合法买酒的年轻人，讨论文学展现的那个痛苦黑暗却又令人激动的世界。

她并没有后悔为了结婚而放弃读学位，她简直是迫不及待扑向婚姻，扑向龙。

她断断续续和医生见面，在排斥和需求之间徘徊，她又开始写诗，自从和龙好上后，阿宝几乎不再写诗，诗是给自己的止痛药，在痛苦的少女时代，她给自己写了两本笔记本的诗。

但这一次，才写了几页诗便不再有时间，她已经不需要去看医生，因为她怀孕了，正是在重新写诗的日子，她忘了自己的生理周期。这可贵的"忘却"让她恢复普通女人的能力，好像某个开关突然打开。

腹中胚胎完全填充了她的空虚，虽然她对"幸福"这种感觉仍然无法界定，那时李秀凤刚搬来一起住，她自称是家庭的后援军，先是帮助大女儿带大两个孩子，现在又来帮忙儿子一家。

婆婆的加入，无论从体力还是精神，都撑了她一把，而且，在家庭人口这方面给了她某种完整性，现在终于有个成人与她一起持家，这一点竟也很重要。

大概，她周围没有人会认同她"享受与婆婆同住"的感觉，尤其是朱迪，她不客气地告诉阿宝："你有自我欺骗倾向，你认为应该接纳丈夫的妈妈……"

"不是我们接纳她，是她来帮助我们照顾孩子。"阿宝纠正朱迪。

"照顾孩子为何不请保姆？"朱迪问，"两代人住在一起会有许多摩擦，到后来，你们反而失去彼此的好感。"

"可是我需要婆婆，她不仅是婆婆，她还是朋友……"

"这是你和龙的家庭，你有龙就够了。"

"他一年大半时间出差。"

"让他找一份不出差的工嘛。"

"哪有那么容易，再说他现在的这份工待遇好。"

朱迪便没话了。她是职业女性，知道找份待遇好的工不容易。

但是阿宝没有告诉学姐，龙对他的工作旅行乐此不疲，他自嘲自己儿时的理想便是当个旅行家。她相信这不是戏言，因为出差回来的龙总有些惆怅，精神上处在游离状态。

然而他是个模范丈夫，旅途上每天必记着电话问候，回来时一定带礼物。在家时对她照顾有加，下班回来常和她抢家务做。他们一起上湿巴刹买菜，一起进厨房做饭，吃完饭一起散步。

然而，散步时她挽住他的胳膊，甚至做爱时她抱住他的身体，这样的时候，她仍然有一种无法完全拥有他的感觉，好像他飘渺如云。

无法真正握在手抱在怀。这个家，公寓、厨房、饭桌、床，和床上这个女人都羁绊不住他，他随时会展翅脱身而去。

她对自己的这种感觉深深不安，并且羞愧，谁能理解？连她自己都不解。

然而羞愧也罢，不解也罢，它存在，并让她深感虚幻，而婆婆的到来，让她感受生活的具体和可以信任。

儿子出生，李秀凤的入住，阿宝从此开始新的人生。

从起床开始便是围着孩子转，喂奶换尿布洗澡带儿子散步哄他睡觉，同时向待在厨房忙着一日三餐的婆婆请教育儿经验，待婴儿睡觉时赶快给自己洗澡喂自己吃饭睡个小觉，总之，尽可能在最短的时间完成自己的生理循环，接着婴儿醒来，重新把前面的程序走一遍……

接着又怀上老二，她每天汗流浃背，头发没有干的时候，疲累时连澡都来不及冲便歪在婴儿的小床边上熟睡，出差晚归的丈夫把她唤醒，她甚至没有力气和他聊天，常常话说到一半便又入梦。

阿宝从未活得这么体力，这么粗糙，这么满足。

可是现在，白色梦魇宛若警钟让阿宝惊惧忧郁症正卷土重来。她从梦魇里挣脱出来，睡意也跟着逃逸，在清醒的下半夜，她不断走回往日，通过记忆去触摸另一个更为真实的丈夫。

在中西部寒冷的周末，前一夜的冰风暴之后，窗外的马路铺着一层厚雪，经过践踏的雪已成厚冰，温度降至华氏零下，差不多是摄氏零下二十度。

但公寓里暖气过足，华氏七十度，几近上海初夏温度，阿宝和龙只穿短袖 T 恤，他们并排半卧在床，一条薄衾覆在腹上，就像一对结婚经年的夫妻，他们躺在床上更多时间是在聊天。

他们睡前聊，睁开眼睛又聊，他们需要聊，聊各自身边发生的各种事情，那时候他们在中西部不同城市，两城相隔两个小时的车程，他们两星期见一次，冬天，遇上暴风雪或冰风暴，相隔时间更长。

忧郁的冬天，他们在分离时累计的压抑通过这样的聊而获得缓解，精神上的相濡以沫，反而淡化了肉体的需求，或者说，他们对于谈话的需求已超过做爱的需求。

"躺在床上，我们聊着天，有一种相依为命的感觉。"龙曾经给阿宝写过这样的句子。

阿宝甚至把英语系文学课堂的论题拿到床上谈论，她的那套似是而非的叙事学理论，愿意倾听的也就是龙了。

龙学的是生物统计，这门听起来就很枯燥的学科，多是亚裔学生在学，毕业后容易找工作。

让阿宝感激的是，学生物统计的龙成了她的叙事理论的唯一听众。"叙事方式决定了作品的风格，按照这个理论，方式似乎比内容更重要，需要探索的是'怎么写'，而不是'写什么'，然而，恰恰又是内容决定着叙事方式，这有点像鸡和蛋的关系……"

一用到这么一个现成比喻，阿宝就头晕，她没有什么理论可建树，她需要探讨的恰恰是理论给予的困惑。回到最实际的问题是，菲茨杰拉德和福克纳是这么不同，就像他们的生活地纽约和南方小镇的差异。

然而这两位大师阿宝崇拜的程度相等，阿宝无法释怀盖茨比的命运，可是菲茨杰拉德讲故事的方式比较老套。福克纳，他的叙述风格太独特太强烈了，阿宝简直是被这种方式迷住了。

"那么，我到底想说什么？"阿宝问道。

她侧过脸去看一直在安静倾听的龙的脸，他正微笑地注视着阿宝，目光里还含着欣赏，就像一个热心的门外汉企图去接近他不了解却深感兴趣的领域。

他的脸凑上来亲阿宝，欲望立刻在阿宝的身体里蓬勃，她钻到他的怀里，以更充沛的热能驱动着龙，他们开始做爱。

做爱后的阿宝，居然起身做笔记，她可以通过福克纳和菲茨杰拉德的比较来探讨方式和内容的关系，文学在不同时期的价值侧重。

她告诉龙，他们的周末相聚，是她做学问的驱动力，阿宝简直是在他的面前打开了学业的话匣子，她在他的眼中看到自己变得聪明博学性感。

怎么能相信，她也做过书蠹头，像条贪婪的米虫，在英语文学这间巨型米库里拼命蠕动身体要把自己喂胖，她小小的野心是，拿到英语文学的 Ph.D.（博士学位）。

阿宝迷恋英语文学，龙则迷恋阿宝对自己专业的迷恋。

她那时深信，龙塑造了她的人生。

那些幸福而疲累的周末下午，龙在谈话间隙或做爱后睡上一两个小时，而阿宝则沉入回忆中，就像需要忆苦思甜来确认命运正在向她伸出橄榄枝。

高一那年母亲因心肌梗塞骤然离世，那时候父亲已经关闭西岸的小餐馆回到香港，中西部小城母亲家的亲戚成了她的监护人。

对于阿宝，是地狱的一年，她是满怀丧母之痛从阳光灿烂的加州来到一个半年被冰雪冻住的城市。

在一个冰风暴来临的灰白色的礼拜天，她用刀割自己的手腕试图自杀。

锋利的刀刃把她吓退，她终究把刀扔进了水槽，她没有去死，而是成了一个肥胖女孩。

阿宝曾休学一学期，把自己关在小卧室，电影频道连续二十四小时开着，直至亲戚把父亲从香港叫回。

阿宝搬出亲戚家，父亲为阿宝另租房子陪她住了半年。

她回到学校时，发现他们的课间走廊走着一个中等个儿的东方男孩，他清澈的黑眸给了阿宝一瞥稍稍有些忧郁的笑意。

那是致命的一瞥，阿宝内心最深处的一角被触动，她涌起亲近他的渴望，她的正趋麻木的灵魂被自己这样一种不由分说的渴望震动。

很快阿宝便了解到他是十一年级生，阿宝刚进校那个学期，他去了东岸，阿宝后来又知那时他曾搬去波士顿，有传说他是为了追随心仪的某心上人。

龙的重新搬回小城意味着他的追爱落空，那时候已经是他的十一年级的第二学期，因此他们只同校了一年零三个月，也是她人生里最难忘的十五个月。

他的略带忧郁的眸子里的笑意给了阿宝从沉沦中挣扎出来的动力，阿宝开始减肥，幻想着在学校长长的走廊以苗条美好的身型与他微笑着面对面，那时候，关于这名东方男生的故事她还一无所知。

每天放学后阿宝直奔健身房，她几乎不再碰肉食和奶制品，包括早已上瘾的土豆片和可乐。原来"爱可以创造奇迹"这类让人疑窦丛生的陈词滥调，竟在她身上创造了奇迹。

阿宝好像在和时间赛跑，要在他毕业前夕完成对自身的再塑造，她要以美丽的新形象出现在他面前，当时的愿望就是这么简单却强烈。

天有不测风云，她病倒了。

也许是精神的高度亢奋以及食物摄入和体力消耗的失衡，伴随着体重迅速下降，她内分泌失调，出现了类似甲状腺功能亢进的病症。

阿宝在为自己减肥成功欣喜若狂时，身体的虚弱已经无法忽视，她心跳过速，双手发抖，有些夜晚她以为自己会突然永离世界。

阿宝感到悲伤，然而这是快乐的悲伤，她觉得自己正在接近倾慕的身影。

夜深时，阿宝沉溺在她编织的幻境里：某一天她终于走向他，站在他的面前，她向他伸出手，不，是他向她伸出手，他们的手握在一起，接着身体相拥，然后她虚弱得站不住，倒在他的怀里，短暂的眩晕后她睁开眼睛，他正低头看她，他们互相凝视，然后他向她俯下身，她将在幸福中窒息，与世界永别，在他的怀抱里。

这是童话里的画面，她已经十六岁，怎么还这般幼稚？白天清醒时她为自己的"低智"感到羞愧。

渐渐地，这样一份热烈的期待转化为内心最深刻的祈祷，上帝来帮她了，这就是说，有一天这个幻想几乎成真。

阿宝走在一楼走廊，这正是课间学生换课堂最拥挤的时段，高中四个年级两千多名学生要在五分钟里转换不同的教室。

阿宝已经很久不出现在教学楼的一楼，在减肥阶段，为了不让他看到自己那离完美还很遥远的形象，每天下课阿宝是走到地下层的走廊，将那里作为通道，去不同的教室，因此，阿宝已经很久没有看到他了。

那年的寒假阿宝去了香港，在那里接受中医治疗，一边在海边晒太阳，回中西部时她的皮肤晒得黝黑，似乎眼睛也更黑了，因为思念，因为空怀理想，而令阿宝的双眸的黑色更加丰富？

人们都说阿宝变得有气质了，那是忧郁和挫折换来的气质，有时还会得到"special（非同寻常）"的赞美，这比"漂亮"更有价值，在一群鲜艳单纯的阳光女生中，阿宝的形象更独特。

从亚热带的香港骤然回到外面是冰天雪地、室内却热如初夏的中西部，阿宝的心脏感到虚弱。

现在的阿宝已经有勇气走在学校一楼走廊，在铺满走廊的喧闹的、热量充沛的高中生里，阿宝突然胸口发闷，走廊好像突然缺氧。

几乎在同一刻，阿宝看到他远远地走来，那个俊朗的身影，阿宝好像窒息一般只觉眼睛发黑，包围在周身的声音跟着消失，她的身体摇晃着靠到墙上，并朝地上滑去。

在失去知觉的刹那间，阿宝看见他向自己俯下身，在一堆簇拥的人头中。

她真正醒来是在医院的检查室，周边并没有熟悉的人，除了暂时做她监护人的亲戚。第二天阿宝的病房出现一位陌生的华裔中年女人，她告诉阿宝，她是阿宝同学的母亲，她儿子和阿宝拥有同一个 counselor（类似于中国的辅导员），她从她那里知道阿宝的状况，便来探望，还带来了鸡汤。

阿宝接过陌生母亲递上的鸡汤，一口接一口贪婪地喝着，直喝得眼泪如泉流。

她放下鸡汤碗，从未谋面的同学妈妈已递上毛巾。

"你的儿子叫什么名字？"阿宝轻问，他们的高中有近两千学生，中国学生不到十位。

"陈海龙！"

走廊上的昏厥给阿宝创造了认识龙的机会，确切地说，是认识他母亲李秀凤的机会，而这不过是她和龙的故事展开前的引子。

那段时间龙在申请大学，因为 SAT 成绩不理想，他在复考，所以住院那段时间他的母亲来得勤，他并没有出现。

阿宝复原回到学校，龙正面临毕业，学分快修完，校内课程少，他在外做志愿者，偶尔见面，他们开始互相招呼，简单聊几句，无外乎他问阿宝的病情，阿宝问他申请大学的情况。

她面对他没有任何失态，举止得体，甚至，表现得有些疏远，她对他的单相思被她掩饰得滴水不漏，内心深处，她仍是那个肥胖自闭的东方女孩。

她对他的激情被自己挤压到某个角落，压缩到身体最深处，可灵魂如潮水起起落落无法平息，她开始写诗。

伤感的爱情吟诵充满生命无常的感怀，阿宝成了英语课老师的宝贝，这位老师主持的诗歌俱乐部为她办诗歌朗诵会。

阿宝沉浸在小圈子的小成功里，这一段不存希望的情感竟成了她笔下诗句的源泉，它已经跟真实生活没有关系。

周末，龙的母亲请来阿宝吃饭，那时龙的入学通知书陆续到来，他同时被东岸的哥伦比亚大学和本地的州立大学录取，哥大只有部分奖学金，而州立大学是全奖，他们在饭桌上自然会聊这个话题。

离最后决定的日子还有一段时间，龙表示要去东岸，这样一来，每年付出的学费和生活费是一笔大开销，龙说他可以借贷，工作后自己还，但是显然他母亲并不接受这种说法，虽然西方家庭让孩子自己借贷还债是平常事。

李秀凤在龙十岁那年离婚，之后带着他和他姐姐移民到美国，她在四十二岁这一年考取了美国护士执照，在尝够生存艰辛的李秀凤看来，龙的选择不够明智，她告诉他，为家庭利益考虑他当然应该选择全奖，但是她又说，作为母亲应该尊重儿子的选择，她当着阿宝的面告诉儿子，她已为龙攒了一笔学费。

龙坚决表示要去纽约，阿宝是客人不便说什么，但心里很同意他，换了她也会选择去东岸的名校，中西部太偏僻，人种颜色太白，无法给异乡人归属感，重要的是，既然已经漂泊，何不给自己更宽广的视野。

那时她已经知道，龙执意去东部，其中还有个更重要的原因，和他的感情有关。或者说，龙还没有放弃他心中的那段爱。

这一个原因尤其使她在精神上更接近他，他们不正是一对在情感上怀才不遇的知己吗？虽然他们还不曾有机会交流。

因此在他家饭桌，阿宝婉转说服他母亲，让龙自己承担助学贷款，这是必要的投资，名牌大学为他未来职业加分。

在学校走廊，阿宝用半开玩笑口吻轻快地告诉龙，她这个高中校友，将是他的人生不问理由的支持者，她衷心祝福龙去追寻他的理想。

她心里说，没有理想的男人是没有人格光芒的，关于他们之间，至少他已成就她的诗歌，他于她，仍然是个幻影。

李秀凤终于同意儿子的选择，她开始考虑卖去小城公寓，如果龙去了东岸，她打算回新加坡。

"从龙进大学那天开始，我作为陪读母亲的日子也就结束了。"李秀凤在餐桌上宣告一般。

事实上，她已经计划开始另一段后援团生涯，她回新加坡后将去照顾正临产的女儿，然后帮着照顾外孙，她为自己可以继续服务于儿女而心满意足。

阿宝舍不得李秀凤离去，她曾经补偿了阿宝缺失的母爱，然而天下没有不散的筵席。

阿宝正在读《红楼梦》，虽然是英语版本，她对姻缘、命运、星球的圆缺、生命得失平衡种种说法有了自己的心得。

阿宝不想悲伤，仅仅有些伤感，这正好可以保持她个性中饱含诗意的 sensitive（敏感，善感），却又不形成打击。

那天开始，她从他们的生活退出，她更专心自己的学业，她希望有一天也能去东岸，是的，龙这个形象仍然回归到抽象，即在精神和意念上激励着她，也给她无法填补的缺憾，让她感受人生无奈多。

阿宝和他们家失去联系至少有两年，她在高中校园有了约会对象，龙的幻影被高中篮球队的某个候补队员替代，他叫恰克。

恰克比阿宝低一年级，是个身体瘦弱脸上长满雀斑的白人少年，坐在 freshman（新生）篮球队候补席位，永远等着最后一场安慰赛上去发几个球，他也是篮球队员更衣室里被同伴拿来开玩笑的对象。

他是校园里的"loser（失败者）"，是阿宝的同类，因为阿宝也自视 loser。因此她接近他反而没有障碍，他们经常在午间餐厅一起用餐，卑微地缩在角落不要被人注意。阿宝通过恰克获得被需要的满足。

当他们刚刚牵上手，恰克却因为父亲在西岸大学拿到终身教职而随家人迁徙，她又一次不得不接受别离。

离去前，恰克留给阿宝一封信，那是一首诗，他通过诗歌告诉阿宝，他对她的爱，这是阿宝此生收到唯一的情诗。

阿宝过于充沛却总是被阻塞的情感有了宣泄的渠道，她也用诗去回答他，分离给了少男少女空间，给了他们用笔互相表达内心的机会，这种方式也在深切地安慰恰克离去留给阿宝的孤单。

就像阿宝所希冀的，他们彼此写了大量诗一样的信，她甚至觉得这样一种方式更加优美，更加令内心充满想象，无论如何，恰克作为现实中的男生，离魅力还差一大截。

他们的频繁通信维持不了多久，阿宝升至十一年级，开始为申请大学做准备，经历了 SAT 考试，她好像从梦中醒来，在选择大学的时候她才睁大眼睛去眺望已经不遥远的未来。

未来不是梦幻，未来是将要到来的现实，总之，她开始厌倦空洞的抒情，进入十二年级，她和恰克已经是彼此的回忆。

阿宝在申请大学时也报名哥大，潜意识里是否仍然残留模糊的希望，在东岸校园遇见龙？

直到这一刻，阿宝才明白，这一场单恋一直在影响自己的人生，它在她的精神上留下深刻的印痕。

哥大的写作系有名，但阿宝没有填，考虑到未来的前程，以及父亲给阿宝施加的影响，她选了金融和统计，虽然对这些领域阿宝毫无感觉。

所有的申请信都发出去以后，阿宝开始出入市中心大学图书馆，好像为了提早弥补她可能将无缘交往的英语文学，她要阅读尽量多的名著。

阿宝在图书馆书架前遇见了龙。

当时，他们之间隔着好几排书架，阿宝以为是自己的幻觉，她抬起头直直地看他，心脏一阵激烈狂跳。

他似乎意识到阿宝强烈的目光也抬起了头，阿宝完全是下意识地奔向他，并张开手臂，他们拥抱在一起……

龙硕士毕业时正面临美国就业低谷，他继续读学位一边寻找工作机会，还未完成博士论文，却在自己家乡找到一份薪水远远高于他期待的工作。

　　龙离开美国时向阿宝求婚，那时阿宝本科毕业，正犹豫是否继续读学位，龙说："和我结婚，回去新加坡住，做太太不需要那么高的学位，我们要生一大群孩子，你会忙不过来。"

8

~~~~

　　龙再次启程的日子在三个星期后，这三个星期龙进入紧张的工作状态，就像一个迷惘的青少年突然找到了人生目标，把所有曾让他痛苦不已无处释放的能量倾注到这个目标中。

　　龙首要完成的工作是将他们那间待出租的组屋进行装修。

　　这间组屋在大巴窑，算是市中心的老社区，这第一代组屋已陈旧，厨房设备浴室设施需要更换，阳台要铺地砖，屋子的墙壁需重新粉刷，总之，必须进行诸如此类基本投资，靠着好地段，旧组屋照样可租出好价钱。

　　龙终于意识到装修组屋的迫切性，自从他的公司在上海遭到滑铁卢，他和阿宝几次谈论到要让这套房子产生最高的经济价值，可是装修这事一直拖着全是因为龙完全无心于家务。阿宝疲于奔命母亲角色，再没有精力去做这类耗精耗力的事。

　　是龙说服阿宝不断生育，这个在阿宝眼中保守传统的男人，现在却是带着飞蛾扑火般抵死也要燃烧的激情扑去，扑向他自己仍然充满疑虑的关系中，虽然他从来没有承认过。

但阿宝认定，只有情欲可以产生这么危险的魔力，它是埋在地表深层的岩浆，喷射出来便是一座火山，对于周围的世界却是一场灾难。

面临再一次离家去上海，龙的生存危机感油然而生，或者说，这里面不无安排"身后事"的意味，这次离开新加坡重回上海，前途未卜，更有一种赴汤蹈火的悲壮感，未来的一切将无法控制，龙从来没有像现在这么急切地要在走之前将房子交到经纪人手里。

"万一我的工作接不上，还有租金垫底，你们不至于没有基本生活费。"当龙这么交待时，竟没有任何羞愧感，好像他是为家庭生存而不是自己的欲望做远行。

三个星期来，他早出晚归，监督施工的进展，跑遍全城材料店，就像经历一次野营训练，人又黑又瘦。

阿宝并没有因此而感受一点安慰，反而更纠结，假如龙完全泯灭良知，她是不是放弃更容易？中国谚语中还有个死而后生的说法。

龙已经去银行将他们共同的户头分开，大部分积蓄转移到阿宝的名下，这当然是为阿宝方便，但感觉上很像在办离婚，然而，阿宝放龙去上海不就是为了不走到离婚吗？

龙离家前的周末，提出全家去阿宝最喜欢也是他热衷的泰国饭店一聚，儿子女儿都跟他们的口味，嗜酸辣，混合了咖喱奶酪和椰汁的泰式酸辣冬阴功汤是他们家的爱汤。

泰国饭店熟悉的氛围，令他们的儿女宾至如归，尤其是女儿阿囡，更是跃跃欲试，伸出小手想去抓取放置在门口橱柜用来展示的蜡制泰国甜点。这样的时候，李秀凤一定满脸笑容，虽然她更喜欢清淡的广式菜。而龙也终于打开感受快乐的心阀，他的眉宇在缓缓舒展。

他们一齐看着阿囡把第一勺冬阴功汤朝嘴里送，从碗到嘴的漫长途中，阿囡汤勺里的汤已洒走大半，但他们仍然为她鼓掌，掌声最响的也是龙。

龙对阿囡的宠爱令一家人的注意力朝女儿偏移，好在他们的大儿子源源对这一切置若罔闻，他正埋头在他的手掌机，这个九岁的三年级生，好像一夜之间从饶舌变得沉默，自从他迷上电子游戏，不如说自从父亲离去，他突然就学会独处。

阿宝瞥一眼龙，他正朝着女儿笑，这是他这次回家后最舒展的笑容，那一瞬间仿佛又回到一年前龙未离开新加坡的日子，他们常常团团围聚在饭桌旁，快乐安宁，或者说，是阿宝觉得快乐安宁，以为这日子可以理所当然地过下去。

现在在这张饭桌上只有阿宝在强颜欢笑，何止于强颜欢笑，简直是遭受强刺激后自虐的笑。

在这个场景中能够回想的往事都已经不堪回首，阿宝把他从上海找回来的第二晚，他们也是来到这家店，为他接风也是团聚，家人齐齐围住饭桌的景象令龙重新找回他丢失的角色，他给女儿喂饭，给母亲和阿宝布菜，脸上堆满歉疚的笑。

从饭店回家后，他说，就当上海的一切是场梦，他说，他会重新做回好丈夫。

龙搭乘的飞机在上午，清晨便要上路，阿宝执意送他，婆婆希望她留在家里，挺着大肚子颠簸在高速公路上，任谁都不会放心。但她又改变了主意。

"家里乱哄哄，你们连说话时间都没有，小两口去路上说吧！"

李秀凤开着玩笑，阿宝看出她其实并不相信他们编织的"龙去上海处理一些事"的谎言，但也不戳穿，只对儿子关照一句："早去早回，上有老下有小的，你在外边也不会安心。"

大半人生历练，李秀凤懂得适时装聋作哑。

车子在去彰义机场的高速公路上飞驰，他们并肩坐在车里默默无言，窄小的车厢，沉默令空气格外压抑，阿宝只觉得脑子空白，竟找不到话题与龙聊。

她身怀六甲送龙上路，不如说是送龙到上海外遇的怀抱，她是否已经贤惠到没有个性？她自问，难道为了让龙回头，可以丢失原则和尊严去逢迎东方的大男人世态？去谄媚已对自己失去爱意的丈夫？

沦陷好像已经发生在不同阵地。

即便她的教养，她的被西方文化磨砺过的头脑令她有这般自省，她也仍然无法让自己去坚持什么，阿宝感到脆弱，无法放手这辈子只爱过一个的男人，尽管他现在正变成一条木质的拐杖，没有灵魂和热度，且正在腐朽，这日益空洞的拐杖还能支撑她的愈益沉重的身躯多久？

她的理性和心灵需求正处在两极，走上一条苟且的路其实很容易，只要你不够忍痛的耐力。

龙专心开着车，不发一言，阿宝朝他看看，希望能听到些什么。她奇怪的是自己，到了此刻，分离在即，她还想听什么？

"不要告诉我，你已经有了什么打算！"阿宝故意用一种轻松的调子。

他没有回答。

"我最恨的就是，你什么都不说……"突然一股怒火从阿宝的胃里蹿出来，她闭住嘴，要把它压下去。

我真蠢，她在骂自己，她居然同意他重回上海，回到"那个女人"身边。

龙对于"那个女人"说法的强烈反应，在阿宝看来，恰恰是从反面证明"那个女人"的强大的存在。

阿宝在想目前局面的荒谬性，他已经在家里住了两个月，仍然不肯放弃这场外遇，难道她还指望他在上海与"那个女人"重逢后再回头？这是什么逻辑？人家是利令智昏，自己真的是情令智昏？

我会死吗，如果他永远离开我？她在心里狂乱地自问。

"我不会死，有两个孩子，不是，是三个，他们要我照顾，我要努力，不能让我们这个家崩溃。"她好像在镇静自己，为了压住另一个疯狂的声音，阿宝大声回答自己。

龙一惊，他把车刹在高速公路旁的路肩上。

"我可以不走的！"他看着阿宝说道，他的脸发灰，毫无生气，这两个月来，他好像第一次直视阿宝的目光。

"我知道我很不要脸。"这句话抽打着阿宝，像鞭子。

"我从来没有觉得你不要脸。"阿宝狠狠咬了咬嘴唇，把突然涌上来的泪水咬下去，"不要羞辱自己，如果你不要脸，我也不会要你！"

"那么，你要我怎么办？"

龙轻声发问，她询问地看着他，似乎没有听懂，他又用英语说了一遍。

你当然知道啊！她耸耸肩作为回答。

"我是说今天，我……朝哪里走？"他的问语，是放弃的绝望，而不是恳求。

她不想听到这种万念俱灰的声调。"走吧，国际航班耽搁不起。"

阿宝看看表，咽下了没完没了的叹息，轻声道："对不起，我想好不吵的，我也不知道怎么回事！"

"你够大度了！"

龙重新启动车子继续刚才的路线，一边伸出手搂住阿宝。

她挣脱了他，一旦他向她表示亲近，浸透了全身心的委屈伤心便如潮涌，阿宝冷冷一笑："知道我最想做什么？"

他瞥了她一眼，立刻又躲开她的目光，她的问题就像烫手的山芋，他哪里敢碰。

"我很想做一次坏女人。"

她居然做出这个回答，令他吃惊地半张着嘴。

"可惜，已经不够资本！"她自嘲地打量自己臃肿的身体，她举起手，放下车窗上方的遮阳镜。

阿宝冷冷地瞅着镜中的自己，浮肿的眼睑，岂止眼睑，整张脸肿得失去线条，鼻头和嘴唇更是又肿又亮，那是局部皮肤过于绷紧而有了光泽。

怎么丑成这样？

阿宝很久没有这么鼻尖凑到镜子前地看着自己，也从来没有像这一刻对自己产生强烈的嫌弃，丑成这样的女人，如何拉得住丈夫？

"不用当真，也要给失宠的老婆发发牢骚……"阿宝轻声道，万般沮丧，她顿了顿，"你这次走，就像一场赌博，可能回来，可能就真的走了，不再回来……"

阿宝自己一惊，不经意间说出的话常常一语成谶，她停下来，好像要等他反驳，但他不作声，心一横，听起来更加冷静："不管怎么样，我希望我们之间不要反目成仇，我们不可以成为仇人。"

她转脸热切地看着他："我永远不会恨你，希望你也不会。"

他死死盯视着方向盘前面的路，两行泪水却从他的脸颊挂下，阿宝伸出手去摸摸他的手，他从方向盘上腾出手来握住阿宝的手，余下的路，他左手握着阿宝的手，右手驾住方向盘，直到机场。

9

~~

"我现在很忙，很忙很忙，我会联系你，你不用打过来，方便时我会打给你。"龙匆忙说着，急着挂电话。

此刻是早晨，他上班前，也许他正赶时间出门，所以他的声音听上去有些不耐烦，不过也不至于匆促到连说几分钟话的时间都没有，阿宝倏然意识到他身边有人，声音立刻生硬起来："好吧，你忙吧，你可能不方便跟我说话，我不会再给你打了。"

阿宝把电话重重搁上，几乎忘了身边还有个婴儿，他的小身体在他的小床里抽搐了一下，但没有醒，昨天晚上因为发烧带他去看了急诊，所以此刻应该洗澡喝奶的时候，他还在睡。

阿宝躺回床上，慢慢伸开四肢，让自己疲累的身体尽量占有这一架变得如此庞大的床，一架孤寂的载体，泪珠从阿宝的眼角滚落，一颗接一颗，禁不住的呜咽，其声音刺耳令自己吃惊，她拎起枕头盖在脸上，呜咽压抑成呻吟，像一头困兽。

此刻家里很安静，老大已经跟着校车去了学校，李秀凤送阿囡去幼儿园，回来路上她通常会去湿巴刹买些菜，阿宝有足够的时间让自己痛哭一番。

她已经很久不哭了，没有机会哭。

和李秀凤两人照顾三个孩子，一星期有三个下午去社区的After School（学后班）做份兼职，忙得连伤心的时间都不够，上帝就是用这种方式在拯救她也未可知。

此时阿宝的委屈更源于新的压力。昨晚 BB 发烧让阿宝心里很不是滋味，婴儿发烧本身是件正常事，况且她已经抚养过两个孩子，但婴儿才三个月，通常情况下，六个月前的婴儿还带着母亲的抗体，应该不会轻易发烧的。

阿宝仔细回想，发现责任在自己身上，因为前一个晚上贪凉，空调的温度太低，她本来想晚些时候调整到平时的温度，却一下子睡熟直到清晨，婴儿的咳嗽声把阿宝惊醒。

最近的夜晚，阿宝常常被一股股热潮弄得无法入睡，听说这种症状到了更年期才会出现，她才三十六岁，怎么就被莫名热潮困扰？

阿宝去看中医，医生告诉阿宝，这是早更年期现象，是异常状态，医生建议阿宝去看心理医生。

又是心理医生！

光听到这个建议，就让她有快崩溃的感觉。

阿宝对 BB 充满歉疚，是自己的异常精神状态导致婴儿生病，她不知道接下去还会有什么失控的事情发生，她给龙电话，是渴望释放心中的压力，但是他竟然连谈话的机会都不给她。

龙的电话越来越少，这次已经两星期没有消息，中间给他电话，他要么关机，要么没有听到，按照他的说法。

好容易接通电话，周边的嘈杂喧闹，一听就明白他那时在餐馆或夜店这类场所。现在所有的夜晚，他好像都在那种地方消磨时间，因此她才会挑选早晨这一个不太合适讲电话的时段。

龙的回应，既是意料之中，却又让她十分恼火。

龙这次重回上海又是半年多过去，孩子出生时，他回来过五天，是的，甚至一星期都不到。

阿宝很明白龙不过是来探新生儿，探自己的生命果实。他终究是个东方男人，虽然一半人生在美国度过。

你看，最不可改变的就是基因了，阿宝对自己说，中国人讲传宗接代，这一点龙很中国，毫不含糊。

阿宝看出即便这个家要散，他也不会放弃儿女，或者说，也许正是为了这些孩子，他不提出离婚。

今天早晨，阿宝的情绪又跌入低谷，虽然更多时候她仍然愿意相信他的承诺。

"我们是结发夫妻，我永远不会抛弃你，请给我时间。"

如果这算是承诺。

问题是，不是他是否抛弃阿宝，而是阿宝愿不愿意维持这一个已经失去爱的家庭。

她对自己说，为了孩子也要维持这个家。

但心里另一个声音在告诉自己，并非孩子们必须父母双全才能幸福，互相不爱的父母亲，给孩子的只会是负面榜样。

"人生没有这个挫折便会有那个磨难，如果上天安排给你们的，只有妈妈一个人陪你们，你们也只能接受呀！"

很多夜晚，阿宝面对睡熟的孩子们自言自语道，好像也是在说服自己。

直到目前，她看不到龙回头的丝毫迹象，也看不出他有任何打算回头的可能性。她心里已经不是伤心而是愤怒绝望。

然而每当升起离婚念头，龙似乎能感应到，那种时候，总会收到他的电话，他仍然在恳求阿宝给他时间，但他却什么都不愿告知。

现在这一刻，当她乘着家里无人任自己的泪水汹涌澎湃，一边在想自己必须有所决断时，电话铃响。

"你不要生气，我起床后就在赶一份报告，都快完了，一说话思路就断了。"

她没有作声，能够让他找到一个理由也算是给自己一个台阶下吧。

她很明白这个电话是他一个人去上班的路途中打来。她一时说不出话，鼻腔被鼻涕和空气塞住，一说话便暴露自己的哭泣状，她用纸巾擦去满脸泪水。

"阿宝，你在听吗？"

阿宝已经走到厨房，手捂住话筒，打开自来水龙头清洗自己的鼻腔。

"你……好些吗？"龙的语调不乏关切。

从某种角度，他们之间仍然留存一些可以感应的通道，此刻他似乎已经察觉她在暗暗吞噬着自己的哭泣。

"没什么，我有些感冒！"她随口搪塞。

"哦……"他立刻把话题转向孩子，"那么孩子们好吗？"

我是一个为他传递孩子消息的家庭通讯员，她没好气地想道。

"昨晚 BB 发烧了。"

"噢……"

这一声可是要沉重多了。

"他现在在哪里？"

"当然在家里。"

"这么安静，他在睡觉？"

仍是个细心的人，如果他帮着照顾孩子，她会多么享受有孩子的人生。

"是，他在睡觉，昨晚去医院折腾了一夜，现在烧退了！"

能听到他深深舒了一口气。

"你……辛苦了……"

似乎对阿宝说一句慰问性的话于今天的他已是一件费力的事。阿宝没有作声。

龙也不说话，两人僵持片刻。

“要是……没话说，我挂电话了。”

“阿宝……”龙制止地喊道。

阿宝等着。

寂静仿佛一堵墙挡在他们中间。

“不用勉强自己，我们已经话不投机半句多了。”阿宝说道，那还是从李秀凤那里学到的中国谚语。

他似乎没有听懂，沉默片刻，才接口：“你在家里照顾孩子，这份情我今生还不了。”

“我是母亲，照顾他们是我的责任，如果你无法尽父亲的责任，我可以独自抚养他们。”

阿宝脱口而出的这句话说得那般有力，传达的信息很清晰，她不会一直等下去。

龙又沉默。然后说道：“你不要逼我！”

“我逼过你么？我已经忍耐了那么久，等你回头，等你兑现你的诺言，或者，等到你终于在某一天带着那个女人来找我，告诉我，你已经准备好了，可以离了，因为另一个婚姻在等你。”

她心里的愤怒表达出来的竟是阴沉沉的嘲讽，她吃惊自己变得刻薄。

“我不是你心中那个贤惠到没有性格的女人，我最近一直在为自己打算，我想撤了！”

这段话阿宝是用英语表达的，好像这样可以更顺利一些似的。

寂静。

墙又挡在中间。

"你要是没有什么要说，我挂了？"

"不要，阿宝……"

龙喊了一声，竟让一声深沉的呜咽打断他的话语，他对着电话哭泣，这是第一次让她听到他的哭声，那时候他的车正堵在路口。

她能听到来自不同方向的喇叭声，和突如其来的从电声喇叭里出来的吆喝声，后来她才知道那是站在十字路口维持交通秩序的街区退休老人，正拿着电喇叭在制止某个试图闯红灯的违规者。

而在大都会早晨乱哄哄的市声里，一位有着三个孩子的父亲却情陷另一座城无法自拔。

"你已经做了好人，就做到底吧！给我时间，我不会，绝不会让这个家散！"

他最后终于可以完整地说出这段话。

"绝不会让这个家散！"

看在上帝面上，但愿他遵守自己的诺言，现在这个家只能维持一天算一天，对阿宝来说，这生活也已经到了"过一天算一天"的地步。原来所谓人生可以退而求其次到这一步。

生活却不肯停留地朝前去，只要看看墙上挂着的在连续不断运行的时钟，这更是将你拉回到现实的警钟！

墙上挂钟的短针已指向九，从挂断龙的电话到现在已过去一小时。

阿宝不敢沉溺在自己的情绪里，婆婆很快就回来。她不想给她看出任何端倪。

她起床冲到浴室洗脸洗头洗澡，在浮肿的眼睑周围涂上一层眼霜，将湿发吹干，换上颜色鲜亮的T恤，总之，在外形上她已经振作。

然而一阵阵的哽咽，仍止不住地冲上喉口。

她知道怎么平息自己的心情。

李秀凤回来时她已经在清洗厨房的地砖，她半跪半蹲在地，用一大块旧毛巾做的抹布沾着地板清洗液，把厨房已经油腻的地砖以及墙砖擦得就像餐具一般干净。

在没有冷气的房间稍微动一动都会一身汗，毋庸说干这种体力活，汗水早已湿透她的头发和T恤，然而大白天，阿宝可以克制自己不开空调。

这个家已岌岌可危，她得学着李秀凤节俭度日。

早晨太阳出来前，她把开了一整夜的空调关了，将窗打开，让新鲜空气把房间清洗一下，太阳出来时及时关窗，放下百叶窗，房间立时会凉下来，就像日晒时站到树荫下。

阿宝此刻大汗淋漓，突然无法忍受四窗关闭，她索性打开所有的窗，阳光立刻把房间照得又亮又热，然而心理上觉得不那么郁闷。

当李秀凤回家时，看见满脸赤红脸上湿淋淋的阿宝，惊慌地连连发问："阿宝，你怎么啦？你怎么啦？你哭了吗？"

她朝李秀凤笑笑，摇摇头，她是哭过，但，是在一小时前。

现在的她虽然汗流成这样，却已披上盔甲镇定自若，只要做回习以为常的角色，连表情话语都已在下意识设置好了。

"妈，麻烦你去我的卧室待一阵，BB还在睡，我想他会睡一上午，所以我可以做点事，你不要管！"

阿宝轻轻推开欲来插手帮忙的李秀凤："出点力气，心里反而痛快。"

"和龙通上电话了？"李秀凤问道，人已经退回厨房，或者说，她是故意进了厨房才问这个问题，似乎她也在回避阿宝那双浮肿的眼睛。

"通是通上了，但他急着上班，所以没怎么聊！"

阿宝这么回答她，装得若无其事，她现在觉得，生活成了一出戏，家变成舞台，她得努力扮演属于她的正确角色。

"马上要过春节了，他有没有打算回来？"

"真是快，又要过年了！"

阿宝的心刹那一沉，去年春节阿宝怀上老三那个夜晚如此迫近，却又遥远得回想起来已经有些模糊。

那个夜晚，她从被拒绝到被需要，经历情绪的两极，以至时空也像被割裂过。

起先，他曾回避她向他接近的身体，然后他抱住她，抱得紧紧的，如果说是激情，不如说是一种挣扎，后来当她回想时，才有这样的感觉。

那晚他们之间做爱的热度达到他们的身体刚刚相遇的年轻岁月，或者说，是一股类似于绝望的疯狂把他们推到那种幻境。

次日，龙便离家，留给她的是可怕的空虚，和屈辱，类似于受到捉弄的屈辱。

婆婆关于过年的提醒，让阿宝只感到心脏像发生抽筋一样，一阵阵地抽搐着。

但是婆婆在等着回答呢！

"对了，龙说他暂时还没法决定。"阿宝顺口撒着谎，身体弯得更低，手腕更用力地使劲，已经干净的地砖早没有可以清除的污垢了。

"这个新年我们不要在家过，龙要是回家，我们一家人上游轮过年，多好，没有干扰，你们可以每分钟在一起，游轮的费用我来承担！"

李秀凤不知在厨房忙着什么，一边大声笑说："这是一笔外快钱，很多年前，我买的股票放在那里都已经忘记，现在飞涨，我已经托经纪人把它抛了，就当是天上掉下的黄金。"

阿宝应和地发出笑声，泪水又开始流，和着汗水。

"真的吗，有这么好的事吗？"她抬起头用手臂擦去脸上各种成分的水，她的声音又振作一些了，让婆婆相信这幻梦般的远景真的能成为现实。

"上游轮过年简直像把所有的节日一起过了！"

阿宝扬起脸笑，李秀凤适时地站在厨房门口，她们脸对脸，两个假戏真做的出色演员。

10

又是三个月过去，BB 已满六个月，这日子对于阿宝，是一天一天熬过来的。

阿宝已有整两个月未收到龙的电话。

可是，在这之前有一段时间他几乎每天打电话给阿宝，不过是聊聊孩子聊聊家务事，其实，家务事聊得并不多，它只是被当作用来聊其他事的过渡。

龙像个无法控制情绪的心理病患者，需要倾诉和开导，他把阿宝当作自己的倾听对象。

事实上，多年前，他们的蜜月期便是在互相倾诉和倾听的基石上建立。奇怪的是，当两人的关系疏远至此，八个月来，再没有身体的亲近，精神上的沟通又开始了，他又有了向她倾诉的需求。

只是，他的心情感受过于抽象甚至模糊，从阿宝的耳朵听来甚至有点像无病呻吟。

彼时，他在上海的北美企业找到一份工，薪水不菲，他把大部分作为家用给了阿宝，却又牢骚满腹，说厌倦了朝九晚五的生活方式，厌倦了做一个需对家庭对方方面面负责的男人。

谁不厌倦？阿宝心里没好气，比起在家带孩子，她宁愿朝九晚五上班去，宁愿打两份工。

不过，阿宝懂得克制自己，她一手拿着电话筒，一手不自觉地按在自己的嘴角，好像是要防备自己冲口而出去反驳龙。

不可以反驳他，这是阿宝保持与他通话必须做的让步。

她对自己的境遇，有几分荒谬感。她明明是个在弃妇边缘挣扎的女人，怎么突然成了拯救者？现在更像是丈夫渴望获得她的支持。

阿宝想，除非是自己的错觉，好像，那段时间他在试着摆脱那个外遇，心里很挣扎，好像，他需要通过与阿宝说电话，找到回归的路途。

有时，阿宝觉得自己更适合做龙的朋友而不是他的妻子。然而，她又无法欺骗自己，好像他们可以改变关系的性质，从夫妻变为朋友。

可是，龙日复一日的电话，正在将这种关系置换。

阿宝觉得不对头，但也无法制止这种置换，或者说，到了这一步是不知不觉，是在时间和痛苦中渐进于此。

有一阵子，阿宝终于失去耐心，她也很绝望，精神崩溃带来的身体虚弱，以致生育老三后奶水不够，到三个月时就完全没有奶了，这一来老三的抵抗力也相对弱许多，未到六个月便开始生病，而只要遇上孩子生病，阿宝的理智便跟着丧失。

她开始在电话里指责他，这指责的话一出口，便如决堤，简直是汹涌澎湃，泛滥的不是话语，泛滥的是情绪，情绪很快湮没话语，她听不见自己在说什么，更听不见对方的声音。

她不断提高声量，他也是，他们互相嘶喊，然后抢着挂断电话，总是气更盛的那个先挂，抢着挂断电话的常常是阿宝。

老三周岁前的这个春节，龙不打算回来，虽然李秀凤已经拿出积蓄准备一家人上游轮奢侈一下，或者说，用这个方法把龙与这个家暂时绑住几天也好，当然，这只是李秀凤的一厢情愿。

大年夜，龙来电话时，阿宝只简单告诉他，如果他无法做回丈夫和父亲，她决定用离婚解决，长痛不如短痛！

龙拿着电话不肯放手，阿宝扔下电话不想再说什么。

次日，龙竟然出现在家门口。

他把阿宝约到外面的咖啡室，这一次他们又终于回到朋友的状态。这时候的阿宝已经在心里下着"放弃龙"的决心。

"我十六岁时爱过一个人，我的高中时代因为这段感情而特别明亮也特别黑暗。"

龙讲出了他的初恋。

这是他们之间的新话题，一个她从来不曾到达的属于他的远方。微微的战栗从他的皮肤震到她的皮肤。

她暗暗挺直腰背，做出准备接受的姿态，等待太久的故事，从认识到交往，她一直等着他说出的故事，他长久的缄默竟让她忘却了这种等待。

"这只是我单方面的爱，没有回报，但回想起来，我仍然有一种激动的感觉，顷刻间就从现实里飞扬出去。"

他并没有铺陈这段故事，就好像，她被带至那个远方，却只在边界张望了一下。

然而，他对那段经历的感受仍然感动了阿宝，这几乎像在表达他们共同的遭遇，或者说，一个殊途同归的遭遇，因为十六岁的阿宝对龙的单相思，龙本人也同样毫无所知。

"阿宝，请你理解我，现在的我又有了当时的那种感觉，可以把自己焚烧成灰的那股激情。"

他停顿片刻，咬住自己的下唇，似在抑制这重新燃烧的激情，如他所描绘的。只是这一个身体语言让阿宝有些别扭。

阿宝没有时间去辨清自己的感觉，龙继续道："我可能所爱非人，可是只有这个人能点燃我的热情，就像当年。"

阿宝心如刀绞："那么当时，我们结婚前，你也说过爱我。"她穷途末路，只能徒手乱抓能抓住的任何东西。

"我爱过……你……"

这"你"字含糊得似有若无，他的表白像发生故障的自动取款机，才吐出半张纸币便被卡住，必须等待一只手伸去将它拉出来。

"噢，现在不爱了？"阿宝问道，话出口便懊悔，觉得自己问了一句废话，到了今天这一步，还问这句话简直是白痴，她在心里骂自己。嘴角便有了一抹冷笑。

"可是，我越来越发现，人和人，有不一样的感情，你对于我就像亲人，像我的姐妹，但又比她们多一些，你是我成年后的家，但是，我某一部分感情需求好像和'有个家'没有关系，我需要热情，需要燃烧的感觉。"

这段话龙是用英语讲的，所以听起来不但不做作，还有一股诗情，阿宝竟然受到了感动。

"那么龙，我又能为你做什么？"

她其实想问："我的热情都给了你，却没有回报，我怎么办？"

"你已经为我做了很多！你差不多是我的恩人！"

"说这些有什么意思！"阿宝突然气不打一处来。

"我要的是爱而不是感恩！"

这句话让龙立刻缄默，这缄默里有种执拗，有种不愿回头义无返顾的顽强和绝望。

阿宝也立刻被自己的绝望笼罩，仿佛那只与机器争夺纸币的手过于用力，而将那张卡住的纸币撕碎了。

她恨自己又犯错，又把自己放在被动的地步，她明明知道感情索求不来，明明知道当对方不愿给时还在索求，就成了乞讨。

她恨自己不争气，恨自己屈服于"爱"，而失去自尊。

"对不起了，我是个笨人，归根结底我想弄明白，以后，我们两人到底是什么关系？"她烦躁起来。

"我希望保持我们的法律关系，除非你找到第二段婚姻。"

"我不会有第二段婚姻，我没出息，一辈子只能……"

她想说"爱"，但说不出口，变成"一辈子只能跟一个人"。

听起来却是没好声气的。

"既然如此为何急着离婚？我不想让孩子失去父亲！"

"真可笑，怎么变成你不想让孩子失去父亲，不是你不想回家吗？"阿宝又激烈起来，这一年她好像泡在怨恨的毒汁里，这毒汁颜色发绿，把她染成绿人，她得非常小心掩饰自己，稍稍不慎便会露出可憎的形象，抱怨发火冷嘲热讽，她过去对龙连红脸都不曾有过。

她惊奇地看着自己正渐渐变成另一个让自己都厌恶的阿宝。

龙没有回应，阿宝放缓语调："离婚后，你还是父亲，我会教育他们孝敬你。"

龙有些哽咽："阿宝，我会回来的，无论发生什么，最后我总归会回家的。"

"最后总归会回家？"阿宝冷笑一声，"那么我现在怎么办？我可以做什么？就做一块石头，一块望夫石？就像你妈妈讲的一个故事，一个女人坐在海边等丈夫，等啊等，等成一块石头？是啊，有一天你终于回来了，我也已经死了，至少在精神上感情上死了，在我变成行尸走肉以后，你又回来干什么？"

"你……是自由的，我是说现在，你就当已经离婚，去找你的幸福！"

"我要是找到幸福，你还有地方回吗？"阿宝又冷笑。

"要是你找到幸福，我不会拖你，我反而会轻松一些。"

"听不懂你在说什么！"

真的听不懂！阿宝对自己说。他的话前后矛盾，互相抵触，他到底要说什么？

"阿宝，你是自由的。"

"我怎么自由，我拖着三个孩子，还怎么自由法？"阿宝狠狠地发问。

龙低下头："我没有想得这么透。"

"如果你真的爱我，你应该会原谅我，等我。"

他居然指责阿宝，奇怪的是，这一声指责却让阿宝变得不那么理直气壮，顿然如泄气的皮球。

"我只是要你知道，无论发生什么，你都是我最信任最亲近的人，永远不要抛弃我！"

龙离去时在纸上写了这么一段话给阿宝。

就像一纸令人沉重的遗嘱，想辜负都难。

阿宝无法把这些情形和李秀凤讨论，毕竟他们是母子。你如何要求一位母亲站在纯客观的立场就这些情形进行讨论？

阿宝内心还有一种迷信，不想把可能会发生的最坏的结果讲出来，好像一说出口就成真。

但李秀凤已经听到了他们的对话似的，有一天她突然说："我说不如当他是个离婚的前夫，当他是你一个朋友，什么指望都不存了，反而会走出一条新路。"

对着阿宝诧异的表情，李秀凤微微一笑："他爸爸后来是想回来的，可是我们离婚时我什么绝情话都说了，我已向他关上门。"

阿宝明白李秀凤的苦心，然而，她现在已经糊涂，如何把他当前夫，如何把他当朋友，什么话算绝情话？她已经失去分辨能力。她迷失在每天向她袭来的疼痛中。

龙待了两天又走了，这次阿宝没有送他，他回上海后给她电话，他们在电话里又争了起来，她气愤中挂断电话。

然而一旦龙不再来电话，她又牵肠挂肚想象着各种可能的灾祸降临在他的头上。

"我已经伤害了你，不想再去伤害别人。"

最后一次通话的争吵就因为这句话，当时的阿宝勃然大怒："这是什么话？这个'别人'到底是谁？奇怪的逻辑，'别人'不可以伤害，家人我就可以伤害？是不是我的皮更厚一些？"

听不到龙的声音，她又狠狠地发着誓言一般告诉龙："我明白了，还是我离开吧，这样我也不会再被你伤害！"

龙沉默了。之后，他就不再来电话。

她并没有预料他真的会……会这般消失？关于离开的话她说过不止一次，每一次都会引起他激动的反应，是激烈地反对。

这一次，他竟然没有反应，竟然，默认了？

可怕的是，说一声离开，他就真的离开了？三年恋爱，十年婚姻，还不算之前他们相识的时间。

阿宝很后悔，为何自己不能克制一下，给他机会更多地表白，她的怒气阻塞了与龙沟通的通道，显然事情到了这一步，龙本人已经身不由己，责怪他于事何补。她禁不住设想是否有另一种更对头的回答。

默默接受他的毫无道理的说法？自己明明无法接受却让他误以为可以接受？这令她感到不公平。

她和龙不都是在一个讲求公平的社会长大？

不过，她是不是应该平静一点，平静地与他讨论这个问题，弄明白原由，为什么她就可以被伤害，那个"别人"就不可以？

可是这么一问，怒火陡然升起，这个问题仍然令她无法心平气和。

有一天夜晚，十二点了她还毫无睡意，千头万绪梗塞在心头，觉得自己要崩溃，她给皮特挂电话。

"最近突然没有消息，怕他出事呢！我……受不了提心吊胆过日子。我想去上海找他……"这一说，堵在心里横七竖八的念头突然条理清晰起来，整个身体好像找到了支撑的框架，坚挺了。

"喔！"皮特好似有些意外，"他已经好久不来我这里……"

"他……还在上海吗？"阿宝陡然慌张。

"别急，应该是在上海，"皮特又用上安慰的口吻，"他最近很少，几乎不来我这里。有人在 Park 97 见过他们，但现在也不常去了，他们自有他们的地方！"

"'他们'？'他们'是谁？"

"当然是龙身边的人咯！"皮特的语气带上了鄙视。

"这个人到底长得什么样子？我脑子里怎么连个影子都出不来？"阿宝像在自问，她又提高声调，朝皮特发问，"对了，Uncle 你从来没有向我形容过这个人。"

电话那端出奇的寂静，好像线路断了。

"Uncle？"阿宝禁不住喊道，"听得见吗？"

听到皮特回应后，阿宝继续问："那个人很……很年轻吗？"

"阿宝，有些事知道得越少对你伤害越少。"

皮特特有的规劝口吻，这口吻似乎代表了世俗社会人们普遍的态度，那种无比坚硬的理性和承认现实的态度，这种态度其实就是现实本身。

阿宝沮丧。

她的沉默反而激发了皮特的说教劲头："那个人长什么样，多大年纪并不重要，重要的是，和龙之间赶快有个了断。长痛不如短痛，这样拖下去，折磨的是你自己！"

阿宝不响，她的思绪突然开起小差，转回到某个词语。

刚才，皮特提到 Park 97。

Park 97？

她在回想这个名词，听起来像个熟悉的纪念地，但又是个空幻的场景，她对它毫无记忆，但为什么觉得自己认识这个地方呢？

她一时出神，在乱麻般的线索中寻找线头。

"有些事发生，不是你错，不是他错，是命运的错。"皮特简直像在讲禅语，阿宝似听非听，仍然竭力在一片迷雾中抓住那似隐若现的 sign。那个听起来熟悉的 Park 97 为何让她的心变得柔软而心酸？

"听话，不用来上海，找到他又如何？找到了，也已经不是你的男人。"皮特继续唠叨，他一反去年的态度，这一次他竭力阻止阿宝去上海，"很多时候有好的心愿未必能实现，我是你 Uncle 不能看着你去做太亏的事。"

"亏什么呢？"阿宝像突然醒来，问得突兀。

"搭上时间精力金钱，换来的是让你自己更伤心。"

皮特一定在电话那端大摇其头，正发出"嗨嗨"的响声："不用来，没必要来，来了你也找不到他，上海这么大，去哪里找？说不定去了香港，那个人的家在香港。"

"香港吗？我爹不是在香港？"阿宝喊起来，竟有几分兴奋。

"搭什么界嘛！"皮特有些不耐烦，"总不见得让你爹去把他抓回新加坡？"

"是的，是的。"她应付着，"结婚时爹回来一趟，以后再也没有见，他们遇到了未必认得出来，这两年龙的外貌变了很多，至少爹认不出他了。"说到爹竟鼻子一酸，如果爹知道了，他真的会为她去把他给抓回来。她愿意这么相信。而现在，她只觉得身边空荡荡，没有至亲的人帮她去做一件她无法做到的事。

她甩甩头，似要甩去这类令她身心软弱的联想。不堪疲惫，只想赶快把电话挂了。

但皮特还在喋喋不休："他们一起还做点生意，时不时会离开一下上海。"

"龙哪里会做生意，不过是找个借口在一起。"

"就算是吧！"

"她会不会骗他的钱呢？"

"这，你比我清楚！龙现在还给你家用钱吗？"

"那倒是给的，除了去年有一阵没有工作。"阿宝的语气又有了温情，"Uncle，我和龙从来没有经济上的纠葛，我们从来不为钱、不为家务争吵！"

"这不容易，本来应该是美满婚姻那一种。"皮特嘀咕着。

"当然！我和他，本来很美满！"阿宝的口气，好像这是个人人皆知的真理。

"那……更没救了！"皮特道，那口吻从阿宝的耳朵听来简直是被冰凉的刀刃刮了一记，她一个哆嗦。

"我看他不是糊涂人，更不是无赖，他不是不知道你好，不是不知道他的家庭比许多家庭都美满，他不肯回家……阿宝，你还不明白吗，这不是一般的外遇……"

皮特戛然而止。

阿宝也不再追问，皮特冷酷的断语让她手脚冰凉头脑再次处于空白状，似乎潜伏在身体隐蔽处的本能比她的头脑更清楚地感受到皮特话语背后的真相。

"阿宝，朋友夫妻闹不合，我向来是劝合不劝离的，但你们这件事太特殊了，我不能看着你受骗还要受罪，赶快离婚是上策，山外青山楼外楼，天涯何处无芳草？你还年轻，重新找个老公不难。"

"我不想再找什么老公！"阿宝哽咽了，"我们还有三个孩子！"

皮特无言，电话里一阵沉寂。

"那么为了三个孩子，你也要保护好自己。"皮特深深叹息道，"不要来上海，你除了让自己受伤，什么也得不到。"

说完这些皮特就挂了电话，似乎他已经极度不耐烦。

可是次日早晨，皮特又来电话："说真的阿宝，你的事情让我半夜醒来睡不着，昨晚挂电话时我很难受，对你说那些也是不得已，我看着你长大，现在好像是看着你……看着你在泥淖里挣扎，我一点帮不上忙，我能帮忙的，就是告诉你真相，不要再对龙抱幻想，他变了，不是过去的他了，已经不值得了。"

是不值得，阿宝也是这么告诉自己，可是她的心并不能按照她的理智的节率跳动。

那个黄昏，她去幼儿园接阿囡，走在组屋区长长的有盖走廊，六点钟的阳光烧灼着组屋区外大片草坪，仍然热烈得像正午，却见不到人，就像中西部的六月。

她度过高中大学的小城，美丽安宁却气候极端，冬天漫长寒冷，夏季赤日炎炎并且早早到来，昼长夜短，夕阳的余晖总是延宕到九时才真正消失，她常在那个时段骑自行车做健身锻炼，人行道上见不到一个行人，清寂得荒芜，虽然道路两旁是一片片草坪，和一树树开得满满不知名的花，她做了很多年的孤独骑手，直到某一天和龙并肩骑车，将荒芜骑成繁花似锦。

　　她现在再一次感受着满眼青翠却内心一片荒凉，那种仓皇的空虚。

　　一阵风吹来，像一片半湿的纸从脸颊上擦过，湿湿的触感。

　　这是热带的风，潮湿滞重，但摇动了静物般的景色，眼前的世界有了动感，布满她心空的乌云似被风吹开一条缝隙，一片薄而亮的光线照亮了她的思绪。

　　她想起了一个场景：短而平整的柏油路，两排高而树叶茂密的树木从沿着马路两旁的人行道一路延伸到公园，在有围墙的公园里面更其高大繁茂，形成一团团巨大树荫，与朝四面八方铺展的草坪互相对照。

　　这正是人们想象中的公园景象，没有比之更经典的景象了，绿漆长椅围着大树兜成一个圆，长椅上稀疏坐着上年纪的市民，他们就像栖息在绿枝上的疲惫老鸟，衰老丑陋但是气定神闲，那个坐落在异域的公园是阿宝看到过的最有气氛的公园。

　　她曾经站在公园门口迎着干爽微凉的秋风感慨万千，那些动人的场景撩起了她伤感的回忆，就在这家公园里隐藏着一家著名的夜店，想起来了，那家店就叫 Park 97……

她不由得停住脚步，试图抓住已飘然而去的什么东西。一缕心绪，或者，一种预感？

当初站在公园门口莫可名状的伤感竟是有缘由的，她双腿无力，坐在有盖走廊的栏杆上，就像刚刚遭遇一场变故她得让自己定定神。

她回过神到幼儿园已过了关门时间，只有阿囡一个孩子，她和老师一起坐到了幼儿园门外。

"孩子着急了！"老师告知。

阿囡看到她"哇"的一声哭出来，拒绝和妈妈一起回家，嚷着要"阿婆"，远远的她已经比妈妈先看见李秀凤朝她们迎来，婆婆焦炙的步态，让她的心一紧。

"妈，BB 怎么啦？"她快步迎上腿脚发软竟至身体摇晃，声调陡然尖厉！

"BB 没事！"李秀凤笑着摇摇手，"等不到你们，心一急便出来找……"

手却不由自主捂在胸前，好像在安抚不能立刻平静的心脏。

"BB 呢？"她没有意识到自己的口气带着些责备。

"他睡得熟，老大帮我看着他……"

李秀凤察看阿宝的脸色："去哪里了，这么长时间？"

她朝阿囡双手拍拍，阿囡立刻扑向婆婆。她突然就烦躁起来："还会去哪里？"她朝不远处的草坪一指，"不过在那里坐了一会儿。"

"我也要坐坐！"阿囡说，没人理她，嘴一瘪欲哭，见母亲脸一沉，又乖巧地憋回去了。

"哎呀，我也不知道自己为什么急成这个样子。"李秀凤笑着，却是勉强的。

"妈，你还怕我走掉吗？"她冷笑着，并不理会正悄悄把身体从李秀凤膝前移到她膝前的阿囡。

"我不会走的，这日子过得像坐牢，也得过下去，我做不来像他这么狠……"她恨恨道，眼泪却涌出来。

"哇"的一声，哭开来的是阿囡。

"好了，好了……"婆婆摩挲着阿囡的头，阿囡索性一屁股坐到地上。

"妈，你先回，我会带她回来。"阿宝低下头看着哭泣的女儿有些无动于衷。

她看着李秀凤的背影渐行渐远，然后一屁股坐在女儿身边，一声呜咽，与阿囡合哭。

阿囡收声，抬头惊问："妈咪，你也会哭的啊？"

11

～～～

　　想着不要再去骚扰朱迪，但到了夜深人静时，阿宝便会下意识地算一下时间，正是美国近中午的时候，朱迪该起床了，她禁不住地给她拨电话，可她的手机关机，也许她根本就不在美国，但也无从猜测此时的她在地球的哪一端。

　　生命对于朱迪是接连不断的旅行、派对，而阿宝仍然只是那个落伍落寞又焦虑的大学同屋，眼睁睁地等着同龄女伴洗澡更衣化妆离去，继续埋头学业，然后困倦得打着呵欠等待她回来。

　　她是有些嫉妒朱迪的，但更多的是感恩，她曾经把朱迪看成她人生的幸运星。当年和龙的约会，便是朱迪一手促成。

　　那一年，龙最终选择了有全奖的中西部，当母亲不再成为他选择的阻力时，龙却改变了自己的意愿，内心深处，他终究服从了东方人的现实感，也可以说母亲的忧患不可能不影响到这位堪称孝子的男人。终究他是他们中的一员，没有根基毫无安全感的移民，money（钱）永远重要过 fun（兴趣）。

无疑的，与龙重逢也改变了阿宝的志愿，阿宝立刻补申请了本地州立大学，并鬼使神差地进了文学院，是否因为见到龙，令她意识到不能埋没自己的才能？

约会姗姗来迟，她从未对与龙约会抱有奢望。她在大学校园仍是个被疏忽的女生，几乎没有被追求的经验，虽然她已和自己的肥胖告别。

那时候比她高一级她称为学姐的朱迪，与她最投缘也是系里除她之外唯一的华裔女生，自然她们走得很近。

朱迪生于美国，道地的 ABC，性情奔放总是陷入不同的恋情中，阿宝崇拜她，也不由得自怜自哀："我可能是生来做修女的命，男生们和我在一起也变得一本正经。"

"你脸上有一种神情，让男生不敢造次。"朱迪对着阿宝凝视片刻，然后告诉她。

"我对他们向来很温和啊。"

"你有点太严肃！"

"我可是经常笑的。"

"不是笑不笑的问题，是这种感觉，他们要是约会你，必要先考虑是否和你结婚。"

讽刺得很，她母亲好容易把她培养成淑女，现在她得学会做一个把约会当成生活方式的风流女生。

她于是跟着朱迪去那些本科生在周末经常光顾的酒吧，酒吧关门后，她跟着酒友们去那些深夜派对，去那里继续买酒喝，而且不用出示 ID。

非法酒廉价也易醉人，她正好需要买醉，这样，在黑漆漆的旧仓库的派对场所接受连脸都没有看清的男生的亲吻要容易许多，当他的手伸进她的内衣时，阿宝会突然惊醒毫不犹豫把他推开，她自问为何唯有自己无法把性爱当作一场游戏？

"当然要保护自己，不能轻易和他们上床，时刻给自己准备安全套，假如要上床。"朱迪很乐意做她的性探索导师，她告诉阿宝，"重要的是，不要让想要约会你的男生太紧张，一定要放松，你放松了，你喜欢的人就会过来。"

在繁忙的学业和约会间隙，朱迪诲人不倦，给阿宝一些男女之道的教诲，她心肠热性子又急，简直无法忍受阿宝把大好时光浪费在学业上，恨不得徒手重塑一个阿宝，或者说，恨不得开办一所情场女猎手学校，给那些书蠹头女生指引猎男方向。

然而当朱迪忙着向一个情场上的无知者传授她的经验心得时，对于阿宝的感觉心情，她却完全无知。

她不知阿宝正陷在与龙咫尺天涯的困境中。

困扰阿宝的正是，中意的人就在近旁，几乎每天、每个场合都可能相遇，图书馆、餐厅、银行、书店、咖啡室、体育馆，以及学校旁市中心广场及周围的街区。她来往出没于这些地方，会无缘无故涨红脸，心如撞鹿，有双眸子身影相随。

她希望与龙相遇，又害怕遇见，每天出门前检点自己的形象，以防不期而遇。然而遇到了，也不过说声"Hi"，或者微笑一下，接着反省，自己的头发衣服，讲话的语调，等等等等，自己的形象在她自己眼里，都是问题，然后，是无止境的后悔。

这些担忧后悔变成压力，令她害怕出门，她发现，留在家反而心情宁静。

事实上，阿宝并没有太多时间消耗在恋爱的空想上，作为新生要适应大学生活并不那么容易，英语系的读书量惊人的大，除了上课阿宝几乎从早到晚泡在图书馆的阅览室，而龙又在准备投考博士生，总之，阿宝的大学第一年，他们被卷入各自紧张的生活节奏。

有个下午，一个冬去春来、仍然时不时飘着小雪、一旦有阳光便格外温暖的下午。她和朱迪走在正融化的碎冰残雪的校道，朝着她们的英语系大楼去她们各自的教室，却在大楼停车场边上遇到刚停好车出来的龙。

因为赶课堂，阿宝和他匆匆打了招呼。

"他是谁？为何从来没有提起他？"朱迪因为吃惊而停住脚步，她朝着龙的背影看去。

"我们是高中校友。"阿宝回答简单，却又有点意犹未尽，她垂下头，沉思般地重新迈开脚步。

那天课后，朱迪迫不及待等在阿宝的教室外，把她拉到咖啡室。"哈，向我隐瞒了这么一个出色的校友，为什么不和他约会？"

朱迪是美女，美女是这么看待世界，她认为好男人不多，如果出现，怎么可以失之交臂？

"他不是我的那杯茶！"阿宝开着玩笑。

"你喝什么茶呢？"朱迪惊异地发问，打开阿宝面前的小茶壶盖，朝里瞄一眼，黄昏了，阿宝只喝不含咖啡因的花草茶，这种袋泡茶超市到处有售。

朱迪的问话让阿宝呵呵呵地笑，这个长着中国脸的美国人，与她对话，有点像鸡对鸭讲。

"他不是我的那杯茶，意思是，他不是合适我的那一型。"

"哦，你看不上他！"

"他这么优秀，怎么会看上我？"阿宝赶快解释，禁不住叹息。

"问题是，你喜欢他吗？"

"当然……"阿宝才这么承认，眼睛已经湿润。

朱迪深深地看住阿宝："我懂了，你因为喜欢他，所以不和其他男生约会？"

"不会，如果有人约我，这个人我不讨厌，我还是会去的。"

"我不太懂，你喜欢这个人，却跟另一个人约会。"

这么简单的道理，朱迪居然不懂，阿宝笑得苦涩。

"问题是，我喜欢他，不等于他喜欢我，他应该找个比我优秀许多的女生，这点自知之明我还是有的，我并不指望他来约会我，他只是我心中的一个理想。"

"如果是理想，就去争取！至少，你应该让他知道你对他的感觉！"

阿宝大摇其头："我宁愿不说出来，不是所有的理想都可以争取，放在心里更美！"

朱迪不以为然地耸耸肩，正要说什么，阿宝抢在她前："他早有自己爱着的人。"

"噢……"甚至朱迪这个无关的人都露出几分失落。

"不过，那人却不属于他，听说他失恋过。"

"障碍已经扫清，你可以追了！"朱迪松了一口气，高兴地指出。

阿宝不响。

"你要是不追，我就去追了！"朱迪笑道。

阿宝瞥了学姐一眼，没有作声。

后来去外州读硕士学位的朱迪写给阿宝的电子信告知，当时阿宝的这一瞥令她震动："我感受到你内心很深的痛苦，爱的真谛就是痛苦，我当时才明白，真正爱过的，是你，而不是我，虽然我有过这多次所谓恋爱。"

"噢，不要当真，你的校友不是我的那杯茶。"

不过当时的朱迪却是开玩笑地学着阿宝的表达方式。

"喏，我的茶是他们。"朱迪指着从她们身边走过肤色各异的男生，"或者金发碧眼，或者干脆全黑，只露一嘴白牙。"朱迪哈哈大笑，笑得没心没肺，引来男生们的注目。

阿宝没有回应朱迪的玩笑话，却对她先前那句"你要是不追我就去追了"的玩笑话留有芥蒂，她已经在想象中看见他们站在一起，朱迪和龙，俊男美女，天生一对。

"在想什么？"

"我在想……"阿宝想了片刻，好像在寻找已被掉落的话题，"你刚才说要找白人或黑人，可我觉得你不是那种给自己界限的人。"

"但在这件事上必须这样。"朱迪任性的口吻。

"为什么？"

"为了我父母。"

阿宝迷惑不解，难道有华人父母反对自己女儿嫁华人。

"他们只接受华人女婿，最低限度是黄种人，所以我一定不要做他们要我做的事，中国成语是反着行道？"

"反其道而行之！"阿宝纠正她。

"反其道……而……行……之。"朱迪鹦鹉学舌，目光里满溢羡慕，她崇拜中国成语，她羡慕阿宝在成语上的"渊博"。

而阿宝的眸子里也充满艳羡，她面前这个女孩子已经二十一岁，仍然充满青春期的叛逆气息，只有被父母宠爱的孩子，才会这么反叛。

"去争取自己的幸福。"

朱迪，这个只穿奇装异服，叛逆得十分有型的女生，握住阿宝的手诚恳劝说。

阿宝朝她点头，却在心里摇头："不是所有的幸福都能争取，如果争取不到，会令我更加痛苦。"

"我帮你想过了，你先得给自己制造机会。"与龙匆匆邂逅却让朱迪上了心，几天后，她又把阿宝拉到咖啡室来讨论。

朱迪不要阿宝喝袋泡茶，她给她买了一杯 Decaf（低咖啡因咖啡）摩卡，堆积在杯口的奶泡诱人，那是阿宝的最爱，只是为了省钱，她很少喝。

"你做的菜这么好吃，想办法让他吃到你的菜，我妈妈说，有些男人，特别是中国男人，他们的爱情通道是从胃里走。"

她的话让阿宝忍俊不禁："我亲爱的叛逆美女，怎么居然引用你母亲的话，你不是要去做她反对的事吗？"

"可这是关系你的事，我对华人男生没有经验，所以必得听我老妈的看法。"朱迪不由皱眉一笑，"不过这一来，让她误会我要找华人，费了不少口舌让她重新死了一条心。"

"太对不起她了，让她平白无故增加一次失望。"阿宝好感动，也有些自悯，她无福享受母亲的唠叨。

"没关系，我每天给她许多失望，债多不愁，屎多不痒。"朱迪可笑地引用着半生不熟的中国成语。

"好像是虱多不痒，不是屎。"阿宝呵呵呵地笑个不停，这位女友是宝贝，她总是给她带来笑声。

"噢，你的华文程度比我好很多。"而朱迪总是会吃惊阿宝在华文上比她胜一筹，她以为天下只有她的母亲如此偏执地让她掌握华文。

"当然，我出生在中国嘛！"

"真的吗？"朱迪惊慕的神情让阿宝发现自己终于也有那么一些优越于学姐的地方。

"虱多不痒，屎多不痒……"朱迪嘀咕着，"虱和屎有什么差异。"

"差异太大了。"阿宝只有和朱迪在一起才会这般开怀大笑。当朱迪知道了这两个词的真正意思，也嘻哈不已。

"这句成语当年母亲一直用，为了帮父亲开餐馆，我们家曾负债多年。"阿宝告诉朱迪一度已经忘怀的往事，或者说她希望忘怀的那些往事。

朱迪伸出手紧紧握住她，她大概是狮子座里最优秀的那一类，既有女皇般光彩夺目略显高傲任性的风度，又天生富于同情心。

朱迪后来从母亲那里拿来一本中国挂历，把属于华人的节日勾画出来，最近的一次就是中国春节了。

"大年夜我们来搞个华人为主的晚餐，找几个华人同学，你我之外，两三个就够了，然后把他，那个龙请来。"

阿宝同意，但仍有一种也许这一切是徒劳的消极心理，她是巨蟹座，多愁善感，比较内敛，在没有把握时不轻易流露感情。

其实她内心另有一种担心，自己觉得阴暗无法说出口。

眼前这位学姐太有光彩了，只要她在身边，自己必然只是个陪衬。

朱迪好像已从阿宝的眸子看到她的担忧，她说："那天你是主厨，做两个中国菜，我做你下手，所以我得拥有带个非华人参加的特权，我要把我的金发男孩带来。"

阿宝便是在那一刻把这个漂亮时髦性格奔放，常让自己相形见绌而对她怀有嫉妒的学姐当作一生的"死党",华人的江湖说法是,可以为她两肋插刀。

那天聚会朱迪约来一对中国恋人,她自己又带来男友,人们会以为阿宝和龙是一对,但朱迪轻松地告诉他们,阿宝和龙是高中校友,中国春节能和同宗同族的校友一起聚,难道不是缘分,在这个白人占了百分之九十以上的中西部?

说到这个主流标志太明显的中西部,学姐瞪了自己男友一眼,似乎他对此负有责任。

总之,聚会太愉快了,对于阿宝。除了鸡汤,她的蒜泥椒盐虾以及红烩牛肉很受龙喜爱,他赞不绝口,胃口超好。

"好像自从我母亲离开后,再也没有吃得这么饱。"饱餐后的龙放下筷子叹息地摸着自己的肚子。

"恭喜,你应该抓住可以将你喂饱的人。"朱迪的玩笑也太赤裸裸了。阿宝及时逃进厨房。

阿宝那天煮的两道主菜并非道地中国菜,阿宝煮的红烩牛肉本来是西菜,但她放了日本酱油和中国生姜,味道便比较浓烈,而椒盐虾是中菜却是用黄油干煸,有了西菜的特殊奶油味。

考虑到龙的母亲来自新加坡,又在美国住了多年,她家的菜谱必定也是中西混合,阿宝便相信自己不那么道地的中国菜正合适龙。

在与龙的关系上,阿宝能够苦心经营的也就是这类小细节了。

果然龙很喜欢，他认为这一餐，是他母亲回新加坡后，他吃过的最美味的中国菜。

这两款菜也受到朱迪和她男友的欢迎，却是刚从中国来的这一对中国学生恋人有些不习惯黄油味道，也不那么喜欢牛肉。

他们俩来自中国北方，阿宝用从韩国杂货店买来的中国鸡蛋卷面放进鸡汤煮，权当中国拉面，总算让他们的胃也妥帖了。

如此操心下，聚会如一场演出，正朝着预先策划的情节路线发展，眼看尾声的高潮来临。

可是朱迪的这根指挥棒相当用力，也许太用力了，让阿宝不免担心。只见她迫不及待将话题引向阿宝的高中往事，并在她可笑的貌似好奇的询问下一一翻掀。

朱迪还迫使阿宝背诵了一首当年写的诗，那首诗伤感得做作，让阿宝难为情，可是听众们很给面子地向她鼓掌，尤其是朱迪，她的掌声太响，众人都停下时，她还"啪啪啪"地大拍特拍，俨然一名阿宝的粉丝，并说出"如果我是男生，我会因为这首诗，爱上这位女诗人"。

她的手指向阿宝，一厢情愿的姿态热烈。呵呵，阿宝想找地洞钻。

无论如何，前啦啦队长的鼓劲带动了现场气氛，众人七嘴八舌参与朱迪的"颂歌"，龙拙于言辞，但目光里有了赞赏。

当人们安静下来时，他发表惊讶："噢，我才知道，阿宝在高中谈过恋爱。"

"当然，东方女生是许多西方男生的梦中情人。"朱迪迫不及待又是一番"老王卖瓜，自卖自夸"。

阿宝红了脸，这个话题让她自卑："那是你，不是我！"阿宝困窘地指正朱迪的观点，似乎有点责怪她把话题引向自己的痛楚。

"不要谦虚，有个叫恰克的男孩可是给你写了不少情诗。"朱迪毫不犹豫抖出阿宝的秘密，还向阿宝眨眨眼。

"噢？阿宝可是从来没有说起。"龙有些吃惊，他打量阿宝，有刮目相看的意思，至少不再是以前那种视而不见的看。

下一个中国节日接踵而来，时间在两个星期以后，正是中国的元宵节，这个节日阿宝母亲在世时都不怎么过。

在周围毫无气氛的情况下，中国节日很容易自行溜过去。但在那天的聚会上，学姐已经就后面聚会的 schedule（日程）拿出来讨论了，她在阿宝的中国挂历上已早早勾出元宵节。

"中国春节是在这一天划上句号，跟正月初一一样重要。"朱迪告诉阿宝，显然，她最近努力讨教母亲，阿宝好感动。

"当然我们不过是给自己一个理由，让你再伸展拳脚，表现自己的才华，也给我多一个机会品尝你的美味佳肴。"

朱迪这个急性子，好似恨不得把阿宝和龙直接送进洞房。

在朱迪的催促下，阿宝给龙发电子信通知，龙回信说，他急不可待等着那一天的到来。

正月十五的聚会那一对中国恋人没有出现，朱迪带男朋友只露了一下面，便推说有事，早早离去。

"我要赶回家陪母亲吃汤圆。"朱迪居然用上这么一个理由，阿宝根本不相信。

"阿宝给我们大家准备的汤圆只能让龙独享了。"朱迪很自然地把龙一个人留下来，她朝阿宝使了个眼色，便拖着男友匆匆离去，她的意图也太明显了，阿宝很尴尬，简直不敢独自和龙面对面。她把他扔在餐桌旁，自己躲在厨房忙。

汤圆沉在锅底小火慢热，只等沸腾，加凉水等再一次沸滚，两次加水后，汤圆会随着煮沸的水浮起，就表示熟了。

煮这道点心怎么都急不得，如何把汤圆馅煮熟而汤圆皮不破，其诀窍便是不能性急，小火慢慢地加温，这是阿宝的浙江祖籍的母亲一直唠叨的诀窍。

龙跟进厨房来帮阿宝，在她清理灶台和料理台时，他娴熟地在水龙头下冲脏碗将之放进洗碗机里，他们聊起了天。

"那个恰克，现在还来往吗？"在水流"哗哗"声里龙突然问道。

"早就不往来了，他做了一年新生便去了西岸，我们又通了一年多信，坚持不下去了。"

阿宝的眼神里有着那么一缕缅怀和伤感，她其实是从龙的反应里感受到，他抬起眼帘的一瞬间，眸子掠过伤感的波纹，他过来伸出手臂搂搂阿宝，水龙头还开着，天哪，阿宝竟然涌起哭泣的冲动，一时失语。

"阿宝，你还想念他？"龙关上龙头，直视阿宝已经泛红的眼圈。

"那段岁月很触动我。"阿宝咽着口水，从料理台的卷纸上撕下一把纸按住鼻子，被克制的泪水退回到鼻腔和口腔。

"我和恰克，我们好像一对同患难的朋友。"

"同患难？"

"我们两个都是校园最微不足道最默默无闻的……是被忽视的失败者，我们的青春期很辛苦……"她用英语说道。

龙不响。水龙头又开了。

"可能我失败得更惨！"

水声太响，阿宝关上龙头。

可是龙欲言又止，却眸子黯然，阿宝便问："我想，你是个肯为爱付出代价的人！"

他投来炯炯一瞥，有些意外。

"肯为爱付出代价的人，值得信任！"她嘀咕道，避开他的注视，重新打开水龙头，一边擦洗料理台。

瞧自己当时说得多轻巧，回想起来，好像无意间给自己念了一道符咒。

但当时的他们，通过这个话题彼此的沟通好像进入了心灵。

因为过于专注谈话，那一锅汤圆却被煮烂，然而他们俩已经不在意，畅通的谈话给予他们的快意当然不是圆满的汤圆能比。

之后，阿宝想起元宵节的破汤圆，那一粒粒卧在清水里雪白的汤圆变成半锅黑糊糊泛着破碎的白色糯米皮的芝麻糊，心里不无遗憾。

毕竟那天的汤圆象征了团圆和圆满，阿宝这个煮汤圆能手怎么偏偏在元宵节，这个象征团圆的日子把它们煮破了呢？

遗憾是后来产生的，当时的她很快就把这一锅黑面糊扔在脑后，忘记了，却是在多年后才突然想起。

自从春节聚会后，阿宝开始热衷于烹调，她根据龙的口味，为他俩拟出的菜谱富于创造性。

她的招待如她所希望让龙十分享受，龙的母亲也是烹调好手，自从他一个人过，在吃上可是遭了不少罪。

他们好像才共进了那么几次餐，龙的大学最后一年就过去了，同时他已拿到两小时车程外州立大学的博士学位奖学金。

他离去前夕，阿宝为他摆告别宴，她为那天的菜肴做足了准备，甚至专门去了趟德国人农场买了活杀鸡，炖了一锅草鸡汤，做了日本烤鳗鱼和寿司，只为龙酷爱日本料理。

阿宝甚至预先把半打啤酒冰透，那时候她自己刚过了可以喝酒的年龄，以为龙和她一样，渴望过足酒瘾。

阿宝兴致勃勃地忙碌着，好像她对与龙的别离已经没有太多感怀。

感怀的岁月已经过去，她对自己说，因为这是一种早就知道，不可避免的别离。

可是那天下午她在给红烩牛肉准备材料，在切洋葱时，辛辣的洋葱汁从刀刃下迅速弥漫如同强烈的气体，阿宝的眼睛被熏得睁不开，并直流眼泪，这泪水越流越多，直到洋葱已煮熟泪水还未干。

龙到来之前，她一切准备就绪，包括冲了澡换上干净的T恤，眼睛早已干了，已涂上眼影，这时的她也心如止水了。

在这个黄昏，她想到自己可能真的得一辈子自己跟自己过了。

那晚，才喝了两杯红酒的龙却有些不胜酒力，他后来承认那个傍晚去阿宝的公寓之前被同屋室友拉去酒吧喝了一瓶啤酒，而他并不嗜好酒。

所以这晚阿宝必须开车送他回去。到达后龙执意让阿宝去他的公寓小坐一会，却是那一小会儿，改变了他们的人生。

是的，那晚，阿宝没有回家，她与龙睡到一张床上。

当时阿宝和他拥抱告别，在最后一刻，阿宝突然就情不自禁，她把他抱得那么紧，她的柔软的少女的身体紧紧贴住龙。

那个晚上龙才知道，他是阿宝的第一次。

床上的血让阿宝羞愧，为自己已过二十岁仍是处女而羞愧，但有一种更强烈的幸福感，她简直不敢相信生平的第一次做爱对象是龙。

那一刻的阿宝甚至有这种感觉，即使龙从此远去再无音讯也不会后悔。

但次日阿宝的手机收到龙的短信，他说，他没有料到阿宝这么纯洁，他简直不相信在校园还有阿宝这样守身如玉的女生。因此，他会负起责任来，不辜负阿宝。

倒是让阿宝有些失望，龙怎么竟有这般陈腐的想法？

"我并没有要你负责，千万不要因为负责任而来做我的男朋友。"她竟然这么回答他，有点朱迪的风格了。

却未料到龙来信表白："在美国，我们是两个孤独的东方人，为什么不在一起？"

为什么不在一起？

阿宝把短信读了又读，她好像经过漫长的炼狱之路，来到了天堂口。

那个初夏夜晚，阿宝又写起了诗，题目是"我来到了天堂口"。

"这爱千回百折才刻骨铭心。"朱迪读了她的诗发出这样的评论，她把阿宝的诗放在自己电脑的桌面。

12

~~~~

即便阿宝不能马上联系到朱迪，朱迪也不会让阿宝失望太久。

次日白天朱迪电话便来了，那时正是家里最安静的时候，两个孩子去了学校，李秀凤去了湿巴刹。

朱迪竟然身在上海，她去年曾说过要去上海买房，将部分业务弄到上海发展，

"我找到了适合我的城市。"朱迪曾有过这一类的宣告。

但朱迪能量太充沛，个性多变，容易移情。阿宝绝对没有料到她居然就付之于行动，听起来是异想天开的 idea（念头），却能用她的行动让其成为现实。

阿宝想，这正是朱迪永远会比自己快乐的缘由。也许，她今天的困境，换了朱迪，早已脱身，她会毫不迟疑找来律师，把婚给离了！

朱迪在电话里告诉阿宝，她其实是花了近一年时间看房，

当然都是委托朋友，这次去上海便是去一锤定音，合同都签了，朋友的朋友的朋友是律师。她说在中国办事全部是靠关系，朋友的朋友的朋友，听起来很远，但一起吃几顿饭就熟了，所以到处是餐馆。

"你应该去上海开餐馆！真的，我注意到那里的餐馆生意简直太好了，因为大家都是在餐桌上谈生意。"

朱迪居然得出这样的结论，阿宝觉得她是在信口开河，没有搭腔。

"我不是开玩笑！"

"朱迪，你真的已经辞职去上海了？"

"买房子是投资嘛，我也有了经常去的理由，再说你去上海也不愁没地方住。"

一件事，在乐观的人那儿，得到的总是最积极的解释，以及好兴致。

阿宝只觉得心情更压抑，上海！上海！这是她的伤心地，她还会去吗？

她的沉默，令朱迪停止她的话题，便开始询问阿宝的近况。

她抓紧时间三言两语讲述自己目前的处境，只怕朱迪的电话里又响起其他人的铃声。

"他既然已经回了新加坡，又为何让他走？"朱迪似乎对阿宝的大度不以为然。

"他说他已经受不了新加坡的安静和干净。"

"这就是说，他在上海找到了适合他的生活方式。"朱迪笑了，似乎表示认同，"那也是有可能的，每个人都有适合自己的城市嘛。"

阿宝无言。

"那就跟着他搬去上海，除非你更喜欢新加坡！"朱迪语气干脆，阿宝一愣。

"新加坡，呵呵，干净得没有生气，这么乏味的城市谁能忍受？住三天可以，住一个星期已经太长，阿宝，你怎么可以在那个地方一住十年……"

"问题是，他愿不愿意我跟着他去上海。"

"这不是问题，你们是夫妻，应该在一起，他去上海工作，你带着孩子住新加坡，这状况本来就很有问题。"

"朱迪，他去上海是去找回他的外遇，这种情形下，我们怎么搬？"阿宝着急的、责问的语气。

"这种情形下，更要搬，家人的力量更大嘛！"

阿宝又一愣，迅速把整件事在脑中滤一遍。"当时我和婆婆只想着把他带回家，以为离开那个环境，离开那个人，会回心转意。"她深深叹气，"没想到他待不下去到要跳楼！"

"哦，有这么严重？"朱迪一愣，"不过，在上海住久了，再适应新加坡是有难度！"

"一个做父亲做丈夫的男人怎么可以为了另外一个城市更有趣背弃家庭，何况新加坡是他的故乡！"阿宝的语气突然激烈，"他喜欢上海，是因为他可以匿名，可以放纵，做他想做的事。"

她自己都没有意识到她在引用皮特的话，当时她曾经觉得荒唐的推理。

"他需要匿名做什么？"朱迪问，竟然问了阿宝当时问过的问题。

"我原来也不相信他是这种人，但事实就是这样，他在那里毫无顾忌，据说和那个人形影不离。"阿宝提高声量，这个话题让她几近失态。而且朱迪总在试图为龙找理由，这让阿宝有点生气。

"什么样的女人可以让龙和她形影不离？在我看来龙对女人有些性冷淡。"听不到阿宝的回应，朱迪赶紧道歉，"对不起，恕我直言。"

"噢，你也有这种感觉吗？"阿宝短促地笑了一声，心里有个暗角似被照亮，她一直觉得龙在性上对她不够热，或者说，龙对她的爱到底有多深，她从来没有底，她是从他对家庭的责任和爱护去感受这个男人的感情。

"这，要问你呀，你应该清楚，他是你老公，你的鞋子嘛！"

朱迪竟笑了。

"他是真性冷，还是看起来性冷？"朱迪又强调地问道。

"我不懂，我没有比较。"

阿宝的回答让朱迪叹息："对了啦，你说过你们是处男处女的结合。"

两人都沉默。良久，朱迪道："我明白了，他也是没有比较，现在的越轨，是对婚前的补课，你不要太认真。"

　　阿宝不响，她也同样不知"认真"、"不认真"的界限在哪。

　　"不过，劝你不要太认真，有点像说风凉话。"朱迪好像已读到她的心声，便用她决断的带有任性的口吻说。

　　"我要是你，就跟着他，随便他去哪里，都在他身边，他是你的马，你得握住缰绳，这是我老妈的驭夫术。"最后一句话，她用英语道出，表示那么一点自嘲。

　　"他早已是脱缰的马，想握住也来不及了。"阿宝也自嘲。

　　朱迪笑了，她也笑，真奇怪，朱迪是可以创造一种氛围，让真实的世界变得有几分儿戏。

　　但她试图把现实拉回来，三个孩子要照顾，其中一个是喂奶的婴儿。主要是婆婆李秀凤，她是新加坡人，她怎么能够在近七十岁的年龄搬迁另一个城市。

　　"有什么不可以，现在不是有很多中国父母在退休后到美国去照顾他们子女的孩子。"

　　"那是从中国搬去美国。"

　　"这是什么意思，中国搬去美国就容易？"学姐不客气地发问，"你以为美国条件好很多，生活更容易？你对上海真是太不了解了。"

　　作为好友，她们之间也会出现颇有锋芒的争论。朱迪的口气已颇不耐烦："去问问上海籍的父母，包括你自己的父亲，他们更愿意住哪里，当然是自己国家更容易住，而且上海变得这么发达、时髦……"

发达？时髦？阿宝要推拒的恰恰是从其间衍生出的气氛，丈夫就是在那里变心的，对于她，那是个浮华世界，她在电话这端沉默。

有一天夜已深响起电话铃，这种时候通常是龙的电话，她忘了自己"不去理他"的决心，几乎是迫不及待拿起电话筒，却是个打错的电话。

这个错电话的撩拨，令她卷入失落和焦虑的黑潮中，漫长的黑夜将如何打发？她突然渴望把自己灌醉，当年，青春寂寞小城寂寞，不时地醉一次酒，融入醉醺醺的周末夜，既是当时当地的气氛，也是自身深刻的心理需求。这需求消失了许多年，现在突如其来出现，她有那么一点兴奋。

十一点了，孩子们和婆婆早都睡了，半夜两点左右婴儿会醒一次，喂他两百五十毫升美国雅培婴儿奶粉，那时候婆婆可能会起夜上一下厕所，之后全家可以安静四五个小时。

她轻轻起身先去厨房给婴儿冲奶纷，她用量勺仔细地舀出分量准确的奶粉放进已在白天消毒好的奶瓶，冲上凉开水摇匀，在消毒过的塑料奶头上盖上盖子，将奶瓶放进冰箱，这是她每晚睡觉前必做的准备工作，她此刻窃喜婴儿早已断奶，她可以满足自己想要放纵一下的欲望。

她蹑手蹑脚去客厅打开酒柜，一整瓶伏特加还未开封，至少有两年半了，龙去欧洲出差带给她的礼物。呵呵，大概很少有丈夫会买一大瓶烈酒给妻子，她看到这瓶酒就禁不住莞尔，即使是此刻。

她又从厨房碗柜的最上层拿出喝烈酒的玻璃酒杯，先给自己斟了小半杯酒，冰箱里没有现成的汤力水，便兑了柠檬水，然后端着酒杯坐到厨房连接客厅的吧台旁。

二十一岁生日朱迪不在城里，给她过生日的是合气道班的道友。

她是进了大学才发现所谓艰辛的学业刚刚开始，之前的高中只能算是热身，而初中小学更像是度过童年的游乐园。

眼看周围同学个个疲于奔命，但青春年少有爱情安慰，像她这样形单影只苦读书简直等同于修行。

为了缓解学业紧张，也有想找朋友的意图，她参加了校园的合气道班，合气道是日本拳术，听起来很酷，就像武术，实足的"东方"。

在西方，"东方"是时髦。而对于她，更实在的本能需求是，她渴望拳术解放郁积在身体里的性苦闷。

班里多是西方人，女生不在少数，不久她才知道，参加这类训练班的多是校园的孤男寡女，或者说，是那个无忧无虑更大群体的另类。

她和学员们有一种属于同类的默契，每星期两次训练之外，还另找机会聚会喝酒。

星期四晚是城里酒吧为促销推出的"Happy Hour（快乐时光）"，这个时段的酒价打对折，所以也是合气道班喝酒的日子。

她进班时不满二十一岁，不能随便进出酒吧，他们经常为她买了酒带到酒吧外喝，因此，二十一岁生日不仅是她也是全班的大事。

那晚，他们带着她至少进出了三个酒吧。先是喝啤酒，不过瘾，再喝威士忌，不过瘾，伏特加。

伏特加阶段最放松也最放肆，她"呵呵呵"地禁不住地乐，放肆给予她碰撞禁忌的好感觉，她的道友们说，你从来没有乐成这样，你的嘴从来没有咧得这么大，我们选你做伏特加小姐。伏特加万岁！

她笑得坐不住，一阵一阵的眩晕伴随着笑声将她团团围住，她坐不住便躺到地上，她为生日换上的吊带裙被风吹得像翻卷起来的伞，她的师兄把她扛到肩上，送她去宿舍，所幸她的宿舍在两条街之外。

一群人簇拥着她和师兄走在 Down Town，像一支小小的游行庆祝队伍，她是被庆祝的硕大果实。在师兄的肩上看每天来回穿梭的 Down Town，看到的是个新世界。她好像飞到一只巨大的游船，灯火在周围摇晃、环绕着她，朝海的深处游去。

她在师兄肩上载歌载舞比放生的鱼还要活泼。

她不记得半途中的呕吐，如何躺回宿舍的床上，大伙离去时，她却拉住师兄不让他走，这成了往后喝酒聚会的笑料，给她自己给同伴带来愉快的回忆。以后只要喝伏特加她必醉，醉了便缠着师兄扛她，她成了他们 Happy Hour 最 happy 最受欢迎的一员，从"伏特加小姐"升为"伏特加皇后"。

婚后要生育孩子，她几乎不碰烈酒，偶然谈起那个生日，让龙乐不可支。

"为什么你不再醉了，我们交往后？"龙遗憾地问道，"我是不是压抑了你的另一面？我希望你快乐！"

"我还有另一面吗？那另一面是什么？"阿宝笑问，她很想告诉龙，所谓"另一面"恰恰是不快乐的，是属于那个肥胖自闭的女孩，不快乐才需要酒精制造快乐的幻觉。

"我很快乐，快乐才使我心满意足平平淡淡……"她哈哈一笑告诉龙。

"我也很吃惊现在我告诉你这些糗事时，我真的有这么crazy（疯狂）吗？"她仿佛自问。

龙抱住她，欲念突如其来："我喜欢你的crazy！"

他似乎在索求另一个她，她有些吃惊，但很快便卷入丈夫的爱欲。

"我要你更热烈一些！"他在她耳边喃喃。

可是，她对他的爱却把她困住了，她那时刚刚明白，你爱上一个人才会发现"爱"如同牢笼，将你围困起来，你失去了舒卷自己身体的能力，失去了平衡感和自我掌控的自信。

每一次做爱对于她都是一次考验，她是这么渴求让丈夫快乐，以致自己从来就没有把握是否在床上满足过他。

阿宝坐在厨房连接客厅的吧台旁自斟自饮，在回想快乐时光时却产生令自己惊悸的疑虑，也许自己天生缺乏令所爱之人幸福的能力？

这疑虑令她痛苦，如未消化的食物鲠在胸腔，她大口喝酒，似要把那块阻塞物吞下去。

渐渐地，梗塞感消失了，似乎酒精不仅消融了块状物，也在消融身体里的组织，沉重被轻盈替代。

阿宝好像刚刚意识到自己坐在吧台前唯一的高凳上，心里暗暗吃惊这一小块空间带给自己的舒适感，奇怪着婚后这么多年竟然从未试着享受自我消遣如这一刻。

阿宝发现了女人微观世界的新大陆，陡然亢奋，酒精在消融的同时也在点燃她沉睡的能量，仿佛加温的水，越来越多的蒸汽正"噗噗噗"地从水壶嘴里冒出来。

她"嘿嘿嘿"地笑出了声，恍然翻回生平最精彩的一页，她被师兄扛在肩上，就像一颗硕大的胜利果实，在道友们簇拥下走过夜灯璀璨如风景照片的 Down Town，她一生中从未有过这般爽这般放肆的一刻。

阿宝一口饮尽杯中剩酒，放下酒杯便去打开壁橱，翻腾出收藏着她个人纪念品的箱子，她的合气道服折叠得整整齐齐垫在箱子底层。

那些热气腾腾的时光，在扑腾翻滚中难免发生跌打扭筋之类的伤痛，她的脚踝手腕常常贴着膏药，却成了她寂寞青春最酷的记号，她的四肢、骨骼的每一块连接处，不再沉重黏连，身体的自信让她幻想做云游四方的女侠。

一眨眼，白色轻帆布质地的练功服已经上身，扎上黑色腰带，顿然进入了角色，这角色必然超越日常携带的所有卑微琐碎庸庸碌碌，使她从外形到内在都判若两人。

　　是的，这道服曾经遮盖了她的自卑，给她乏善可陈的形象增添几分光泽，穿着道服的她，站在合气道馆门口渴望与龙的目光相遇。

　　记得有天黄昏，她刚刚练完拳术，格斗和热汗让她产生爽朗的平静，她向老师和师兄鞠着躬退出教室，这时她瞥见龙拿着羽毛球拍走在对面楼层，她举起手向他招呼，他却下意识地掉头四顾以为她在和别人招呼，显然他没有认出她。

　　从游泳馆出来的朱迪站在门口等她一起回宿舍，朱迪大声赞叹穿道服的阿宝"有型"，她更沮丧了，才意识到，每每穿上道服才有信心，并盼望和龙相遇，而龙竟然认不出来。

　　阿宝对着镜子试图做几个踢腿动作，身体已经和自己的意识产生距离，失去控制般"砰"的一声摔倒在地，摔下的瞬间阿宝拉了一把才坐过的高脚凳，那凳子终究敌不过人体的重量而与她一起倒地，李秀凤和婴儿被惊醒，婴儿毫不踟蹰拉开嗓子便哭叫，李秀凤从卧室奔出来。

　　阿宝躺在地上如昏迷一般掉进深沉的睡眠里。

　　她睁开眼睛已是次日的中午，醒来的第一秒钟思绪是在十年前，她怀着新婚妻子莫可名状的忐忑伸出手去触摸身边人，却是一片空旷，惊惧让阿宝完全清醒，发现自己是躺在客厅的地板上，但身下垫着草席。

立刻，现实的各种声音蜂拥着闯进自己的耳朵，天上飞机的轰鸣声，浴室里婴儿咿呀学语声，李秀凤的轻笑声混杂着泼水声，婆婆在给婴儿洗澡呢。

在真正清醒的这一刻，巨大的空虚如同无边浓雾将她裹住，她捧住自己的头痛欲裂的脑袋，里面好像有把电锯在工作。她吃力地将自己搬回卧室，吞了一颗止痛片重新睡下，一边问自己，这日子还过得下去吗？

带着这可怕的疑问她又昏睡过去，再一次醒来已是下午，家里静若无人，昨晚喝酒时那种很 high 的感觉早已逃逸得毫无踪影，此刻一阵又一阵的绝望袭来，就像躺在产床上的阵痛，让她害怕自己挺不过去而发狂。

昨天以前她还想过，长痛不如短痛，最明智的解决方式便是赶快离婚，就像自己说的为了不再受伤害。

但这一刻想象生命中龙将永远缺席的景象，她的眼前便一黑，未来好像被一块黑幕布遮住，这黑暗令她窒息，她从床上跳起来。

她打开房门，才发现婆婆带着婴儿在客厅地板她刚才睡过的草席上午睡。她心里涌起一阵内疚，但这已经不能阻止她想要冲出去的决心。

她回进卧室换上出门衣服，匆匆抓了几件换洗衣服一些洗沐用品放进可以随身带的双肩包里，一时又怔怔地坐到床上，想着应该还有更重要的东西需要带上，却脑子一片空白。

她梦游一般站到镜前打量自己，用一种批判的目光，最近的她常常试图用"他者"的目光挑剔自己，她看到的仍然是一张充满缺陷的脸孔，她绝望地朝门外冲去，却又立刻回转身，打开衣橱柜门，从隐蔽的小抽屉里翻找出自己的护照银行卡以及为紧急时刻备用的现金。

内心巨大的冲动遮盖了现实，她必须去见丈夫，刻不容缓地要见到他，三个孩子一大堆家事诸如此类的责任都被弃之一边，至于其中的过程，之后的结果，更不去考虑，或者说，不想考虑，如果考虑了，她就不再有力气做这趟旅行。

走过客厅时，李秀凤醒了，婆婆并没有对她醉酒一事问长问短，就像面对家变，似乎所有的挫折甚至灾难都是日常的一部分，李秀凤从不表示过度的紧张或焦虑，正是她的镇静稳定了阿宝绷紧的神经，但在今天，对于陷入黑潮的阿宝不再有作用。

阿宝告诉李秀凤她去买东西，李秀凤问她是否会去接阿囡。阿囡吗？她一惊，她都忘了还有个把阿囡接回家的问题，她站在客厅门口踌躇了几秒钟。

"没关系，你要是赶不及，给阿囡的老师打个电话，她回家时会把阿囡送回来。"

婆婆一句话便解决了难题，她才记起阿囡的老师就住在后面一栋楼。然而阿囡回家后，婆婆会无法同时对付老二和老三。

她站在楼梯口思索片刻，决定把最缠人的阿囡一起带到上海，潜意识里阿囡更有点像人质，是她用来争夺丈夫的最后一张王牌。

　　她先赶往家附近的旅行社，但没有买到当晚去上海的票，她决定去机场 stand by（即时等候），她又赶去阿囡的幼儿园，那时阿囡们还在睡午觉，她把老师叫到门外，称去上海有急事要待若干天，考虑到婆婆照顾不过来，所以要带上阿囡。

　　那老师知道阿囡的爸爸在上海，不由得问了一声："她爸爸好吗？"

　　泪水即刻溢满阿宝的眼眶，老师一惊，问："她爸爸那里……要紧吗？"

　　她说不出话来，只是一个劲地点头。

　　没想到在里面房间睡午觉的阿囡听到母亲的声音便爬起来，循着说话声走出来，手里还拎着她的小小的凉鞋。

　　阿宝赶紧背过身不想给女儿看到她的泪眼，阿囡乖巧地坐到门口的小凳子上，脸对着老师其实是告诉妈妈："我会自己穿鞋！"

　　阿囡果然给自己穿上了鞋，不过左右给穿反了，老师要给她正过来，却遭到阿囡近乎于激烈的反抗，竟尖声哭叫起来，吓得阿宝赶紧把她抱走。

　　与老师告别得匆忙，一边怀疑带上阿囡这般敏感的孩子去上海是否明智，但也没有退路了。

　　她到机场后才给李秀凤打电话，她告诉婆婆她在机场等机票去上海。

　　婆婆竟然回答："那么我去接阿囡。"好像阿宝不是出远门，不过是在商店要耽得晚一些。

"妈，我把阿囡一起带走。"她告诉婆婆，赌气般的。婆婆似乎一愣，而后道："也好，阿囡是他的心头肉，女儿站在面前，他应该天良发现了。"

李秀凤不再称呼儿子的名字，而是用"他"来代替。

"上海有地方住吗？"李秀凤问了个很现实的问题。

"不着急，大城市有的是酒店和旅馆。"虽然这么说，放下电话她立刻用手机拨通已回美国的朱迪的电话。

朱迪已经睡了，但听到阿宝的声音立刻精神振奋，阿宝如今的人生对于朱迪是最富悬念的连续剧。

"怎么啦？怎么啦？"她一迭声地问道。

"我……等不下去了，我去上海找他……"

"早该去找，他去哪里你跟到哪里……"朱迪的反应永远明快，还有那么一分玩世，却又无比真诚，真的，有什么大不了？远远还未到世界末日这一步。

"只怕找到他，他不理我……"朱迪的自信强悍反令阿宝气短。

"中国不是有句谚语，做事靠人，成事靠天吗？"朱迪磕磕巴巴把"谋事在人，成事在天"的意思说了个差不离。

"去努力争取，如果争不来就是天意了！"什么时候，这个美国女生竟也相信起命来？

"我本来不信，可是，你的遭遇也伤到我了，让我开始去相信超自然的力量。"黄皮肤的美国女生口吻低沉了，"如果你和龙分手，会让我对婚姻失去信念！"声调又上扬，"无论如何不要先放弃，我会在心里为你使劲。"

"朱迪……"她不知怎么开口向朱迪借房住，虽然她们是无话不谈的好朋友。

不知何时阿囡已走开，小小的身影在远处跑得摇摇晃晃，阿宝去追女儿的时候电话断了。

很快朱迪打回电话："我上海的朋友，她叫如……洁。"朱迪困难地发出中国名字的音，她虽然有时粗枝大叶却冰雪聪明，"我在上海的房子她照顾着，我会让她把钥匙给你，你要住多久都没问题。"

"朱迪……朱迪……"阿宝叹息般地念着朋友的名字。

"没有其他选择，只有靠你自己的力量把他拉来，我的公寓你可以住下去，住多久都没有问题。"

朱迪让阿宝记下如洁电话，阿宝一手抓住企图奔跑的女儿一手在包里翻腾着笔。

"嗨嗨，你带着孩子？"在阿囡的挣扎声中朱迪惊问。

"怕……婆婆吃不消，三个孩子呢……"

朱迪"喔"了一声。

"我带了女儿，他的心头肉。"

"但是，我不知道……"朱迪有些迟疑，"我恐怕有些情景孩子不宜……"

一点没错，她怎么没有想到，"有些情景"她还真的是没有勇气去想象。

"我等会儿打回你……"她回答朱迪。放下电话，阿宝便明白自己决定的错误。

她立刻给李秀凤电话，说带着阿囡去上海实是欠考虑，一边却又恨着自己的优柔寡断，她很想做点冲动的事，可是问题一牵涉到现实——是的，没有比孩子更现实的了——冲动立刻消失。电话那边李秀凤的语气却爽朗："阿宝，不用担心，先把阿囡领回来，总有办法可想……"

她认为这是婆婆的遁词。

从机场回家后的阿宝更委顿了，去上海的话题不再提起。

然而，一星期后，李秀凤告诉她，社区有户人家三天后出外旅行三星期，家里的保姆可以借来一用，那家人是基督徒，乐意帮人。

"我有帮手你就不用担心，"李秀凤道，"赶快订票去上海。"

阿宝却也没有太大的惊喜，当最初的冲动过去后，她其实对这趟旅行充满了畏惧，她找得到他吗？找到了又如何？她有多大的力气把他拽回来？即使拽回来又如何，他不是还会走？这可以预见的失败和提前感受的挫败感只令她疲惫，一星期前她要见到龙的冲动已经消失。

李秀凤却在打扫家里那间客人房，务实地做着保姆短暂居留的准备，一边和那个邻居电话热线联系，他们之间需要沟通的细节数不胜数。

朱迪来过两通电话询问她的行程，鼓励她要捍卫自己的权利，把丈夫抢回来。殊不知，这"抢"字只能让阿宝四肢无力，心里发虚，直觉必输无疑。

这趟上海是非去不可了。她对自己说，心情已和一星期之前迥异，感觉上不是真的去找丈夫，只是在尽一下"寻找"的义务，为了孩子为了婆婆，也为了给自己的好友做个交待。

13

~~~~~~~~

阿宝站在门口，餐厅的景象令她怯场，这还是皮特的"咖喱乡"吗？

蓝灰色的烟雾在低矮的木板镶嵌的天花板下云一般悬浮着，云雾底下浮动着人头，形成不同的点和圈，声音嘈杂，背景音乐和人们的说话声混成一片。

夜晚九点，餐桌张张热闹，服务生川流不息地给不同桌子上菜。来喝酒的客人，围着吧台坐，但显然，食客远远多于酒客，事实上，也没有太大差别，食客们同时也是酒客。

阿宝庆幸没有把阿囡带在身边。

年轻漂亮的女服务生把阿宝领到一间包房，皮特正陪客人，一张大圆桌，至少有十位客人。

当皮特站起身迎向阿宝，所有的客人也都把目光射向阿宝，阿宝脸红了，为自己成为这一个奢靡的空间的焦点。

"喔，阿宝，怎么说来就来了？"皮特说起了广东话，他把阿宝让到桌子边，他的位子旁，"来来，我给你介绍，都是你父亲辈的朋友。"

皮特说着脸又转向客人们："她是我的好朋友梁生的女儿阿宝。"皮特和阿宝父亲一向彼此以"梁生"、"李生"尊称。

"想想吧，这时光不等人，我是看着阿宝从 baby 长成少女，一路过来，从香港到美国然后嫁到新加坡，有了孩子，三个呢，最近的老三也是个大胖儿子！"皮特羡慕的口吻，他的独子出走南非经年未回。

"阿宝，他们都是我新加坡的乡亲，这是陈老板，这是赵董，林总……"皮特一一介绍，但阿宝记不住，男人们的面容一片模糊，印象深刻的是，这些客人身份相似，听起来都是企业或公司的董事长老板之类人物，年龄均在五六十岁，边上各坐一个二十上下的年轻女孩，与男人们对比，女孩们年轻得过分。

介绍完男客，皮特才介绍男客旁边的女孩子，称她们为小妹，"陈老板的小妹"或"林总的小妹"。

"当然，都是干妹妹！"皮特说着哈哈一笑，不再是让阿宝有安全感的长辈的笑，而是，他们之间，这些男人之间流通的语意暧昧的笑。

"噢，你自己的小妹怎么不介绍？"其中一个客人大声说，显然是酒喝多了。

人们朝着紧挨皮特另一侧坐着的女孩笑，是个非常年轻的漂亮女孩，年龄不会超过二十五岁，她的皮肤白皙却眉毛浓黑，嘴角妩媚。

女孩似乎并不介意人们起哄，却解事地起身为阿宝倒了一杯茶，朝她嫣然一笑，坐下时手在皮特的光头上亲热地摩挲了几下，阿宝的皮肤"酥"地麻了一层，在刹那明白他们关系的同时，还产生一种生理性的不适，当看着一只柔嫩白皙的手满不在乎地触摸一颗衰老光秃的脑袋。

阿宝恨不得立刻转身离开这间弥漫着放纵的气场，是的，这已经不是一般的场景，而是具有摧毁魔力的魅惑空间，它仿佛在嘲笑阿宝此行的自不量力。

"我能跟你说些事吗？"她轻声对皮特说。

"不急，先吃些东西，这里的夜晚就是这么闹。"在他乡建立了自己王国的皮特十分怡然。

阿宝愈加坐不住，皮特不想为难她，向众人招呼后，带她去了他的办公室。

"对不起了Uncle，打搅了！"还未入座阿宝急急忙忙道着歉，眼泪在她的眼眶打转，她称呼Uncle三十多年的皮特突然就变得这般陌生，让她视如半个家的餐馆已变异地，阿宝感到刻骨的孤独。

"到了上海，Uncle这里就是你的家了，说什么打搅不打搅啊，住在哪里？"皮特为她泡了一杯茶，但她却喝自带的矿泉水。

她告诉皮特，她大学时代的学姐，最近正好买了二手公寓，里面一应俱全，她人在美国却安排了上海朋友照顾她。

"噢，那是太方便了。"皮特有些意外，"这样我也放心了。"

她点点头，的确方便许多，有个"上海朋友"照顾着。

只是，这位"上海朋友"不是朱迪朋友如洁，而是如洁的丈夫小钟。

如洁出公差去了北京，她丈夫为某网站打工，在家工作，算半个自由职业，其人外表斯文心思细密，典型的上海男人，不仅接机还给她准备了夜宵，今天上午又陪她去了趟超市。坐在皮特办公室想到这个照顾过她也许还会继续关照她的朋友的朋友的丈夫，好像还比坐在面前，她称呼了几十年的Uncle更亲近一些。

"就是远了一点，在浦东那边，我来这里花了两小时。"意识到片刻的冷场，她重拾刚才的话题。

"怎么会？出租车司机给你兜圈子了？有没有开发票？"皮特一叠声追问，一听就知是上海通了，阿宝口吻讯诮，"行了，Uncle，你可以在上海做餐馆同时兼做向导。"

"我早就是了，向导不收钱，餐馆再开下去只会赔本，来的都是老朋友，一半是请客的，像这一桌，你已经看到，都是老朋友。"

"那……你会关店吗？"她担心了，毕竟这里是她在上海最早停留的地方。

"暂时不会，我不指望拿这间店赚钱，不过是我在市区的客厅，要的就是人气和关系，呵呵，这里最讲'关系'，什么都可以没有，就是不能没有关系，再说，中国人做生意是在饭桌上做的，我通过自己的餐馆找生财之道……"

"找到了吗？"

"只能说在进行中。"皮特语意含混起来，立刻又转了话题，"怎么突然就来了？有龙的消息了？"

皮特的这声询问在她听来有点轻飘，她摇头："没有！就是因为没有才要来找！"

好像在争辩，不明白自己为何要在意皮特目光中的不以为然，妻子找失踪的老公，太应该了！

"老三还是小 baby，怎么可以离开妈妈？"

一个月前，皮特曾用这个理由阻止她来上海。然而，一年前当她怀孕五个月时，他却力劝她来上海把龙带回家，因为那时她仍有力量把龙带回家？

"三个孩子呢，你婆婆怎么忙得过来？"

"请了临时保姆……"

"哦……"皮特突然有些烦躁，"他好久不来这里，大概怕我给你通消息，呵呵……"几分自嘲，阿宝听来却刺耳。

皮特停了几秒钟，似在等阿宝的回应，在片刻的寂静中他轻轻咳了两声。

"Uncle，你身体还好吧？"阿宝的问候似乎令他更加焦躁。

"阿宝，孩子小不能离开娘，不能这么任性，说出来就出来了……"

"怎么变成我任性了？"一股怒火从胸膛蹿到喉口，"任性的是他呀，说消失就消失了，把一大家子扔给我……"

沉默。

阿宝即刻意识到自己迁怒于他人，但却无法控制："总是要我考虑家，考虑孩子，要我做得更好，这不公平！"

"你向谁要公平？"皮特笑着皱起眉头，"你老公已经鬼迷心窍，他能听得进我们的劝告哪会走到这一步？"

她捂着胸口，那里像被锐物刺了一下："对不起了Uncle，我知道你帮了我许多，我不是要怪你，心里太乱了……"

"我理解。"皮特打断她，口吻怜悯，"你平时做人谦卑，心里藏了这么多事，也只能朝自己人发泄，谁叫我是你的Uncle呢！"

皮特试图打声哈哈，却扯出阿宝的一泡眼泪。但她飞快地用手去掠额上的头发借机把泪水抹去，朝皮特挤出一个微笑："谢谢，我现在好多了。"

"那就好，既然来了，有地方住，先定定神。"皮特已经起身急着赶去他那间高朋满座的包房，"龙的事急不出来，我们另找个时间商量。"

"明天白天我再过来。"阿宝赶快接口，"Uncle你先去忙吧，看到你，我就踏实了。"

讨好的口吻，为了不被拒绝，她赶紧起身告别："明天我来之前给你电话。"

"吃了饭再走，到了你Uncle的餐厅哪有不吃饭的？"

对于这勉为其难的挽留，她唯有摆摆手赶紧离去。

那晚阿宝作为皮特的不速之客，着实让他吃了一惊。而阿宝也同样吃惊，吃惊之外还有打击，皮特餐厅小包间的夜晚景象，已给了阿宝足够的想象力，让她感受让龙沉溺的那样一种气氛。

或许，他出入的地方还要不堪入目？

阿宝辗转难眠，孤立无援的寂寞，如果连皮特都靠不住，自己又如何在这个异地城市立足？通过什么途径去找回龙？

阿宝起身几次，去厕所，吃安眠药，吃了一颗，睡了一会儿，觉得不够，起来再加一颗，直到清晨才有睡意，却被早晨皮特的电话吵醒。

"阿宝，说好了，今天晚上六点半到我这儿，我专门为你做几样菜，八点钟以后你 Uncle 就身不由己了，晚饭时我们好好谈谈。"

阿宝明白，这邀请更像是将她安放到晚上棋盘的格局中，以免她再做不速之客。

"Uncle，你告诉我，龙就是在你的店里认识那个女孩子的？"阿宝突然问了个自己都未料到的问题，宛如她的脑中有两股思绪，其中一股是她自身无法控制的。

两秒钟的沉默，阿宝认为这便是答案了。

"阿宝，在哪里认识并不重要……"

皮特怎么可以接待他俩就像接待我俩？阿宝感到郁闷，是遭受背叛的打击。

然而站在皮特的立场，他是餐馆老板，来餐厅的都是客人，他怎么可以拒绝客人，怎么可能拒绝生意？

一阵沉寂。

"他现在一定还去你那里，带着那个女孩？"禁不住地问，口气更像责问，一边又在自责。

"他已经很少来……"

"Uncle，你要救我！"阿宝握着电话突然放声大哭，听起来这哭声像是从人家的喉咙里发出来，让她自己吃惊，她完全听不到皮特在电话里说什么。

"阿宝，你等我电话，我想法把龙找到，然后安排你们见面。"她的哭泣换来皮特这一个许诺。

然而，只要有等待，阿宝反而一时一刻都等不得了，谁说等待是希望？等待简直是折磨。

这些日子她常常想起贝克特的《等待戈多》，当年在戏剧文学的课堂上读这出戏，写读书报告时笔重千斤，觉得那不是自己的经验可以感受的困境，觉得主题过于大而深远，远离自己个人生活。

那时的她怎么会料到，有一天，她终于获得了这样一种经验，那种被"希望"作弄，被其抛上云端又重重下坠，感受着"希望"就是绝望的根源，这样一种但愿永远不要有的"经验"。

等电话的这个白天她什么都做不成，她不愿出门，因为不知道出门干什么，而且浑身乏力，好像连坐车的力气都没有。她躺在床上，却无法真正休息。她身体疲软脑神经却亢奋着，焦灼是浓度最强的兴奋剂，她如热锅上的蚂蚁从床上起来在房间里团团转地兜圈子。

中午时这位叫小钟的上海男子来电话请她去他家吃午饭，她谢绝说她在等电话。小钟竟把午饭打包送了过来。

她喃喃的，舌头打着结将满嘴英语感激词咽下去，手足无措地窘笑着。小钟留下饭食并不多话很识相地马上离去，虽然看起来他更愿意留下来和她聊聊。

盒里的小菜竟有好几样，被铝合金格子隔开，有炒虾仁蚝油牛肉麻婆豆腐和凉拌黄瓜。阿宝的食欲立刻醒来，想起自己至少饿了两顿。一边吃惊上海人的午餐竟也这般考究，却不知人家是特意要招待她。

她用筷子把仍然热气腾腾的米饭扒进嘴，先是一小口，接着便一口接一口，似乎进入某种已经陌生的惯性，她不停顿地扒饭，来不及吞咽的米饭塞满了嘴，一边把各式菜肴朝嘴里塞，两腮鼓胀得几乎透不过气来，眼泪便跟着喷薄而出。

很久以前她还是单身时，最怕独自用餐，那时她就会用一种近似于自虐的方式把食物塞满嘴，像此刻，同时泪流满面，那么多孤独的泪水便是在用餐时，吞咽的一刻流下。

这个片刻深深地刺激了她，她突然意识到这么多年，如履薄冰般地操持这个家，所有的努力就是为了摆脱那一刻，被孤独吞噬的一刻。

她奔进卫生间把满嘴食物吐出来，扑在陶瓷抽水马桶边上再一次号啕大哭。

夜幕降临时，没有等到皮特的电话，她肿着一张脸朝皮特餐厅赶。

这时正是黄昏与夜晚交替交通繁忙的高峰阶段，根本叫不到出租车，阿宝拿着地图第一次走进上海拥挤的地铁站。

从朱迪地处浦东的寓所到皮特餐厅所在的浦西西区，是对角穿越上海的距离，主要的交通工具便是地铁，但中间要转线，两头要坐巴士，假如坐出租车道路畅通都要七八十元交通费，而在高峰时段马路上根本看不到挂着红灯的空车。

阿宝手执地图，在人民广场站转一号线，她被密集的人潮裹挟着几乎透不过气来，心里惊慌着，如果这时跌倒在地，那情景不可想象，这么联想着，她觉得心脏突然无比虚弱，一阵心悸，身体不由得摇晃，这时一只手臂揽住阿宝的肩膀。

"Are you OK？"那一声英语询问，亲切有礼，迅速一瞥看到的是一位近中年金发男子。

"你不是宝吗？"他用英语问道，阿宝诧异地转过脸去打量他，"宝（Bao）"，只有在美国她才被这么称呼。

"天哪，你是宝！"

阿宝还未回过神，已听到一阵欢呼："宝，我是恰克，恰克！"恰克已张开双臂把阿宝拥住。

"天哪，天哪，你怎么会是恰克！"阿宝双手搭在恰克的肩膀，将他轻轻推开一些，为了能将他看得清楚。

她凝视着面前这个几乎是陌生的男子，他的宽阔的肩膀，微微发福的身体异常结实，而且他居然穿着西装，深藏青西装配上深红条纹的领带。

这便是成人的恰克，朝九晚五的上班族？他还写诗吗？可汹涌的人流容不得他们停留,他们不得不顺着这股人潮朝前走,恰克结实的手臂揽住阿宝,他们跌跌撞撞地退到了墙边。

"不敢相信,怎么是你,我的恰克?"阿宝喃喃自问,仿佛无法确认眼前景象的真实性,恰克笑了,这微笑挂在仍然浮动着雀斑的脸颊却是熟悉的,泪花令她的视线模糊。

他们俩贴着墙并排站在巨大的电影广告牌下面,那是好莱坞商业大片《特洛伊》的镜头,金色鬈发披肩的布莱德·皮特骑着骏马,后面是千军万马。

磅礴的气势好像在摇撼着广告牌。一股股人流则从他们的身边擦过。他们这两个高中最卑微的男生和女生在这般气势和人潮的冲击下重新又回到渺小。

阿宝想起有一天,是一场高中篮球赛后,那是一场输了的球赛,队员们在更衣室掩面而泣,啦啦队的女生们站在更衣室外喊着队员们的名字,恰克这个老是坐冷板凳的候补队员在这种情形下甚至没有勇气走进更衣室,阿宝陪他站在更衣室外的走廊,然后看着球队男生和啦啦队女生一对对离去。

似乎并没有人发现他们的存在,但有什么要紧,他们害羞地垂下眼帘,拉住对方的手。正是在共同感受自己的渺小时,有了相濡以沫的存在感。

现在他们快乐地互相凝视,一时间无法说话,好像要去试图握住曾经从他们的手指缝里漏掉的那十多年岁月。

"恰克恰克快告诉我,你怎么来到上海?"阿宝终于从惊诧喜悦和失落的冲击中回过神。

"我被公司派到上海推广一个项目，住在此地已经半年。"恰克简略回答关于他自己，他跟阿宝一样急切地要了解对方情况。

"你也住回来了吗？噢，不，我差点忘记你不是上海人，告诉你，刚来上海那阵，在马路上走，好像一直从其他女孩子身上看到你的影子。"

恰克的蓝色眸子似乎从遥远的地方望着阿宝，却又那么深情，恰克特有的深情，他的话扣动着阿宝的心弦。

"可是你怎么发育得这般健壮？"为了驱赶似要涌出的泪潮，阿宝对恰克开着玩笑。

"你不能相信，我好像是高中三年级才开始真正发育，超速发育，不得了，到大学已经是个大块头。"恰克直笑，"我必须经常注意不让自己发胖。噢，你现在去哪里，我们可不可以一起吃个饭？"

就像在回答他的问题，阿宝的手机响了。

"阿宝，听说龙可能过来，你快来！"皮特在电话里喊着，越过电流的噪音和他们身边的喧嚣，那声音微弱而急切。

"对不起恰克，我有点急事！"心绪大变的阿宝仓皇向恰克告别，"我们再联系！"

"你住在哪？告诉我上海联系地址！"恰克已拿出笔，一边摸着口袋，掏出名片，在上面飞快地写上他的手机号码。

阿宝一愣："我刚来，住在朋友那里。"

一时也想不起来自己新注册的手机号码，她接过恰克的名片："没关系，我联络你就是了。"

阿宝已经听到列车进站的声音，匆匆忙忙把恰克的名片塞进挎在肩上的包包里，挥着手离去，一边问："一号线是从这里下去的吗？"

恰克立刻过来挽住她将她护送到一号线站台。这时，列车已经停住，门刚打开，人潮即分成两股，像两股泥石流，黏滞而浓厚地涌出来涌进去。

车门外堵着一大堆人，出来和进去的人潮产生了碰撞和挣扎，纠缠中这两股人潮也跟着膨胀开来，阿宝被挤到最后，眼看要被挤出这趟车，她又要哭了。

她是不可以放弃这趟列车的，不能放弃，否则就要和龙失之交臂。情急中，在已经满溢出车厢的最后一排乘客背后，阿宝居然手拉住车门旁的扶手，一使劲便让自己的两只脚踏进了车厢，关门的警笛响起，她半个身体却还在车厢外，恰克在她身后用他宽大的手掌将阿宝推进到拥挤得好像无法再容纳一片纸的列车车厢。

"宝，你一定要给我打电话，拜托。"车厢门关上时，恰克的声音在阿宝身后响起，富有穿透力地弹进车厢，在沙丁鱼般互相挤压成团状的车厢震荡着，它裹卷起她，将她与周遭的喧嚣和拥挤隔离，阿宝的心刹那平静。

然而现实很快以它更强大的力量将阿宝推醒，停站了，先是车内朝外涌的人流几乎把她挟持到车厢外，然后是车外朝里涌的人流要把阿宝推向车厢深处，那是一股更加新鲜和强悍的力量，她唯一能做的是紧紧抓住门边的扶手。

扶手上挤着好几只手，阿宝的心绪仍然处在半梦半醒中，几乎是置身事外地看着自己以扶手为支点进行着挣扎，既不被车厢淘汰，也不让自己成为拥挤的核心而无法脱身，为了心中清晰而唯一的目标。

在不断的拥挤和挣扎中，她的意识变得昏懵，到站时几乎是不由自主地随着报站的广播挤出车厢，踩着仿佛在梦境里才会有的轻飘飘的步伐，是的，无法踩出坚实的步子似乎令阿宝若有所失。

直到检票口，看到所有的乘客拿出车卡塞进吞吐着卡片的机器，她才去摸索自己的包包，Nothing，身上竟没有一样东西携带吗？阿宝一惊，冷汗涔涔，但一时还不明白发生了什么，她站在人流渐稀陡然安静的上海西区地铁站检票口，足足愣了一分钟，才醒过来，她意识到挂在肩上的包包已离她而去。

她身无分文走到地铁检票口，愣在那里思索着，问自己下一步该怎么办，一边却在庆幸自己终究是到站了。

14

阿宝坐在皮特的餐厅办公室，看着前辈拨电话到处找人，银行报失派出所报案，寻求大使馆帮助，因为她的护照已经跟随包包遗失。

那是个周末晚，大使馆到周一才上班，皮特索性直接电话到使馆人员的家，他的餐厅是新加坡人的一小块故土，他好像认得上海所有的新加坡人。

阿宝似乎并没有为自己遗失的那些重要东西，银行卡护照机票手机等物着急，那时候才明白何为身外之物，因为是无法拨动心弦的东西，当阿宝一脚高一脚低步履不稳地来到皮特餐厅时，却被告知龙出现过却又离开了，他没有吃饭，停留了一小会儿，又走了，这是让阿宝更心痛的失落，她问："他今晚也是带女朋友来吗？"

皮特立刻摇头否定："我告诉过你，他通常和朋友一起，有男有女……"

"这个'女'是他的女朋友？"

"有两个女人！"皮特纠正道，"男人连他有三个。"突然生气了，"谁是谁，他自己清楚……"

"他为什么突然走，你告诉他我来了？"

"我不能这么直接告诉他，不方便，我暗示他我有事和他聊，希望他把他的朋友支走，他干脆带着他们走了，连饭也没有吃。"皮特摇头，"很不像话，简直不像龙的为人。"

皮特朝阿宝皱眉，有点责怪她似的："你又偏偏丢了手机，我给你拨了好几通电话，想通知你……不用急着赶来……"

"那样……比不来还难过。"她在心里说，她疲惫地靠在皮特办公室的沙发椅上，对皮特道，"中国人常说祸不单行，我发现自己的包包不见时，已经模模糊糊地有点预感，觉得后面的事也不会顺利……"

她反而冷静起来。

"阿宝，孩子们好不好？你婆婆一个人照顾得过来吗？"皮特再一次提起这个话题，不如说，是他转移话题的方式。

"邻居家的菲佣很能干。"她出门前给家里打过电话，婆婆告诉她一切正常不用担心，李秀凤真正的心情从不曾明说，阿宝再木讷也应该懂。

"我可以为你揽下所有家事，只要把龙带回来。"李秀凤的心声已这般清晰。

她此刻再一次感受着自身的软弱，没有丝毫力气带回龙，为什么还要自不量力做这趟旅行，让婆婆跟着空等？她自问。

"老三还是 baby，不能离开母亲的。"

她奇怪地看着皮特，思绪暂时真空，不太明白这句话的真正意义。

"我正在考虑是否把他们一起搬回上海。"阿宝的回答让皮特瞠目结舌，阿宝也一样吃惊，好像这句话是从别人嘴里出来，难道人可以乱到不知道自己在说什么？

可她即刻更加冷静，一下子理清了拥挤在心里的思绪，没错，她为什么不可以把家搬到上海？这在此刻只是个念头，但强烈得必须立刻将之付之于行动。

"你不可以这么冲动，你现在是家里的顶梁柱，你不能乱，看在孩子们的面上，你也要冷静。"皮特脸上的皱纹陡然密集，他好像又变回那个慈爱的 Uncle。

"Uncle，我不乱的，只有这样我才不乱。"阿宝轻轻地安慰般地告诉皮特。

阿宝起身给皮特和自己的茶杯续水，然后坐得离他更近一些，陡然升起面对父亲时的信赖，无论如何，他仍然像她的亲人，虽然前一晚他曾让阿宝感到那般陌生。

"我本来就不是新加坡人，并不是非要留在那里不可，如果最终龙要和我分开，我怎么可能一直住在新加坡？"

"但你婆婆愿意离开自己的国家吗？"

"她那时为了儿子去美国一住十五年，她说过，住在什么地方不重要，重要的是和家人在一起，有了家人才有家。"说到这里悲从中来，她年少失家，有了婚姻才有家，然而，这个所谓"家"正在裂成碎片。

"你以为你们住在上海，龙就会回家？"

"我是这么希望的。"当阿宝这么说时却再一次被一股巨大的绝望攫住，"如果他一定要离开我，至少还能经常看到孩子。"眼圈又红了，"还有，这里虽不是我的家乡，却是我母亲的故乡。"

提起母亲，阿宝悲从中来，她想到自己还有个父亲，可是自从他有了第二段婚姻，他们就成了陌路人。

"要是龙真的抛弃了我，母亲还会在地下庇护我，让我的后半生可以有精神上的依托。"阿宝也不知道自己在说什么，这只是一些她能想到的理由，那些无法陈述的冲动才是最大的动力。

皮特伸出手臂搂住阿宝："搬迁是大事，方方面面想清楚，首先要从最坏结果考虑，龙如果不回头，你能带小孩子在这里过下去？"

皮特上升的尾音，疑虑的，不以为然的。

"老大快上中学了，换城市换学校对他是大事。还有个语言问题。"皮特不经意间就把一个现实难题放在阿宝面前，心绪又纷杂了，她一时失语。

皮特点燃起他的烟斗。六十岁的男人是到上海后才抽起了烟斗，摆放在皮特办公室的博古架上，放了好几排烟斗，皮特愈老愈赶时髦，一改过往跑码头作风。花甲之岁竟像年轻人那般热衷于打造自己的时尚形象，烟斗这件道具便是他用来营造他如今向往的某种似是而非的都市男性气质。

阿宝的眼前随之出现那个皮肤白皙说话绵软，妖娆而带点母性的女孩，她令阿宝产生不安和更其阴暗的担忧，她似乎象征这个城市让男人迷失的氛围。

"现在想这些还太早，重要的是和你婆婆仔细商量，终究孩子更容易适应，不是说越小越容易吗？上海现在也很国际化，有为外国孩子办的国际学校，当然贵很多噢！"皮特放下烟斗，安慰道，不经意间又摆出一个更亟待解决的经济问题，就像沉重的双肩包兀然压到阿宝的肩上。

不过这番谈话却让茫无头绪的阿宝隐约看到可以继续前行的方向，那颗仿佛节律紊乱的心缓慢了节拍。

她答应皮特，给他时间联系龙，皮特则劝她在申办遗失护照的过程中，先到处走走，乘此对这个城市做些了解，好像皮特相信，她将通过上海的几日游打消搬迁上海的荒唐念头。

务实的皮特，轻而易举便指点出人生中更亟待解决的难题，阿宝简直怕他，他的世故于她如同一瓢接一瓢凉水兜头淋到身，她禁不住抱住双肩，身体竟微微颤抖。

她口袋里揣着皮特借她的现金，却坚决不愿坐出租车回浦东，那时已近九点，早已过下班高峰时间，她更愿意慢慢地徒步走一阵，然后转地铁。

当然，不仅是为了节约车资，更是不愿意太快回到空无一人的寓所。如果不是因为皮特忙极了，婉转地将她打发回家，阿宝自己恨不得在他陪伴下度过一个惶惶的异域夜晚，在惧怕孤独方面，她已到了饥不择食的地步。

　　阿宝循着原来的路线回去，走进地铁站，重新看到那幅巨大的《特洛伊》电影广告，才又想起了恰克，恍然明白自己的心不那么动荡的原由，是否今晚突然生出的搬到上海的勇气，是因为在此遇见了恰克？

　　可阿宝马上又发现，她把恰克的地址一起遗失了。

15

她被阳光刺醒。她睁开眼睛才发现阳光洒满大半间房，昨晚睡觉竟忘了拉窗帘。

这是二十六层高楼面朝西南，朱迪告诉过阿宝，上海的房子朝西南最佳，因为上海雨水多常刮东南风，下雨刮风时朝东南的窗子容易渗进雨水。

此外楼层必须高，阳光才不会被阻挡。因为这个城市阴天比晴天多，室内不装暖气管道，所以阳光很珍贵，买房时第一选择是地段，接着便是朝向和楼层。

朱迪在买房时学到不少本地生活常识，她禁不住要让阿宝分享，但这些"买房经"对于阿宝是多余的信息。我又不会住到上海，她告诉朱迪，但好友不以为然："我有强烈的预感，你会搬去上海，现在不要跟我争辩……"她阻止阿宝的否定，"我的直觉很准，我要劝你的是，不要给自己设下界限，住哪里不是问题，问题是怎么做才开心。"

是的，朱迪的劝说也是一股巨大动力。但昨晚她回公寓后与朱迪通话，并没有告诉朱迪，她在皮特办公室那番要搬来上海的宣言，回家路上，她渐渐冷静，她希望给自己"再想一想"的时间。

她告诉朱迪关于龙的"不出现"，朱迪认为要给他时间。"反正护照丢了，周末领事馆不办公，不如安下心来到处走走，要不要我跟小钟打个电话，让他来做你的地陪，他太太经常出差，他闷得慌……"

"拜托，千万不要……"阿宝急着表明，"我宁愿一个人来来去去，他在旁边不自在。"

"随你！"朱迪的口气几分无奈，"吃一片安眠药睡觉，明天，'太阳照常升起'。"朱迪笑着用一句海明威的书名结束她的电话。

她放下电话便服药，很快入睡。

现在她把头钻进被窝要继续睡，甚至都懒得拉一把窗帘，但想到有整整两天的周末要打发已经毫无睡意，心里空得发慌，又一次生出"今后漫长人生如何打发"的恐惧。

好像要克服这种恐惧和空虚，她强迫自己起身，冲澡，给自己做了一杯咖啡，烤了一片面包，涂上黄油和果酱，这是她百吃不厌的早餐。昨晚在小钟陪伴下逛了超市，给自己买的都是早餐的食物，这是她一天餐食的基础，她可以不吃午餐或者晚餐，但不能不吃早餐，哪怕中午起身。

以前做室友时，朱迪常抱怨阿宝给自己太多限制，太多底线，不明白为何她要自我拘束。

是啊，为什么有这么多的不可以？阿宝直到今天才自问，为何早餐不可或缺？为何不能没有丈夫？

她吃着早餐，一边反省，没有丈夫的女人多的是，朱迪就没有，因为"一直在分手的边缘"，这是她不结婚的理由，然而，他们却在这个"边缘"相处了十多年。

她心里默默数着认识的同龄女性，至少一半以上没有婚姻，为什么她就非要不可呢？

但至少，她没有因为昨晚的打击而放弃早餐，她自嘲。

出门前接到小钟的电话，他问她事情办得如何，这"事情"是什么，他不问她当然不会说。只是笼统地一问："顺利吗？"她笼统地一答："还可以！"

他问她周末有没有安排，她下意识地说有安排，但马上问他晚上是否有空，她想请他吃饭，心里说是为了谢他，他们约好晚上七点在楼下大堂见。

放下这个电话，对自己的感觉好很多。

她想给李秀凤挂电话又作罢，她想好暂时不告诉婆婆这里发生的一切，但今天是周末，孩子们都在家里，这是他们出生至今，第一个没有妈妈陪伴的周末。

未必所有的妈妈都必须每个周末陪伴在他们的孩子身边，总有例外不是吗？她现在必须这么告诉自己。

还是忍不住要去拨这个电话，而且手指急切拨错两次，离开家两天，好像已经两个月，在心理上她如同一头困兽，需要跟人说话寻找出口。

"BB 大便正常吗？阿囡呢，她乖不乖，去幼儿园还哭闹吗？源源早晨起来总是慢吞吞的，最担心他赶不上校车！你……吃得消吗？菲佣帮得上你吗？"阿宝一迭声问着，像在战乱的缝隙中和家人通上话，不敢浪费一分一秒。

"他们都好，你放心，你不在反而懂事了，我是说两个大的，BB 现在喜欢在澡盆里大便。"李秀凤以她一贯慢悠悠的语速笑说，似乎生活平稳如常，很多年前，她就是用这样的语速安慰她的病人？

"那怎么可以？你要打他屁股。"阿宝已经热泪盈眶，因为受到抚慰，心反而更痛？

"不能打屁股，不是说过，BB 的大便是黄金，来一次不容易。"李秀凤答，她笃定的声调有那么一丝幽默，阿宝到底笑了，BB 常常便秘，因此他拉不拉大便成了他们家的头等大事。

"只要他肯拉大便，拉在哪里都无所谓。"李秀凤笑说，"你顺利吗，有龙消息吗？"

轻轻一转便把话题兜过来。

"皮特在设法联系龙。"阿宝道，而没有说出"龙知道我来了，但他不愿意见我"这句话，但她把"失窃"这个比较次要的真相告诉了婆婆。

"人总有那么几天会碰到一连串的倒霉事，没关系，过了就过了，破财免灾嘛！"

前辈的波澜不惊有镇定作用，阿宝在电话那头松开眉锁，婆婆这边已转了话题："龙那头，也急不得，既然到了上海，就安心住几天，等皮特去慢慢说服他，只要你们见上面，情况就不一样了。"

　　阿宝不作声，她对自己和龙的见面到底有多少作用，已经失去信心，那种对于他们两人关系所抱的难以撼动的信念，早在地震般的摇撼中碎裂。

　　"还是在你读高中的时候，"李秀凤仍以她不经意的语调轻声但清晰说道，"龙同时拿到东部和中西部大学的入学通知，那个周末我把你邀请来一起吃饭，在饭桌上龙很犟地坚持要放弃中西部学校的奖学金去东部哥伦比亚大学付学费读书，我问你的意见，你说换了你也会选择去名大学，你说服我可以让龙自己贷款将来自己去还贷，虽然你的眼睛告诉我你不舍得龙的离去。我早已看出你喜欢龙，但直到那时才明白你会为你喜欢的人做出牺牲，我觉得龙很幸运，但我不知道他是否有这个命去把握自己的幸福，因为他那时像个盲人，对你的感情视而不见。我那时就想，姻缘是命里注定的，你们俩如果有缘终究会走到一起，我只能在心里为你们祈祷。阿宝，你明白我的意思？"

　　李秀凤停下来喘了一口气："从那个晚上，到你们真正走到一起，竟花了三年时间。老古话有'谋事在人成事在天'一说，相信缘分吧，你已经尽了最大的努力，我在旁边看得很清楚，将来要后悔的一定不是你！"

　　这番话似乎在婆婆心里酝酿良久现在冲口而出带着一股罕

见的力道，阿宝深深地呼吸着，好像要把它吸入肺腑，有些道理你并非不知，而是心智似被病毒感染处在发烧之中，她需要退烧。

阿宝从浦东坐地铁到南京路，又从那里逛到上海著名的景点外滩。

所谓外滩，是沿着中山东二路的黄浦江西岸，她包含了面向黄浦江那一长排被称为"万国建筑"的巨型大楼，上世纪三十年代留下的殖民者建造的三十九座楼。

外滩才是这座城市的象征，或者说，阿宝是通过母亲感受这座城市的市民对外滩的感情，一种远远超乎于建筑的感情。

她遗憾当年的自己对母亲的城市毫无认知，她无法与母亲分担她那近乎于自恋和自傲的乡愁，与她分享几近沉重和哀伤的曾经拥有那座城的喜悦。

她现在徜徉在外滩，却是被她与芝加哥密歇根大道的相似而震惊，在某个片刻，她甚至恍然觉得自己正站立在芝加哥的街头。

她初到芝加哥第一次走在密歇根大道，体积庞大线条简练的现代派风格的高楼，俯瞰着街对面的密歇根湖，建筑的雄伟湖面的壮阔给予她的视觉冲击此刻回想就像发生在昨天。

她那时身体羸弱，因为减肥过速有经常眩晕的后遗症，站在密歇根大道上的阿宝被大都市的景象刺激得心跳激烈，有一瞬间以为自己要昏过去，她竟然许愿，如果休克可以换来渴求的爱，她乐意经受。

她并没有失去知觉，却得到爱，只是，这爱已转瞬即逝。

阿宝在外滩长堤边走走停停，常常陷入沉思，站在江边，转身就是一个朝代，东岸新建筑高得炫目，华美冷硬，却永远无法企及西岸灰色石头大厦给人的神往。

夜幕降临两岸灯火骤然照亮天空的瞬间，宛如序幕拉开，狂欢之夜的序幕，阿宝从未像这一刻从视觉上感受狂欢的到来，耀眼却令人惶恐，她又涌起冲去皮特餐厅追寻龙的冲动。然而昨天临走时，皮特告诫阿宝，千万别不通知他便冲到餐厅，理由他不说她也该明白。

阿宝离开长堤，从地下通道穿行到对面的马路，她很庆幸可以走地下道，对于过分宽阔的马路她有恐惧。

阿宝才拐入外滩的侧马路，一辆亮着红灯的空出租车从前面开来，在市中心很少看得到亮红灯的出租车，她不假思索举起手。

司机问她去哪里，她一愣，她也不知道去哪里，除了寻找龙，再无其他方向。她脱口而出"地铁站"，至少地铁是有方向的，它可以帮助她决定去哪里。

出租车把她送到人民广场地铁站，她盲目地随着人流进到一号线的站台，站牌上指向西面的站名令她心乱，她不由自主上车。

阿宝到达皮特餐厅时正是晚餐高峰时段，餐桌已满，阿宝在门口等了一会儿，便被领到角落的两人桌前，阿宝刻意不去见皮特，怕他责备怕看到他脸上掠过一丝不耐烦，也许更真切的动机是，阿宝需要拂去皮特覆盖的迷障，她必须看到真相。

阿宝要了一碗鱼丸米粉，一份甜品，为了应付服务生不以为然的态度，阿宝又叫了一壶似乎昂贵得离谱的中国绿茶，用手里一份杂志作为掩护，以防皮特突然出现在大厅，但通常他应该在包房应酬自己的客人。

这顿简单的晚餐从八点钟吃到十点，期间服务生来询问多次，只差没有下逐客令，阿宝虽如坐针毡，但凭着一股冲动，还是坚持住没有让世界上最势利的餐厅侍者将自己驱逐。

这时已到夜晚喝酒时间，客人多围坐在酒吧台，因为是周末，客人并没有她想象的那么多，皮特在大厅出现过，好像在送客。阿宝从她的杂志后窥见。

"这不是阿宝吗？"阿宝终究没有躲开皮特的视线，"我先前就看到你，以为自己眼睛花了，怎么不来见我？"皮特笑问，即使有责备，她也不去辩清。

皮特在阿宝的对面坐下，吩咐侍者重新泡茶。

"我不喝茶，这壶茶也是摆样子的。"见皮特不以为然摇着头，阿宝赶紧解释，"不想来麻烦你，每次都是白吃白喝怎么可以？"

"为什么不可以？以你老爸和我的交情……"

"可是也不想去其他地方，这里就是我在上海的半个家了。"阿宝打断皮特，急于说明心声。

大厅又喧闹起来，穿黑制服的领班过来把皮特叫走。

"既然来了，就安心多坐一会儿，Uncle 等会儿来陪你。"皮特起身离去时关照。

无论如何，即便是出于客气的关照话对于惶惶不安的阿宝也变成了一种安慰。

此时，阿宝终于可以比较从容地抬起头打量餐厅，她发现，随着黑夜的深入，餐厅的人气却重新兴旺，来了很多生意人模样的客人，他们的身边都有一个年轻女孩，如花美貌令餐厅色彩绚烂，同时弥漫着令人沉迷的气息。

她又开始怯场，失去了等下去的勇气，在成双作对成群结伙的食客中，她的孤单和等待变得引人注目，那种像五彩气球浮动在半空中的寻欢作乐的气氛凸显着她的凝重和压抑。

不和谐甚至冲突的暗流将阿宝围堵得透不过气来，她开始坐不住，渴望皮特过来招呼，拿起预先放在桌边的杂志装模作样读将起来，一边告诉自己，今晚不要对龙的出现抱希望了，但身体却不听话地把着位子，不愿站起来。

好像就是在这想放弃却又不肯轻易放弃的片刻，阿宝正捧着杂志失神，一阵喧嚣又将她唤醒，嘈杂的大厅中央两个男人已纠缠在一起，但这几乎更像是瞬间的错觉，因为他们很快就分开，是被出现在他们面前的皮特用力分开，平时笑眯眯的皮特换了面孔，一脸凶悍，更富于幻觉效果的是，两名挣扎的男子中的一位被另一女子拉着离去，阿宝大睁双眼，那人不就是龙吗？

她起立探身伸长脖颈似要确认，没错，就是龙，尽管他的衣着发型已迥异于她熟悉的形象，她也不可能认不出他。

但她的腿却像瘫痪一样迈不出步子，阿宝眼睁睁看着龙被女子拉着匆匆朝门口去，曾是其对手的男子欲阻止他们离去，他追过去伸出手臂去拉龙身边的女子，此时只见皮特朝站在餐馆门口的一名保安做了个手势，那名保安身手敏捷地扯住追击的那一个，因为用力过猛，几乎把这男人扯到地上，那人像个无缚鸡之力的贫弱书生。

这场景太动作片了，阿宝呆若木鸡，思绪片刻出现空白。

"太丢人了，阿宝，你也看到了不是？那对狗男女，联手敲诈那个年轻人，他还以为自己在救人！"

皮特气咻咻地出现在阿宝身边，那时阿宝已跌坐在自己的位子上。

阿宝无法回应皮特的话，刚才的景象仍在阿宝眼前回放，缓慢而强烈。

"那个人，被女人拉走的人，是龙？"

皮特一声冷笑："怎么会是龙？是龙倒好了！"

皮特怜悯地看着阿宝："这么一说，我倒是才发现，是有点像龙！"

阿宝如释重负，皮特的神情却凝重了，他张了张嘴，欲言又止。

16

她站在街头,皮特的突然沉默令她无端地忐忑,刚才的场景仍然刺激着她,虽然那人并不是龙。

她迷路一般彷徨在街角。一辆出租车在她面前停下,车门打开,她下意识地坐进车里。

"去哪里?"

她一时怔住,这种时候能去哪里?她最害怕的是回到留宿的地方,独自面对自己。

"对不起,我也不知道去哪里!"

出租车司机摇着头,想发牢骚又忍住了,他已通过后视镜察觉到乘客恍惚的神情,看着她梦游一般从车上下来。待车门重新关上后,他才冷笑地"呵呵"了两声,仿佛世俗故事已了然在胸。

阿宝看着出租车离去,竟也释怀地深深舒出一口气。好像直到此时她才有自由去选择自己的去处。

能去哪里？她再次问自己。但此刻没有人等着你回答，她感到稍许轻松。于是漫无头绪地却又似乎是依着某种惯性朝前走，毫无目的转个弯。

一条柏油路从她脚下朝前延伸到公园。

阿宝的心一阵激荡，她竟然再也没有来过这里，自从去年陪着龙第一次来上海，偶然站到公园门口，这里曾有什么令她思绪万千？她站住了。

她抬起头看到了 Park 97 的招牌。一些回忆让她不能自已，当时的她对这里的一切充满憧憬，她想过，说不定以后搬来上海会带着孩子们来公园，或者把孩子留在家，只和龙一起去 Park 97。

从未和龙一起泡过酒吧呢！她这时才突然想到。

站在公园围墙外对着 Park 97 招牌，喝酒的念头立刻强烈得无法克制。

虽然黑幕罩住公园大门，但拐个九十度弯便是另外一番天地。贴墙站立一座西洋式建筑，与之相配的华丽灯火，玻璃墙内的景象犹如电影，裹在华衣美服里摇摇晃晃的人影，觥筹交错中的灿然笑容，音乐已溢出墙外。

她又想起本科生的岁月，那些溢出墙外的音乐将她和朱迪和刚刚抵达喝酒年龄的同龄人吸到不同的空间，他们并不执着于哪一间 pub，只是跟着音乐来来去去，从这一间晃到那一间，周末夜他们记不得换过几间酒吧，有时把下一周的饭食钱都喝光了。

阿宝刚推开 Park 97 的玻璃门便被穿了一身黑、腰间围着长至脚踝的围裙的服务生挡住。

似要带位又似拒绝，当他用职业的也是势利的目光打量着她，她好像才刚刚意识到她与这里的客人太不搭调，她穿着宽松 T 恤七分中裤和运动鞋，可这酒吧有点过于华丽。

她把服务生的怠慢错解为阻止。

"对不起，我的护照丢了。"她抱歉道。以为对方要查看她的身份证，服务生一愣，好像不明白，她又用英语说了一遍，她的美式英语倒让服务生变得殷勤，伸出手将她指引到角落的两人桌的空位。

"进酒吧是不用护照的。"他有些好笑地告诉她。

"是吗？我以为要检查身份证。"她诧异，"这里喝酒没有年龄限制？"

服务生恍然明白："至少我们不会误会你的年龄不够喝酒。"

本是要开个玩笑，听起来却不无讥诮。但阿宝并没有在意，或者说，她有一种异乡人的迟钝。她正打量她将置身的环境，酒客们是否太衣冠楚楚了，对于一间酒吧？

他们看起来很年轻，是她的下一代了，她耸耸肩，无所谓，只要有酒喝，身体已就近坐到吧台前的位子。

转脸一个年轻女子进入阿宝的视野，她穿一件低胸黑色晚装，暴露大半的乳沟丰满白皙娇嫩欲滴，女孩子的脸颊也是白嫩得吹弹可破，配上眼梢拉得长长的杏眼，如今很少见的樱桃嘴却含着一支细而长的女式雪茄，拿去雪茄这张脸应该属于卷轴画上的古代仕女。

"仕女"依偎在一男士怀里，**娇滴滴的**，孩子气的，却又充满色情气息，倒是让阿宝开了眼界，她很少见识如此年轻娇嫩却又世故历练的女孩子。

"他是我们的DJ，全上海最牛的DJ。"一边的服务生似在向她介绍。

"She？"她惊问。

"不，是她边上的那位先生。"服务生失笑，这位客人的少见多怪很逗。

阿宝这才打量起被女孩依偎着的男人，那人面孔皮肤黝黑粗糙，但气质不凡，有那么几分身怀绝技的自傲和笃定。

"她是他的女朋友，嗲功一流！"年轻的服务生禁不住叹息一声。

"噢噢，才子佳人。"阿宝嘀咕着，神情黯淡了，眼前闪现的是龙的身影，真可怕，龙的身影突然替代这位号称著名的DJ。

阿宝竟想开溜，突如其来的自卑，但服务生已递上酒水单，她接过单子瞄一眼，点了一盎司要求加冰块的威士忌，是个老练的酒客，服务生顿时刮目相看。

一盎司酒快速下肚，身体热又轻盈，眼前笔墨浓郁的现实却在褪色，阿宝又要了一盎司，现在她才有享受的感觉，告诫自己不要喝得太快，这时候她还记得酒水单上的酒贵得离谱。

音乐强烈起来，人们朝另一间房拥去，那里有舞池，音乐如有吸力的管子将人们吸进去，但阿宝看不见那边的景象，她茫然四顾，那一对惹眼的男女已经消失，阿宝宛如失去目标，东张西望终于被那股人流吸引，不由起身跟过去。

酒意渐浓，她随波逐流得心安理得，舞池里的人越聚越多，她和人们一起摇晃身体，常有人给她奇怪的一瞥，这里红男绿女个个唯恐不够妖怪，一个贤妻良母型的女人混在其间，反而比任何人都惹眼。

然而她已经没有自我意识，身体里的热流如涨潮的浪头一浪高过一浪地将她从颓靡中高高托起，那种眩晕和忘我，已经多久没有感受？

17

～～～

　　她被电话铃惊醒，醒来的一刻下意识地抬头找钟，时钟的长短针都指向十二，天，竟忘记给老三喂奶，她转身去看BB，床边空旷，她惊慌地跳将起来，头痛欲裂，屋子的景象令她吃惊，这里是某个地方而不是家，下一秒钟她便清醒了，回到"朱迪公寓"这个现实。

　　电话铃声继续响，她找到自己的手机，听到小钟的声音，她思索片刻才想起来，他问她是否一切顺利。

　　"还可以！"她敷衍着，一些场景跟着醒来，新鲜尖锐，她好像再一次受到刺激，整个人顿时消失在自己的思绪里。

　　"对不起，我打搅你了吗？"上海男人抱歉的口吻。

　　"噢，没有，谈不上打搅。"

　　听起来他好像有什么事，等着他说下去，一边在回忆她昨晚是怎么回的家。

"昨晚七点的时候我给你打过电话，你没有接……"

"喔，我可能没有听到，那时候我在一家饭店。"她努力回忆道，又有一些场景进入，互相参差，变得模糊，但喧闹的声音犹然在耳边，令她烦躁。

"那家饭店好吵……有事吗？"她问。

"喔……"他在那头一愣，"我可能搞错了，以为你约的是昨天晚上，一起吃饭……"

她愣住，然后惊呼："Man！"把嘴捂住，连这感叹词都属于嗜酒的周末，"喔，我完全忘了……是的是的，说好我要请你吃饭。七点钟等在我们楼下大堂……"

她现在都记起来了，不安极了，从床上跳起来："对不起，太对不起了……我……遇到了一些事……"她的喉口被什么东西卡住，说不下去。

"不要紧吧？要我帮忙吗？"

"没事，已经过去了！"她的眼睛发热，声音却硬朗。

"还活着，天也没有塌！"她居然能幽自己一默，还好对方看不到她的有些歪扭的笑容。

"要是今晚有空，请赏脸一起吃饭。"她随之再发邀请，并补充道，"我今天哪里都不去。"

头痛欲裂，她忍痛发出邀请，出于歉疚，更是害怕独自面对夜幕降临。

她放下电话，立刻在手机上设定闹钟，吞了一片强效止痛药一片安眠药继续睡觉。她现在完全不去管吞药的副作用，先对付眼前的困境再说。

她以为只是一次应酬，也为了把这个晚上混过去，才会和朋友的朋友的丈夫一起吃饭，没想到居然在饭店一坐坐了四个小时，直到饭店打烊。

这四个小时她成了倾听者。上海男人的故事竟让她暂时忘我。

他读的是工程，却喜欢上音乐，在电脑上编写乐曲，偶尔也会用他的作品去参加小型艺术节，他因此而轻易地放弃了职业。

自由职业的确潇洒，但很快遇到所有的自由职业都会遇到的问题，在满足自己理想的同时，他失去赚生活费的途径。

现在家里主要的开销靠妻子，她不仅没有怨言，对他的选择还挺支持。

他很幸运，不是吗？他却说受不了被妻子照顾的感觉，但重新回到职业却很难。

在某个不知名的艺术节上，他认识了一个女孩子，她跟他一样，学非所用，医科专业，却放弃医生职业，成了自由职业的舞者。她的理想是成为著名编舞家，但渐渐发现前途莫测，女孩身边不乏追求者，正考虑通过婚姻解决生计。

显然，这是一场相遇，同是天涯沦落人，惺惺相惜，很容易便陷入情网，但注定是一段短命的关系，因为各自都有一段崎岖的经历，面对现实反而更理性。

他们只是借着艺术节在那个城市多逗留了十天，因为知道没有结果知道可以拥有的缘分短暂，反而就有了一场燃烧。

"就像面临生离死别，好像要把自己烧成灰。"男子这么形容，他语调平静，他双眸的明暗被眼镜遮挡，阿宝面对的是个矜持的形象，难以想象他如何发烧。

"分手的那晚，我们在街上走了整整一夜，因为太伤心，反而没有了情欲。"男子一笑，这一笑最让阿宝震动。

"我把她送上火车，我没有立刻回上海，当时的情感太激烈，没法立刻回家面对妻子。我去了第三座城市，在那里待了半年打各种散工，我并没有想过离婚，因为她是好老婆，我只是想让自己平静下来。"

十天的爱却用了半年时间平静。阿宝再受震动。

"太太知道吗？"

他摇头。

"你离家半年怎么向她交待？"

"我告诉她，我需要独处一段时间，对未来做个思考。"

"她……"

"她太聪明了，虽然她不知道发生了什么，但知道一定有事发生，她给我空间和时间去解决。"

阿宝在温习朱迪描述的那个叫如洁的女生，印象中就是个超聪明超能干超独立的上海女子。她不由轻轻叹息了一声。

"这事已经过去了？"阿宝不由得希望。

"是三年前的事了！"

这么说来，这事发生时，他的孩子才一岁，她不由得要比较自己身边的故事。

"三年了！"他也在叹息，"真不敢相信，好像就是去年的事。"

"还在想她吗？"

"不是经常想，不愿去想，因为想起来很郁闷，看不起自己。"

"哦？"

"对两个女人都差劲。"

"这样总好过把家毁了！"

他点头："已婚女人都会这么说。"带点讥诮，却又补充，"事实上，男人更不愿意离婚。"

阿宝点头，心里惊叹着世上的故事竟有相同之处。

"即使她不知道，或者装着不知道，你也回不到之前的状态！"阿宝说。

他几乎是感激地点着头："问题就在这里，我知道她好，我不想毁这个家，我太想保住这个婚姻。可是她对我越好，我越寂寞，我感觉很坏，觉得自己做人很失败。"

"也许她也觉得自己失败，掏心掏肺对你好，尽了许多努力，还是被你关在门外……"

他有些怔忡，她则被自己的感触湮没，只听他说。

"很幸运能跟你聊，这些事对熟悉的朋友反而说不出口，可是你也不能去跟陌生人聊……"

阿宝却笑了："那么我们是属于半生不熟……"

她抬头四顾才发现只剩下他们这一桌客人，穿白制服的服务员们已围聚在另一桌吃他们的晚餐。

这家饭店的厅堂并不大，但服务员围着十人大圆桌坐得满满，都是女孩，年轻而带点乡野气，脸上都挂着笑容，对着桌上满盆满钵的菜肴，有股满足的欢欣。

阿宝看着她们，说不出的羡慕，被这种简单的即刻的满足感吸引。

"这些女孩子，都是偏僻的乡村过来，一个出来带出一帮。"小钟道，"你听她们的口音，是一个家乡的。听说第一年老板几乎不给工资，只提供住宿和三餐，所谓住宿，是一二十人挤一间房……"

阿宝会意点头，皱眉一笑："这种故事也一样发生在美国，我在 China Town 长大……"

她却没有说出，她父亲便是开餐馆的，经常雇没有工卡的留学生，China Town 中国餐馆的厨房暗无天日，人权民主和这个地方毫无干系，被称为第三世界。她母亲曾经竭力把她和那个世界隔开，她要把她培养成淑女，让她学钢琴学跳舞，虽然这两样她都不喜欢。

她进高中后也开始打工，到旅馆到超市也去快餐店，但从不去中国餐馆，那是母亲最不要她去的地方，虽说那时母亲已经去世。

无论如何，那一桌要比他们这一桌明快许多，其实，为生存挣扎是最迫切的挣扎，但这种挣扎虽然艰辛，却直接粗犷，伤不到心。

阿宝举手招呼买单，但小钟坚持付账，阿宝尴尬，不知如何应付，在她的经验里，几乎没有遇到过"抢着付账"这样的情形。

"没关系的，你可以请还我的。"小钟用安慰的口吻。

"那……明天晚上你有空吗？"

她脱口而问。也太急了点吧，她心下觉不妥，小钟已欣然答应。

要说他的赤裸的寂寞令她不快，不如说是对自己无以排遣的孤寂的憎恶。

与小钟分手时，说好次日晚再来此店，但她想了想说，不如傍晚再电话确认。

这个夜晚她入睡很快，却在凌晨四点半突然醒转，不甘心地把被子裹紧要重新睡，思绪却如煮开的水翻腾起来，翻腾的是小钟的故事。

"在那座城市我打过十几份工，站在马路上发广告单，到酒店当保安，去搬家公司做搬运工。"

他看起来个子瘦削，想象不出他如何做搬运家具的体力活，这份要让她去想象的工作令阿宝为上海男人难受，她因此而去感受那种物化了的沉重，还有孤独……

她起身去拉开窗帘，在朱迪二十六层的公寓窗口，视线仍被四周更多的高楼挡住，虽然相距还相当远，还不到挡住阳光的地步。

按照朱迪的说法，你在买房的过程中已经有更高的楼立起来，你会担心住在二十层渐渐地就像住在二层。

她说，车子开出市中心两小时仍然是房子，这个城市的高度和广度难以估量，机会和陷阱均等，重要的是自己的方向感要清楚。

所谓方向感不就是理性？在这样一座城市长大的人是不是只剩理性？一个瘦弱斯文的男人去打体力工，用自虐的方式让自己平静下来，重新上路回家！

她是否有些为他遗憾，如果超越自己的遭遇？

夜半时分仍有不少窗口灯光闪烁，不是她一个人在度不眠夜，朝下看去，楼底的街道像一条条狭窄的溪谷，车如轻舟在溪谷间穿行，富于方向感地驶向它们的目的地。

她现在想到龙，竟有点歉疚，他有很多挣扎她却无法分担。如果这是一桩与己无关的情感纠葛，她是否会给龙更多的同情？

她回想起 Park 97 的夜晚，关于那晚的记忆，定格在一个娇嫩妖艳的女孩身上，之后就像梦境只有些微模糊的气氛弥漫在记忆里，她曾经告诉皮特，她要把龙救出来，经过这个晚上，她多少有些明白她的自不量力。

她现在的心情已经这么不同于之前，曾经让她觉得不堪入目的情景现在有了新的含义，她渴望见到龙，和他心平气和谈一次，不讨论结局，只是去理解他，或者说，试图努力去理解他。

她现在并不指望可以立刻将他带回家，却有一种要获得所看到的真相的解释，丈夫伸手可触，却也可能突然消失，从此天涯相隔。

想着明天太阳重新升起，她仍有机会再见到他，眼睑沉重了。

次日醒来已近中午，心里窃喜半天又混过去了，现在的心情其实很矛盾，等着领取新护照的焦虑，却也有了滞留上海的另一条实在的理由，假如说寻回龙这件事正在失去其具体性而变得愈来愈抽象。

她前一晚已置之一边的疑虑担忧，随着被睡眠洗刷过的头脑也一并醒来。她想皮特现在烦透他们这档子复杂关系，不愿意在他那里看到她和龙的纠缠。她一定上了皮特心里的黑名单，是"咖喱乡"不受欢迎的客人之一。

如果怕孤寂，这里还有个小钟可以相伴，黄昏前她给小钟电话明明是要确认一起晚餐的事，当小钟问道："你今天真的没事吗？"她竟犹豫片刻，小钟即刻说："改天吧，不着急！"

"让我想想，我等会儿再电你。"

挂了电话，她有些后悔，可也不好意思再去更正。

黄昏到来时，她又穿上运动鞋，现在已经晓得运动鞋不适合多少是香艳的上海夜晚，但从浦东到浦西是一趟远路，还是贪图运动鞋的舒适。

现在没有什么能制止她的脚步朝城市西区赶，召唤她的已经不是爱或恨那样清晰的情感力量，更像是一股不可理喻好似没有出口的能量。

一路上忍受地铁的拥挤和难闻的人体气味，星期一的交通好像特别拥挤，换一号线时，阿宝放走了三部列车才挤上车，急不可耐忍受一站又一站车停门开，人出人进。

每一次人流的交换都是一次挣扎，车厢里短暂的平静被打破，旋即是突然高涨的突围意识，从里向外是突围，从外向里也是突围，人们的身体像墙一样挡在前，每个人在破墙而出，每个人又成为别人的墙。

偏偏这时候手机音乐响，她认出是小钟的号码，才想起她说过要和他再通电话，这是第二次失约，怎么向对方解释呢，而且是在人堆里和对方通话。

她摁断电话铃，在拥挤中一手死死拉住吊杆稳住随着列车晃动而被许多身体推挤的自身，一边用空出的那只手的拇指给小钟发了一条"马上打还你"的短讯。

从地铁车厢出来，就像释放的囚徒，阿宝深深地舒了一口气，这是西区相对人流稀少的站台，她离开站台，出了检票口，走到车站大厅的角落拨电话，

"对不起，小钟，我正要给你电话。"她不得不撒谎，"我今天遇到些紧急事必须马上处理，真是对不起……"

"没有关系，吃饭事小，你那边要紧吗……"

"噢，我能对付！"几乎是斩钉截铁打断电话那头将发出

的同情问语。

她对自己能发出如此果敢断语有几分惊异。看表已快八点，这一趟路途感觉很紧凑竟也花去一个半小时。这晚餐时分，阿宝不饿却很渴，在饮料机上买了一罐可乐，几乎是一口气喝干，想起刚才转地铁线时已喝了一瓶水，她不知是情绪上的巨大压力令自己口干舌燥。

去皮特的店于她已是畏途，明明知道遇见龙的概率很低，明明知道皮特已经嫌她烦。

穿过五六条横马路，便到了皮特餐厅，当阿宝站在餐厅门口，面对大厅人声鼎沸的景象，勇气顿失，活动的影像令她眼花缭乱，匆忙辨认一番，未见龙身影，心里竟有释然的感觉，逃一般飞快离去。

回到街上却若有所失，毫无所获回去很不甘心。她站在街头茫然四顾，夜幕的身影还很淡，但霓虹灯已亮出来，这里原是住宅区马路，现在举目望出去竟也霓虹灯镶嵌的店屋招牌到处都是，其中多是餐馆招牌。

她站在街头思量片刻，又回到皮特餐厅，一服务男生迎上来，她先扫一眼餐馆大厅，没见皮特，便向服务生打听，才知皮特不在城里，她不由得舒了一口气，让服务生领到桌边。

当服务生递上菜单时，她却忐忑起来，很怕这一刻见到龙，是怕见到他和另一个女人在一起，她一个人如何对付他们两个？联想到的是那天的情景。

皮特不在，谁来帮他们解围？

她把菜单留在桌上又悄悄起身离去。走到餐馆门口，这"咖喱乡"的咖喱食物的香味好像更加浓烈似的，突然就饥饿难忍，想起自己几乎一天未进食，瞥见马路对面的小餐馆，便信步过马路去那里。

18

~~~~~~

　　这是一家面积只有"咖喱乡"一半，却吧台大而显眼的酒吧式餐馆，或者说，兼做餐食的酒吧，在这晚餐时间，坐着两三对年轻情侣模样的客人在用餐。看起来生意清淡。

　　这里的好处是，有个角度可把马路对面皮特餐馆门口来去客人看个一清二楚，尽管递来的菜单上那些快餐式的西式风格套餐让她更向往对面"咖喱乡"的美味。

　　小店唯一的服务生是年轻的"乡下妹"，阿宝从她手里接过菜单目光却逗留在对面"咖喱乡"进进出出的客人身上，好像眨眼之间，会漏看龙的身影。

　　在她出神之际，"乡下妹"去招呼站在餐馆门口有几分犹豫的客人。

　　"我们的'每日一汤'是半价，今天是家乡红汤，上海人称罗宋汤。"一个模样传统的中年女人过来招呼道。女人说一口不标准的上海口音很重的普通话，衣着显示她对女人穿衣打扮那套没有什么sense，她将一把长发用发夹绾在脑后，前额的头发却有些毛糙凌乱，加之上着一件蓝色的长袖针织套衫，下面却是一条颜色犯冲的咖啡色西裤，是一个形象不起眼甚至是潦草的、与这间追求时尚的酒吧餐厅相当不协调的中年女子。

但女子却有一双目光率真的大眼睛，她的举止笑容有些生涩，似乎招呼客人于她并非那么得心应手，令阿宝这个不自信的客人反倒有宾至如归的感觉，不会产生任何"自己是否受欢迎"之类的怯场。

阿宝向她点了一客家乡炒饭，一碗家乡浓汤，家乡这个词总是触动她，她是没有家乡的人嘛。

女人拿了菜单去厨房，她稍后才知道，她是这家店的老板娘也是厨师。

女人进厨房良久，亲手端出刚起锅的炒饭和热汤："不知道是不是对胃口。"

女人站在阿宝面前，黑亮的眸子望着阿宝有着与她年龄不相称的明澈，她等着阿宝把第一口饭和汤送进嘴，就像婆婆每每端出刚起锅的菜，总是要阿宝品尝第一口并等着她发出一定会到来的赞叹。

在她明亮的注视下，阿宝拿起叉子和调羹，仔细地用叉子把炒饭划进调羹，把调羹送进嘴里，嚼着米饭一边朝女人点头："好吃！好吃！就像回到家里……"

她喃喃的，自己的回答把自己感动，不过是一道普通的炒饭，何以如此这般感怀，阿宝不好意思与女人的目光对视。

女人放心地坐回厨房通向大厅的桌子。

"乡下妹"没有把门口的客人带进来，便去收拾刚离客的那张桌子，眨眼餐厅只剩阿宝一个客人，她抬头去看女人，看到她面前的桌上竟有一把木质算盘，女人飞快地拨弄算盘珠令阿宝十分好奇，女人抬起眼帘，她俩目光相遇。

"现在几乎没有人用算盘算账。"她回答阿宝询问的目光，"这叫珠算，我小学三年级就学了。现在的孩子已经不学珠算，他们用计算器。我呀，就是喜欢手指摸算盘的感觉，老东西都摸得着，算盘啦，笔啦纸啦，摸起来真是舒服踏实，我就是不要摸不着的东西。"

这句话把她自己逗笑了，她便捂着嘴笑。

阿宝也跟着笑了："这样东西我老爸以前也用过，但也是很久很久以前……"

"你老爸是……"

"他开过餐馆。"

"喔，餐馆老板的女儿，吃我的粗饭食委屈你了。"女人竟脸红了。

"他有自己的餐馆就那么两三年，之前一直给餐馆打工，他做过大厨。"

"喔，大厨的女儿，更委屈你了。"女人叹息，却是欢快的，好像重逢旧友。

"哪有委屈一说，我很享受呢！"阿宝认真辩解，"这饭这汤像家里厨房出来。"

女人眼睛更亮了："你真客气！"

阿宝不知"客气"在此的真正意思，但看她的表情应该是好话。

"你爸爸……他在哪家餐厅做过？"

"噢，不在上海，在 China Town，纽约。"

"China Town？"女人点着头若有所思。

"听起来那地方有点熟悉，China 不就是中国吗？"她的眸子又一亮。

女人在某些方面的无知让阿宝觉得可爱，她笑着想了想："其实就是……中国城，也称唐人街，美国许多城市都有……"

"噢，就是唐人街！"女人大大地松了一口气，好像被解决了一个大疑问。

"谢谢你教了我一个英语！"嘴里又嘀咕了几遍"China Town"的发音。

她重新打量阿宝，恍然大悟的，又是点头又是笑："我就看你不像大陆人。"

"我的口音？"阿宝笑问，"普通话不标准？"

女人摇头："中国这么大，五湖四海谁没有口音？"

她的率真吸引着阿宝。

"不是口音，你的普通话还比我标准呢！是举止、神态，有些特别……"

"特别在哪里？"阿宝笑起来，很好奇。

"说不出来……"女人沉吟着，似在找寻合适的词语，明澈的目光对着阿宝，探究的。

阿宝竟有点心虚，好像那目光可以戳破她的心事："我想，'家常'就是你的店追求的风格。"她赶快转话题。

女人笑了，直点头，把算盘拨到边上："我主要做中午的生意，前面商业街上班的白领会上我这里解决午餐。"

"哦，你一人对付吗？"

阿宝瞥一眼只有七八张餐桌的店堂，这店堂也不能说太小。

"我另有厨师，他中午来烧一顿饭，很简单，就那几样套餐，有中有西，中有咸肉菜饭，扬州炒饭，西有红烩牛肉饭，咖喱鸡饭，意大利通心粉，这一带有不少老外白领，中国年轻人也喜欢西式口味。"

阿宝便笑了，听起来这"西式"也是很"中式"的。她点着头，语气带了鼓励："其实够了，换客不换菜嘛，只要把这几样做好！"

女人眉开眼笑，似遇到知音："是是，我有个朋友开三黄鸡店开得很成功，他就是这么说的。"却又深深叹息，感慨万千的，"如果不是他帮我出主意，我简直不晓得怎么把饭店开下去，我最不要做的就是'开饭店'这桩事。"

阿宝笑了，女人的语言自有一股鲜活的生气，阿宝喜欢听她讲。

"我老公吵着开饭店，把家里两套房换成这个店面，其中一套房是我婆婆的，婆婆搬去和她另一个儿子住，说好每个月要把饭店的一半利润给婆婆，这还不算，老公又借钱把楼上一层也买下来。"

眼睛明亮的女人果然坦直。

"利润还可以吧？"

女人使劲摇头："我老公根本没有开饭店的经验，店里生意不好，还不了债，他着急，跟朋友去南方做服装生意，把店盘给人家做酒吧，这还是三年半前的事。"

"怪不得这里的装修更像酒吧。"

阿宝呼应着，打量做工讲究的木质吧台和与之相配的同样精心打造的酒柜木架，暗暗吃惊老板娘简捷讲述后面的曲折。

"这三年酒吧租金还了大部分债，当然老公在南方也是赚了一些钱，好歹孩子也进了大学。"

"太好了！结果是好的！"阿宝为女人舒了一口气，她现在听人家的故事，也变得感同身受。

"不好！"女人的眸子黯了一黯，就像有几盏灯一齐亮着，现在被关了大半。

"老公赚了钱就不回家了，听说那里又安了个家，那个女人都可做我的女儿。"女人竟然一笑，有一种"这一切够荒唐"的讥讽和无奈。

"这一头，做酒吧的这一对也闹翻了，这边是女孩子跟人去了国外，男孩子也没有心情做下去，本来，这个店已经被他们做热了，那个男孩子是学音乐的，他把这里做成音乐酒吧，一半客人是老外，这些老外让他赚了钱，却把他的女人弄走了……"

女人皱着眉笑："那一对跟我们不一样，他们本来感情很好，我和我老公，我们是冤家啊，在一起天天吵，他脾气坏，我得让他，他那时去南方我还松了一口气，那三年差不多是我这辈子过得最舒服的日子。"

女人从桌子底下拿出一只藤编篮子，又从篮子里拎出一块编织到一半的雪白的镂空针织物："这三年我钩的台布床罩窗帘都可以开一家店了，我这一世人最享受做的就是这件事。"

女人起身，把手里的针织物拿到阿宝面前。

想象着整间房被这些针织物覆盖的华美景象，女人的故事却无法立刻消化。

阿宝捧着它一时间不知道该怎么办，这样一件织物，洁白得和女人面临的无情现实太不相关了，她怕玷污似的、忙不迭把它放回女人手边的藤编篮子。

女人把篮子放回桌子，给阿宝斟了一杯香味撩人的茉莉花茶，顺手把她面前的残汤剩饭收去，她做事远远利落于那个还有些笨手笨脚的"乡下妹"，一看就是个能干的主妇，李秀凤那样的好主妇。

"好景不长，他那里生意不好做了，又多了个家要养，这边酒吧间退租，一时也没有人肯接手，好歹也得让这店堂开着，虽然我这辈子最头痛的事就是开饭店，还有就是离婚。"女人抱怨着，口吻却豁达。

阿宝愣住，人人头上一爿天，世上人家各有难处，从她嘴里出来却这般流畅和应该。"你……真不容易，还是这么有精神。"阿宝絮叨着，竭力回应这松松道来却分量颇重的故事。

"没有什么，这辈子风风雨雨，没有太平过，除了这三年，还算好啦，老公把这里的财产都留给我，我想，他是遇到喜欢的女人了，这里的东西都不要了，为他想想也不容易。对了，这'彩虹'是我的小名，我老公觉得喜气，用来做店名，不要我改。"

阿宝的喉口哽住，她难为情地别过脸。

彩虹沉默了。店堂已无人，彩虹打发"乡下妹"去厨房收拾。

彩虹又开始说话，她仍然坐在她固定的位子，与阿宝隔着几张桌子，她说："做女人要想得开，要懂得保护自己，很多事情是天意。"

听起来更像在劝慰阿宝。

"为什么说天要下雨，娘要嫁人？明明是天要下雨，爹要娶新人。"她笑说，阿宝也笑，笑着笑着，竟哭起来，她捂住脸，但哭声却捂不住。

彩虹走到门口，把门关起来，将门背后的"关门"牌子挂到关着的门外。

这个夜晚，因为阿宝的哭泣，彩虹竟关了半小时店门。

第二天晚餐时，阿宝回到彩虹的店，那里仍是生意清淡，只开了两三张桌，各坐了一两个客人，当"乡下妹"给她菜单时，彩虹走过来建议她点一份"上海咸肉菜饭"。

"尝尝看，只有这样是按照我的配料，也是店里最受欢迎的饭，我今天晚上在小电饭煲里煮了一小锅，是专为你煮的，现煮现吃味道好，你昨天说喜欢家常菜，喏，这是最大众的上海饭食，你没有吃过吧？"

阿宝愣在那里，想起谁说过的，即便是交个同性朋友也讲缘分的。

她的这份饭量超足，盛饭的盘子尺寸又稍小一些，更显得拥挤，阿宝居然一扫而光。甚至连带配饭的"每日一汤"，这天是蘑菇洋葱汤，也全部进胃里。

"这几乎是我三顿饭的量，实在是好吃啊！"阿宝把筷子仔细放妥帖在空盘上，隔着桌子向彩虹赞叹。

"咸肉、香肠、米这些材料都是我自己去采购，不能买错牌子。"彩虹亲手端来从她自己壶里斟出的茉莉花茶，一边道，"不好意思，只有这样饭菜是我可以自卖自夸在别处吃不到。"

阿宝不敢相信在这座巨大的陌生的城市，她找到了落脚处。

这一星期，她都来彩虹店吃晚饭，坐在她第一天选择过的角落，她告诉彩虹，她在等护照，但没有告诉她，她的老公就是在对面的"咖喱乡"沦陷，她坐在这个位置，是为等候他在对面出现。

她可能永远无法体会彩虹的豁达，因为她和龙从来不吵，他们远不是冤家般的夫妻啊。如果可以比较，她更像这里的前酒吧主，因为倾情投入，以致那一半离去，等于把她的全部拿去。

当店里走空时，彩虹会和她聊天，彩虹从不问她的心事，她只管讲述，她好像有说不完的故事，除了家事，还有发生在这条街上的故事，彩虹的娘家在隔壁街上，从她出生的六十年代开始，这几条街就没有平静过。

但阿宝并非一直有机会做听众，只要有客人，彩虹就得进厨房，走进这家店的通常是路过的年轻情侣而非有备而来的客人，他们是被店面的格调——前酒吧老板情调装修吸引而想坐进来喝杯东西，也顺便歇歇逛累了繁华街的腿。

彩虹店的餐食虽然简单，但制作咖啡的器具还算完备，彩虹不喜欢待在厨房，做咖啡还是挺得心应手，为了适应晚上的客人，彩虹还会调制几款鸡尾酒。

只是她这个店主人不那么上心，也不是时髦人群，无法在自己的小店制造夜店的时尚气氛，因此根本吸引不到本地客人，夜晚来的都是异地的过路行人，几乎没有回头客。

可这清闲之地却合阿宝的心境。她可以吃完饭长久地赖在这里，她并没有放弃坐在此观察彼的努力，事实上无论是吃饭或是和彩虹聊天，她的目光不受控制地会弹向那边。

有时候，彩虹明亮的目光会随着阿宝黯然神伤的眸子朝向对马路，但她并不发出任何疑问。

"彩虹，我给你个建议。"好几个夜晚以后，当"乡下妹"过来收空盘，阿宝按住盘子道。

彩虹放下手里的针织物，走到阿宝的桌边坐下，好像这一刻是她等来的。

阿宝建议彩虹把店里装套餐的瓷盘换成大两号的纯白盘子，她从随手带的包里拿出一本英语版本的菜谱，翻阅上面的图片示意彩虹，果然，每张图片上每一份菜都装在体积大很多的盘里。

"瓷器不一定要昂贵，但要够大，白色就好，食物放在中间，瓷盘边缘宽敞干净不沾汤汁，既美观又诱人食欲。"

彩虹一看一听就懂，那天晚上她们俩的话题便集中在餐台上的一些细节，阿宝成主讲人，彩虹去拿来笔记本做记录。

有个晚上，阿宝来晚了，吧台前站着两名棕肤色的南美人，已经半醺状态，点了酒单上的酒后，提出要小姐陪酒，他们七嘴八舌，彩虹不知道他们在闹什么，有些慌张。

阿宝上前用英语与他们沟通了一番，把他们打发走了。待他们走出店门，她才告诉彩虹他们的欲求。没想到彩虹闻言脸色一变，冲到店门外对着南美人的背影喊出一句上海粗话：

"戆卵！"

南美人转过身，一脸懵懂。

"What a fuck！"阿宝站到彩虹身边，响亮地用英语助骂，并向他们伸出中指。

两个半醉的异国嫖客一愣，相互使了个眼色，不怀好意地笑起来，朝她们逼近！

"想干什么？"彩虹喊起来，有点害怕。

阿宝突然就双腿半蹲，举起双拳，做出合气道准备迎击攻击的姿势。

两个南美男人面面相觑，兀地转身，拔腿便跑。

彩虹与阿宝相视，一起大笑。

彩虹和阿宝的笑声一阵接一阵追着他们逃跑的背影，也不管路上行人的注目。

这段几分钟的小插曲，让两个女人乐了一个晚上，她们其实更惊异对方突如其来展示的狂野。

彩虹伸出中指模仿阿宝的英语粗话，一边感叹："噢噢，太爽了，对付这种下流坏就要这样！"

阿宝微微一笑，她已端坐回她的位子。

见此，彩虹更是啧啧有声："我绝对想不到你……看起来这么谦和的人！"

她学着阿宝的打拳动作："这是什么拳？"

"合气道。"说着阿宝起身又摆了一个合气道的动作，刹那生气勃勃，如同被另一个形体替代。

彩虹半张着嘴，好一会儿才醒过神，简直佩服得五体投地，叠声请求："快快教我，有了这身功夫，天不怕地不怕……"

阿宝摇头，气概顿失："功夫再好，也没用，伤到的是心！"

彩虹明澈的大眼询问地看着阿宝，若有所思地点点头。

19

她在地铁站放过了两部列车才挤上去浦西市中心的一号线列车，到彩虹店里时，只见每张台子都坐了客人，除了她那一张桌子，心下直觉侥幸，走上前才发现，桌上放着"保留"的小牌子。

"你坐，是为你保留的。"正犹豫间，端着酒瓶酒杯托盘从厨房出来的彩虹招呼她，"你先休息一会儿，今天周末有点忙。"

她宾至如归地坐到自己坐熟的位子，目光朝对面看去，"咖喱乡"的牌子镶嵌在灯箱里，在被暮色渐次浸润的街头，像一部电影的片头，炫目地出现在屏幕上，蕴含着令人兴奋的悬念，灯箱旁的店门显得幽暗却又深邃得令人心跳，门口的迎客小姐在灯箱的阴影里似有若无，苗条到单薄的身形，却有着魅惑的力量，因为不时有行人在经过她们身边时便消失了，是消失在身边的门洞里。

阿宝的心又乱了，这些日子一直未接到皮特电话，看起来皮特未联系到龙。为申请新护照，皮特帮了不少忙，她不好意思再去骚扰他。

是的，现在给皮特电话，或者去他店，切实地感受到在"骚扰"他人。可是，新护照一两天内就可拿到，逗留上海的其他理由将不存在。眼见对面"咖喱乡"不断客人涌入，很想再去"碰运气"。

这个念头一出来，阿宝整个人的状态立刻发生变化，她开始坐立不宁。终于，她猛地站起身，拿起手袋，想了想，又把手袋留在桌上，拿走了钱包。这手袋是包包丢失后在上海街头小摊上买的，廉价货，可以作为保留这张桌子的物件，丢失也无所谓。

阿宝在突如其来的冲动下，离开"彩虹"朝着"咖喱乡"冲去，甚至顾不上去厨房向彩虹打一声招呼。

从彩虹的小餐馆猛然踏足皮特的"咖喱乡"，对于这里弥漫着的纸醉金迷的气氛感受更强烈，闪烁的彩灯，浓妆艳抹的年轻女性伴着抽烟喝酒的男性客人，场景肉欲感强，背景音乐却是爵士，不太搭调。阿宝待惯了素描般的世界，声色犬马的直白令她慌张，涌起逃离的冲动。

然而也由不得她了，前脚才跨进门后脚便被服务生引到唯一空着的两人桌旁，同时菜单也一起递上。阿宝宛如失去意志，依着场景所需求的动作做反应，接过菜单装模作样从头至尾读了一遍，点了一份不看菜单就知道的海南鸡饭。

待服务生离去，才有机会抬头朝整个餐厅巡视，当然，并没有龙的身影，她对自己说，哪有那么容易见到他呢，先前的刻不容缓要撞见他的冲动变成沮丧。

她想着应该离去，但，餐也点好了，而且不知为何，她的身体像粘在椅子上，如果没有特别的力量，好像都无法将自己从这一个只给她带来恐惧的位子上拖走。

彷徨懊恼间，鸡饭送来了，真奇怪，你越是不想吃，这餐还上得特别快。所谓鸡饭，鸡和饭原是分开盛在碗和盘里，配上两条青菜一碗清汤，放置在大号塑料盒里，再配上南洋特有的调料，酱油膏、蒜茸、辣椒酱分放在隔成三格的料盒里，一眼看去倒也显得热闹丰盛。

鸡饭原是她嗜好的新加坡饭食之一，可此刻毫无食欲，这一刻偏偏惦念起今晚彩虹特地给她留的桌子，觉得辜负了她的好意。

她拿起筷子复又放下，毫无食欲，皮特的餐馆，不再是她进食的地方，曾几何时，这里被她视若上海半个家，如今却令她充满焦虑失落，还有恐惧。莫可名状的恐惧。

她来这里是要"撞见"龙，内心深处却又怕真的"撞见"他。

她终于坐不住了，吩咐服务员将未动一筷的饭食打包，然后结账，离去前，她去洗手间。

在通向洗手间的狭长通道，阿宝几乎与男厕所出来的客人撞个满怀，抬起头看到的是龙的脸。第一秒钟，阿宝几乎以为是自己的幻觉，她定定地看着他，他也同样吃惊。

"龙？"

"阿宝？"

"龙！"

阿宝已经泪流满面。

"阿宝，你怎么会在这里，你为什么要来？"龙问，听起来像责问。

从男厕所龙的身后紧跟着走出一个男子，是个高个帅男，泪眼模糊中的阿宝竟然还能注意到这一点，她侧过身欲让他过去，可是他却站下来看着龙，问道："Honey（甜心）？"

Honey！！！

阿宝吃惊地一下子转过头，这个男人竟然称呼丈夫honey？

他年轻，不会超过三十岁，头发微鬈，脸部轮廓俊美，白色紧身 T 恤凸现他手臂胸膛的肌肉。

"Honey？"她问龙，"他是谁？"

她的喉咙哽住了，泪水飙得更猛。

转头再去看男子，泪水挡住视线，她用手狠狠擦去泪，是的，一个标准美男，大概也是许多女人心中的白马王子。

美男也在打量阿宝："Honey，你怎么把人家惹哭了？"

他问龙，嗓音轻柔，他凝望着龙的目光充满占有的爱。

阿宝怔怔地看着他，又去看龙，在他俩对视的一刻，她像休克般失去知觉。

事实上，正是在这个瞬间，她明白了一切，她面对的现实像一把重磅榔头朝她狠狠击来。她摇晃着让自己站稳。

她死死地盯视着男子，她的脸几乎要碰到他的面孔，然后手指着龙向他喊："我是他的老婆！"

她的嗓音尖厉刺耳，神情狂乱。

龙惊骇地看着她，张口结舌。

"这是过去的事，现在我们在一起。"那男子稍稍退后一些回答阿宝，温和的，却执着，一边看着龙，目不转睛。

"我们还没有离婚，你不可以……"

阿宝愤怒得像推开一道沉重的门那般一巴掌推开男子。

只听一阵物体碰撞响，阿宝突如其来的猛掌令男子急促踉跄后退，从狭窄的走廊直撞到离厕所最近的那张桌子，将桌旁的椅子一起带倒在地上。

即刻，服务员和食客们围上来。

龙抢步上前欲把男子扶起来，却被阿宝拽住，两人挣扎间，男子已起身，他站直身体，在一片嘲笑和议论声里，置若罔闻，他深深看了一眼双手被阿宝抓着的龙，转身挤开围观的人群，朝餐厅外走去。

"David！"龙甩脱阿宝的手去追男子。

"不可以！不可以！不可以！"阿宝对着龙的背影喊道，那声音如此高亢，一声比一声尖锐，以至龙停下步子，喧哗的大厅突然寂静。

"我们有三个孩子！"她朝着龙的背影宣告般地，也是在向全世界宣告这个如钢铁般沉重坚硬的存在。

叫 David 的男子已走到大厅中间，此时也停下步子，他转过身，看着龙，他的目光有询问，也有谴责，接着，他转过身朝店门外冲去。

龙紧追其后。

阿宝一愣，人群为她让开一条道，她追过去扯住龙的胳膊，龙的目光追随男子的背影，一边欲挣脱阿宝。

阿宝不顾一切几近疯狂，她的理智却超越她的肉体，可以清晰地看着自己这个如同疯子般的肉体与另一个疯子搏斗。看见自己多么不堪地被龙甩开，却一次次地挣扎着去抓住他。

情急中阿宝终于使出合气道中一招，她竟反手拦腰抱起龙将他掀翻在地。

围观的人群惊呼。

见龙躺倒在地，阿宝惊慌了，伸手去拉他，却被龙推开，他已一个鲤鱼挺身站了起来，龙涨红脸朝门口看去，男子已无身影。

龙推开围观人群朝店外走，阿宝追上去，龙转身盯视阿宝，那目光像铁钉把阿宝的脚钉在地上无法动弹。

她痛得透不过气来。羞耻的脏水正从她立足的地方升涨。

四周的人群和喧嚣声已经退远。

她被那水淹没。

好像过了很久，她才看到她的皮特叔叔出现了。

她似要跪下来求他帮她留住龙，腿一软竟失去片刻意识。

待真正清醒，她发现自己躺在皮特办公室的长沙发上。

阿宝接过皮特递上的一杯冰水，"咕嘟咕嘟"牛饮水般一口气喝下，第二杯、第三杯，皮特继续给她倒水，他的办公室放着一大桶饮用水，她好像能把它全部喝完。

水暂时缓解她身体里的烧灼感。

她终于喝不下了，在连喝五杯水之后，皮特将空杯子放回桌上，拿了一把椅子坐到阿宝边上，他看着她，皱着眉在笑。

"把他打倒在地，自己怎么泄了气？"

她木然地盯视着皮特，这世界令她充满恨意，包括眼前的皮特，这个像亲戚一般亲近的 Uncle，怎么长得这般蠢样？他的圆滚滚像怀胎五个月的肚腩，他那无法被有限的发丝遮住的头皮，一身 POLO 又如何？彰显的尽是身体的缺陷……

她移开目光却骇然看见自己的形象被铺满一堵墙的镜子映现，披头散发，眼睑鼻尖红肿，她跷起一只脚，脚上的旅游鞋底正对住镜面，粘着黑糊糊尘泥还夹着菜叶，像个丑陋的特写镜头！

她放下脚，"特写"消失。但是，她却无法让自己从镜中消失。

她最恨的仍是自己，为什么活着？为什么所有不堪的场景会让自己看到？不，是自己蠢，是自己寻寻觅觅地追过来，追着给自己找羞辱。

她只有闭上眼睛，才看不到自己。

"阿宝，阿宝……"

她睁开眼睛，看着凑在眼前的皮特的脸，心里突然对他充满羞愧，怎能迁怒于皮特，他早就阻止过她，没错，没错，多少次暗示，她竟充耳不闻。

她是此时此刻才明白一切的一切呀！

"Uncle，我蠢，我笨，对不起你！"她嘀咕着，这一刻满溢胸膛的恨意骤然消失，只剩……空……无边的空洞在吞噬她。

对着这双空洞的眸子，老江湖的皮特竟也心乱，只能用干笑掩饰："没想到阿宝还有这身功夫！"

阿宝却使劲摇头。

"他活该揍，我是你，索性揍他残了再离开。"

"我不想离开他！"

皮特吃惊地看住她："你不想离开他？"

皮特不相信自己的耳朵似的，重复着阿宝的话，见她不响，几乎是气愤地问道："你今天不是都看到了？"

"不是真的！"阿宝摇着头，双手扯着自己的头发，"我不相信，我不要相信……"

"不要骗自己好不好？"皮特抓住她的手向她喊，哀而恨。

"我们有三个孩子，这是不是真的？"现在是她的两只手扯住皮特的肩膀问道。

"是真的，你们做过十年夫妻也是真的。"

皮特肯定的语调，她空洞的眸子好似灌入了一些类似于希望的亮光，但是皮特对着这片微弱的光线用更加不容置疑的语调告知："问题是，他现在变成 gay 了！"

她的身体一阵战栗。

皮特皱皱眉，不掩饰他的嫌恶："算你倒霉吧，其实，这种事不是发生在龙一个人身上，有些 gay 跟他一样，开始也结婚，也跟老婆生孩子。"皮特突然压低声调，"据说有过这样经历的 gay 在中国还比其他地方多，因为，因为这里的环境，以前根本不允许……"

皮特有一丝冷笑，他耸耸肩，很不以为然："谁想得到，龙从美国来，竟会在中国变成……说真的，我不那么开明，我说过我讨厌断背山！"

噢，他口口声声的"断背山"，原来就是这个意思！

她哀求地，好似欲把自己这个人托付给她的 Uncle 皮特："Uncle，告诉我，我怎么办？接下来怎么过？明天……以后……怎么过？"

皮特抖擞起精神，声音也跟着亮起来："阿宝，你要是还把我当你的 Uncle，你要向我保证，马上回家，回新加坡的家，找个律师，把婚离了。"

阿宝呆滞地看着皮特嗫动着嘴，以一种奇怪的不可解释的惯性随着皮特的嘱咐点着头。

他便放心了，电话叫来出租车，问阿宝要不要他送她回家，阿宝谢绝了，皮特也不坚持。

阿宝坐进车里，当司机问她去哪里时，她恐惧了，她现在最害怕的是回寓所，回到一个人的空间。

阿宝在司机不满的嘀咕声里下了车。

阿宝走进彩虹的店，就像从另一个世界回来，陡然觉得这里的静、小、空，店堂已经没有人除了"乡下妹"。

"彩虹呢？"

"彩虹姐刚刚还在。""乡下妹"几分懵懂地看看她，阿宝苍白的脸色让她惴惴。

"她好像到对面的饭店去找你，你的手袋还留在店里。"

"她怎么知道我去了那里？"阿宝有些喘息，好像走进一间缺氧的密封空间，她用力吸着气。

"你……要紧吗？"

"乡下妹"虽有几分木讷，但仍然感受到阿宝身上不同寻常的气息，她朝门外看去，盼望彩虹出现。

"去把彩虹叫来，拜托了。"阿宝突然显得烦躁，她渴望独自待一会儿。

"那你帮我看一下店，对了，你的袋子在厨房。"

阿宝看着"乡下妹"出门朝对马路去。阿宝走进厨房，她去拿她的袋子。擦洗得干干净净的料理台，一把亮闪闪的牛肉刀吸引住她的目光。锐利的刀刃，令她一爽，仿佛这正是她要找寻的东西。

她拿起牛肉刀，亮闪闪的刀刃上映出阿宝自己的面孔，她再次从自己肿胀的脸，感受着不堪忍受的现实：龙，追着那个年轻的帅男走了。

在心里最深处，她很清醒，她明白，他不会返回了。那个曾经如此真实的丈夫，竟成了一团虚幻的影子！

"Ridiculous（荒谬的）！ Ridiculous！"

阿宝狂喊两声，拿起刀朝自己的手腕割去，这动作如此熟练，在自卑的少女时代曾在一次又一次的想象中演绎。

20

在医院急诊室的走廊，阿宝的病床被安放在此。

上海医院比马路还拥挤，尤其在这类三级医院，病房更是人满为患。急诊科的观察室供不应求，走廊一长列病床，每张病床旁都放着挂点滴瓶的架子。

阿宝在急救室躺了两夜两天经历了急救，包括输血和外科的缝合伤口，医院向家属发出病危通知书，由将她送进医院的彩虹签字收下。

输血后，阿宝血色素上升很快，第三天她的病床便从抢救室移到作为观察室的医院走廊，她床边点滴瓶架子上挂一大串点滴瓶。

彩虹在病床旁陪伴："我说你是我的广东亲戚，医院就按照大陆病人标准收钱，但这样一来你只能睡走廊，否则把你当作华侨，走廊肯定是不睡了，收费标准也跟着高许多。"

阿宝嗫嚅着，涌出一嘴的英语感激词，又吞回去，讲出来只嫌太轻飘。

彩虹并不介意她在嘀咕什么，她本来多话，尤其是经历这样的突发事件，有一肚子的感受要宣泄："幸亏在我的店里，要是你一个人回浦东，在那里出事……"

彩虹手捂胸口，仍在后怕。这个素昧平生的饭店老板娘，是否上帝派来？

"人不能只为自己活，一大堆的责任呢！"彩虹这么说着，眼圈就红了，"孩子啦，父母啦，不能不管的，还有朋友，要是你出事，朋友都会觉得很受打击，哪怕是我这种刚刚认识的朋友……"

彩虹的话语在一片虚空中飘远，她不仅虚弱，胃部还翻腾得难受，她勉强睁开眼睛，至少她必须用目光去回答彩虹的话语。

但彩虹不知何时就停止了絮叨，她凝神盯视着阿宝的眼睛，突然就喊起来："你的眼白怎么这么黄……"

彩虹朝医生值班室奔去。

阿宝住进了传染病房，她因输血感染了甲型肝炎，而第一个发现的竟也是彩虹，她现在愈加相信，彩虹是上天给她的礼物。

现在她终于可以躺在真正的病房，而不是走廊，然而，这是传染病房，家属或朋友不能陪伴，虽然事实上，在这座举目无亲的大城市，除了彩虹，这个萍水相逢的善良女子，还有谁会来陪伴她？

阿宝从医院急救室出来，好像把一部分人和事扔在那里。

她身体里那部分好像要烧起来的能量，随着她的血流出身外，整个人也跟着冷却下来，甚至有一种冻住的感觉。

彩虹不能陪伴在身边，她反而安心。

阿宝明白自己欠彩虹太多，她在她的饭店惹了这档子事，急诊进医院要付现金，彩虹给垫上。阿宝身边只有旅行支票，要去专门的银行兑现。

然而，对于阿宝，最真实的需求是，不想见任何人，当然也包括彩虹。她渴望真空状。这病房已接近真空。

对于她，医生和护士是医院这个仿佛是虚构的场景里的角色，与她的人生和精神没有任何瓜葛。

事实上，身体的虚弱让精神处在休眠中，或者说，这正是她需求的那种真空，她整日昏昏沉沉，睡了醒，醒了再睡，一年多欠下的睡眠、持续的焦虑不安和精神折磨，在帮助她造就这种真空感。

奇怪的是，她也做了许多梦，但竟然跟最近发生的事毫无关联，甚至在梦里既无丈夫也无孩子，梦中的自己孑然一身陷在人群中，醒后却想不起来，那个"自己"在梦里忙什么。

每个星期有探望日，病人需要走过长长的走廊，到一块特殊的空间，隔着两道栅栏门和探望者相望也能简单聊几句。

阿宝取消了自己被探病的权利，预先通过护士电话彩虹，说她太虚弱不能见任何人。

她给朱迪和小钟各发了短信，告诉他们自己在上海感染急性肝炎，住在传染病房，之后便关机，无论他们打多少电话，她不接。

但阿宝不能不给家里电话。患肝炎的事，她未向李秀凤隐瞒，她甚至有点庆幸自己被关进隔离病房，当她给李秀凤拨电话时，至少她们可以躲在生病这个话题后面，将更尖锐的现实暂时放置一边。

电话接通后，阿宝直截了当告知自己病情，她甚至没有问候家人，也没有意识到自己声音的漠然。

"我去上海看你！"李秀凤不假思索回答。

阿宝这时才像醒过来，心里突然就充满电话那端的家庭景象，这景象已从心里消失几天。

"妈，你跟我一样，也被困住了，是被三个小家伙困住！"她苦笑一声。

"你不可以骗我！"李秀凤的声音竟透着些许严厉。不知为何，反而给阿宝空洞的心注入了一些生气似的。

"怎么能用生病的事骗你？"阿宝拿起夹在床尾铁架上的病历卡，翻到检验单，读着上面的数字，"GPT超过四百，黄疸超过三十……"

李秀凤那头就没了声音。

"妈……"阿宝喊道。

"噢，我在听……"阿宝听到电话那端李秀凤强忍下的哽咽。

和李秀凤生活这么多年，阿宝几乎没有见过婆婆的眼泪。

直到这一刻，阿宝的内心才有了歉疚，对婆婆，对孩子。

"妈，医生说这病来得快，也去得快！"

阿宝的声音听起来开朗，她现在可以飞快地抛开另一个自我，与这一个被人视为正常的社会角色衔接。

"钱够吗？"

"我带了旅行支票。"

话题转到具体的生存细节，阿宝长长地舒出一口气。

这天之后的电话联系便容易许多，无非是互相汇报，她这头的病情，那头的孩子们。

阿宝心里很明白，婆婆也向她隐瞒了一些状况，孩子们尤其是老三体弱多病，绝不会像李秀凤说的那么健康。

家里那摊子事究竟有多乱她应该可以想象，但是她现在可以放下，不去想象，身体虚弱的好处是，过去放不下的那一切，都放下了。

关于这边的真相，她对自己说，永远不会告诉婆婆。

她的病情的确来得快，去得也快，两个星期下来，黄疸数字回到正常，GPT 也在迅速下退，只是越接近正常，退得越慢。

不能急，越急退得越慢，有个老护工告诉她。这是一种带有宿命性的安慰，因此医生是不会这么说的。

她并没有"急"的感觉，她好像在一个孤岛上生活很久，感觉在钝化。

她想到孩子们，常会有不真实的感觉，他们的身后就站着龙，而龙的后面是那个脸容俊美目光执着白Ｔ恤里肌肉凸现的男子。

这图景令她的思绪产生空白。

这空白又会被日常的其他杂事填补，住在医院病房，能安静的时间并不多，医生查病房啦，护士发药啦，隔三差五的验血，等着听报告，就像考完试，等着成绩报告单下来。

疾病带来的身体虚弱，有效地阻止了精神创伤的恶化。疾病的干扰也加速了时间的流逝感，只有时间可以愈合所有的伤口。

有个夜晚，她给家里挂完电话忘了关机，朱迪的电话进来。

"终于抓到你了！"朱迪吃惊地喊起来，但马上压低声音，"从你婆婆那里知道一些你的病情，不过，你不接我的电话有点不正常，一定有其他事发生！"

朱迪如此肯定的语气。

"当然，你可以不告诉我！"听不到阿宝的反应，她的语气又有了歉意。

阿宝手捂着电话筒，从床上起身，快步走出四人共一室的病房。

她靠在走廊的窗前，说是晚上，其实暮霭刚刚罩住天空，医院四点半就开晚饭，晚饭后便被认为是晚上的开始，尽管天是白的。那正是美国的清晨。

"你这么早就起来了？还是没有睡？"阿宝轻声问朱迪，习惯性地用手遮住自己的嘴，虽然她们之间是用英语对话，但她仍不习惯在公共场所讲电话。

"我在倒时差，刚从香港回来。"

"哦，你也去了香港？"阿宝脱口问道。

"还有谁在香港？"朱迪敏感地发问。

阿宝摇摇头，竟说不出话来，只觉两腿发软。

走廊的窗外是医院后面的一片空地，没有草地也没有树，被风从别处携带来的一些废纸一些枯叶，诸如此类的垃圾，令这片空地甚是荒凉。

听说那里要造医院新大楼，这个城市房子密度高，但仍在不断地、像要把所有空地都填满似地匆匆忙忙地造着楼。

然而，对于此刻的阿宝，如此荒凉的空地，还不如让一栋楼房填补！

她自身的空洞感令她害怕面对一片空旷。她背过身，电话里朱迪在继续说话，和朱迪对话的好处是，她绝不会让两人之间产生冷场。这一年来，她和龙的电话，多是冷场。

"我找你，是要告诉你我这里的变化！"她听见朱迪在说，"我和 Alan 的关系要结束了！"

"怎么会？"

阿宝问道，她的声音充满惊叹，她们两人都有一种错觉，好像回到很久以前，关于朱迪一次次的分手，她的第一个问题总是："怎么会？"然后是惊叹和惋惜。

阿宝蹀回病房，半卧在床，朱迪那边也一样，相信她一定也是半卧在床，这是她们俩讲电话最惯常的姿态。

"他向我提出，要对我们现在的关系做个了结。他是懒人，最愿意维持现状，现在要来了结，一定是遇到什么人了，呵，还是懒，要让我选择，哼……"

朱迪长长地哼了一声，听起来就像是无关痛痒的牢骚，但她后面的结论却让阿宝一惊："我明白我们的缘分到头了，说什么选择，明明是在摇摆，要对方决定……"

阿宝一惊，用力拉上被子蒙住头，在一片黑暗中用力问道："怎么可以？"对着被窝深处提高声音，"你们同居十多年，就跟婚姻一样，怎么可以说分就分？"

阿宝的头从被窝里伸出来，深吸一口气，虽然被窝外的病房空气可疑地布满病毒，她重又钻回被窝。

"一样也不一样，不一样的就是，真的说分就可以分，我们能够在一起这么久，也是因为有这种要分就可以分的便利。"

"噢，便利……"阿宝在黑漆漆的布满来苏儿消毒水味的医用被里咀嚼这个词，这个词在她的人生里是否太轻了？便利是属于人和空间的关系，人和人，也可以用这个词吗？

"明明关系在动摇，却要用婚姻来稳住，不是自己骗自己吗？人生苦短，我不要委屈自己，尤其在婚姻上，所以我决定分手了结。"

阿宝一时不知该如何回应她。

"说不定我也会把重心移到上海，我最近连职都辞了！"

又一个冲击，与男友分手同时没有了职业。

"我现在是来去赤膊了。"

阿宝短促一笑，把被子从脸上拉开，朱迪把"来去赤条条"篡改了一下，凡是被她篡改过的成语谚语之类变得滑稽起来，但这丝毫不能减轻她所讲述的事态的严重性。

各人头上一片天，朱迪的天不是也在下雨？阿宝自问。

"不管我先去或晚去上海，那套房子你只管住着，可是，你真的没有什么要告诉我？"朱迪突然转变话题，再一次问道。

"前几天在皮特店里见到龙了，还有他身边那个人……"

阿宝的头伸出被子大口喘气，只要思绪落在这件事上，她就像窒息一般喘不过气来。

两边的病床其实都空着，她想起此刻是见客时间。

"噢，你撞到那个女人了？"朱迪大声问，毫不掩饰她的好奇，甚至还有兴奋，"是年轻女人吗？"等不及听到回答便发出评论，"听说那里最不缺的就是年轻漂亮的女人！"

没有声音。

"阿宝？"朱迪喊了一声，以为电话断了，听见阿宝应了一声，便又问，"后来呢？你跟那个女人有交流吗？"

"朱迪，那个人不是女人是男人！"

尽管病房是空的，阿宝仍然重新把头伸进被窝，听不到朱迪的反应，她用了更直接的语词："龙跟一个男人好上了，他变成了 gay！"

朱迪那头一片静寂。

"喂？"

这一次轮到阿宝对着电话发问，她把头从被窝里伸出来！

"我……我在……我很休克！"朱迪的声音陡然无力！

阿宝不响，朱迪也没有继续说话。这两个女友间第一次有了冷场。

"但你们做了十年夫妻！"朱迪用一种争辩的口气，好像要推翻刚刚听到的现实，阿宝没有回答，刚才的真相能够冷静道出，让她有一种置身事外的感觉。

"你们有三个孩子，这也是千真万确。"朱迪像当初的阿宝需要回顾曾经并且仍然存在的另一个现实。

"孩子是真的，夫妻是假的。"阿宝冷冷地，用她从未用过的冷酷的语气，"他从来没有爱过我，和我结婚生孩子是为了向他母亲做个交待……"

"这么想就太可怕了！"

"是可怕，我这一世人做得太失败，十年婚姻不过是一场欺骗……"

她哽咽了，头伸出被子想喘口气，听到脚步声又缩进去。

"我不认为他在骗你，当时和你结婚是真心的，后来变化是后来的事。"朱迪沉吟片刻，终于让自己的思绪条理起来，"中途发生性取向变化这种事多的是，他一定很痛苦！"

"他痛苦吗？他找到了他的真爱……"阿宝在被窝里愤懑

233

地喊道。

"阿宝，你听着，我马上去订票，我去上海找你！"朱迪如此这般慌张和焦虑，好像眼见朋友溺水，自己在对岸救不到。

21

~~~~~~

法官是个黑肤色体型庞大脸阔眉粗容貌相当男性化的女性，尤其是，她坐在高高的审判台上，简直就是古装戏里的黑脸包公。

阿宝对中国戏剧没有了解，不会有这类联想，只是，女法官的"威猛"令她无端地忐忑。

然而，事实上，没有什么可担心的，她今天来此接受离婚判决，只是走一个形式而已，作为起诉方，已经历繁琐的法律文件过程，历时大半年，不过这都是她的律师的工作。

其实，她也只是充当了起诉方的角色而已，在离婚这件事上，她和龙几乎没有纠葛，龙是净身出门，孩子由她抚养，龙任何时候可探望孩子。但新加坡的离婚需通过法庭判决，法庭需要起诉方和被起诉方这两个角色，这两个角色又延伸出一对律师。

她通过律师与龙商量后，由她作为起诉方，她和龙的律师都是她来安排，也是因为她人在新加坡，这些繁琐事她来做更方便。

离婚过程中需履行的法律手续，她能帮龙承担便尽量帮，到了这一步，他们是合作者，"离婚"是他们共同要去完成的project（项目）。

就像在婚姻中一样，阿宝仍是这对搭档中比较用力的一方。

似乎用力用惯了，即使在离婚中。或者，你也可以把这看作，她已经用尽力气，现在到了希望尽快解脱的境地。

今天的判决，龙作为被起诉方由他的律师代表出庭，龙留在上海，这也是预先就说好的。这种场景，阿宝宁愿他缺席。

阿宝等不及朱迪来上海便回了新加坡。

当时朱迪不能马上拿到去上海的机票，阿宝这边的肝功能指标已回到正常，出院的次日便直奔机场，拿到当日最后一个航班的位子。

在上海住院一月余，回新加坡时阿宝左手腕上的伤口也已基本愈合，消毒纱布拿去，划痕鲜明，阿宝穿上了长袖衬衣。

阿宝没有预先通知家人，飞机抵达新加坡时已是晚上九点，她在候机厅耽搁了一阵，估计家人都已入睡，她才坐出租车回家。

阿宝轻手轻脚开锁进门，但李秀凤还是醒了，或者说，她根本没有睡，她后来才知，她在上海的这段日子，李秀凤常常睁着眼睛到下半夜。

阿宝开门后，脚顶着门把行李箱拉进房轻阖上门，转过身，李秀凤已站在客厅。

两人都不由得伸出食指按在唇边，紧张着不敢弄出声音，BB刚入睡时最警醒了，他一闹也会把老大老二闹醒。

婆婆做手势带着阿宝蹑手蹑脚进厨房，她拔去电热汤锅的插头，告诉阿宝："不知道为什么我有预感你可能这两天回来。"李秀凤用气声说话，一边掀开锅盖，清香扑鼻，"这苦瓜黑木耳排骨汤，连BB都会喝了。"

婆婆手脚轻而麻利，从碗橱拿出碗碟等用餐器皿，为阿宝盛汤盛饭在饭桌上铺排，一边嘱咐她先洗手，就像嘱咐每天放学回家的孙儿们。

"妈，我的食具另外放，还是需要做些隔离。"阿宝在李秀凤忙碌的身后道。

"血指标正常应该没问题啊？"李秀凤停下忙碌转过身，迟疑了一下，"不过，孩子们还小，保险一点就……隔离一段时间吧。"

"我会一直和他们隔离，直到他们长大离开家。"阿宝的话语听起来意味深长。

"喔！"李秀凤盛汤的手一抖，"别傻了，哪里要隔那么长时间，观察一阵，稳定了就没事了！"

"谁知道哪天又复发！"这句话竟带着几分恨意。

李秀凤把饭、汤、几样小菜一起放进托盘，摆在阿宝惯坐的桌边，补上筷子汤匙和餐巾纸，她顺势坐下，有种不堪重负的疲累。

"阿宝，有些事想不到那么远……"她拍拍旁边的空位，示意阿宝坐下，"先吃饭，日子还要过下去。"李秀凤复又起身，"冰箱有我刚做的泡菜，想着你回来就可以吃了。"

李秀凤去开冰箱门。阿宝坐下来端起汤碗却又放下："妈，我跟龙只有离婚这条路！"

阿宝是在这一片刻才真正下了离婚的决心。

阿宝还需要在法庭上等一等，她的前面有十几件离婚案要判。

离婚判决的过程并不复杂，甚至有点过于简单，法官按照程序问些例行问题，比如姓名年龄，离婚原因等等。

当事人的站台在侧面，旁边有译员的席位。听众席的第一排坐满律师。她和其他当事人坐在后面几排，更后面坐着旁听的公众，家事法庭向公众开放。这公众席向另一间房扩展，之间用一块玻璃隔开，那间房的人可通过玻璃观看庭上发生的一切，就像观看超大屏幕的电视，且是一出不再重复播放的真人秀。

阿宝记得美国的八频道便播放民事法庭离婚判决，那可是戏剧化得多，当事人双方在现场吵架，法官敲着惊堂木呵斥着，简直像中国老式家庭里的母亲，拿着戒尺拍打着桌子喝止在吵架的一对孩子。

她读大学时选的课多在下午和晚上，早晨睡懒觉，起床后喝第一杯咖啡时，她房间那个只有基础频道的电视台也就只有这档节目最有趣，她那时没心没肺常常看得哈哈大笑。

但渐渐地，阿宝发现，此刻自己身处的这个家事法庭上有一股与"法庭"这个空间不协调的气氛弥漫，把它称之为"庆贺"绝不过分。

她再一次环顾周围，这些所谓的当事人，跟她一样等待获得法官的离婚判决，竟多是年轻女性，不仅年轻，并且漂亮。

阿宝开始一一打量她们，感到惊异，她从来没有在新加坡这么集中地看到一群美女。而且，显然，她们也不是本地人，从她们白皙肤色清秀五官高挑身材可判断，她们来自中国大陆。

美女们衣饰考究，多着名牌，她身旁这一位便穿了一身夏奈尔的裙装，领口袖口繁密的蕾丝花边白色丝绸长袖短上衣配黑色长裙，好像是来参加派对。

这"庆贺"的气氛正是因了她们的锦衣华服，她们禁不住绽放笑容的脸。获得法官准予离婚的判决的一刻，毫不掩饰如释重负的轻快感，而等待判决的几位则有些迫不及待的兴奋，仿佛入围奖项提名等待开奖。

阿宝觉得自己成了这个场景中的另类，无论是她的容貌还是年龄和衣着，更不用说心情。

这时，她身边的夏奈尔女已站到席位，果然她来自哈尔滨，自称不懂英语要求翻译，于是有翻译站到通译员的位置，当法官用英语提问时，译员向她译成中文，她用中文回答后，译员再向法官译成英文。

当法官问她结婚几年时，她未等翻译便急切地用英语回答："十年！"

"不准用英文回答！"

法官的厉声呵斥把坐在下面的阿宝吓了一跳，夏奈尔女倒是镇静如常。

"你已经选择用中文作答，就不能随便改用英语。"

法官的警告几乎让阿宝失笑，听起来有点荒谬不是吗？或者说，今天她置身的这个场景便是荒谬的，美女如云，华衣锦服，飘荡在她们中间的欢快的庆贺气氛，法庭这个场景正渐渐虚幻。

阿宝离开法庭时已近中午，手袋里放着判决书，她需要找个地方坐坐定定神，便信步朝马路对面的咖啡店走去。

新加坡人把室内大排档称为咖啡店，这家咖啡店四面透空只有一层天花板遮盖，侍者都是男性，他们理平头，身着咖啡色店服，就像江湖传奇故事里某个驿站。或者说，从阿宝的视角，甚至这咖啡店也飘荡着一股虚幻的气息。

阿宝站在店堂口，一时踌躇。

店堂人气旺，几乎每张餐桌都有客，有人在朝阿宝招手，定睛一看竟是夏奈尔女。

她们两人坐一张桌各吃自己的套餐聊起天来。阿宝在想，她们现在有点像一个公司的同事中午结伴外出吃饭。

咖啡店没有冷气，夏奈尔女脱下她的袖口领子嵌蕾丝花边的白短上衣，露肩的黑色吊带连衣裙，衬着她的肌肤白皙，白皙得突兀，她那身华丽的晚装，在这间只有顶没有墙非常草根的大排档也是不协调得突兀，满堂食客在向她行注目礼。

"今天好像格外闷热，我总是不习惯这里的气候。"夏奈尔女微笑道，熟视无睹周围的目光，漂亮女人特有的镇定自若。

"现在已是五月，一年里这个月份最闷热，因为新加坡的纬度在赤道！"阿宝说，这是她今天讲得最长的句子，与法庭上简短的回答相比。

"哦……"女子若有所思，"想起来了，第一次来新加坡也是五月，去东海岸吃烧烤，闷得透不过气，以为自己会死。"她不由得用手扇着发红的脸颊，"被急救车送到医院，到了医院没看病就好了，其实，进了急救车就好很多，里面冷气足嘛！"她笑着摇头，"这么一算，已有十年了。"

"十年？"阿宝似乎吃惊。

"十年！"她点点头，"结婚的时候来了一下，大部分时间住北京，当然，冬天会来住一阵。"

她好像一直在笑，喜不自禁的："冬天北京下雪，我不喜欢雪。"

阿宝禁不住抬头瞥她一眼："你竟也有十年婚龄？"阿宝已经忘了刚才法庭上夏奈尔女曾经回答过这个问题。

"我不年轻了！"她笑说，"今年三十六岁。"

竟然还大我一岁，阿宝暗暗惊叹，但她看起来好像三十都不到。

"我整过容。"她直率告知，手指在眼睑下抹了一下，"眼袋和鱼尾纹给去除了。"

她有一双眼梢长长的杏眼，没有岁月痕迹的美目，看起来单纯，无忧无虑，不如说没心没肺。

阿宝接不上她的话，只是点点头，饭桌突然沉寂。

"朋友关照我，拿到判决书到这家店坐坐，捧捧场！"她压低声音，"是一群戒毒人开的，所以取了'中途'的店名！"

"哦，中途！"阿宝喃喃地重复道，不知为何，"中途"这个词让她一阵心悸。

"你朋友心善！"沉寂片刻，阿宝才又接上话。

"她是基督徒，一开始反对我离婚，但知道真相后，帮我找了律师。"女子仍然微笑着。

真相？她心一紧。不想听到什么真相，哪怕是面前这个陌生人的真相。

响起雷声，像在回答她，剧烈得好似在咖啡店顶上炸开，女子眸子里的笑意被惊恐替代，她两手捂住耳朵。

雷声已过，她仍然手捂耳朵，阿宝笑着朝她摇手："不怕，这屋顶都装避雷针。"

她的阿囡也怕雷，她因此对面前这位比自己年长一岁的夏奈尔女涌起母性的怜悯。

天空乌云笼罩，刚才明亮得有些刺眼的店堂即刻暗沉沉的，女子陡然焦虑："要下大雨了？"

"没关系的，这是雷雨季节，雨来得快来得猛，但停得也爽快，索性等这阵雷雨过去。"阿宝安慰道，"这里离地铁站很近。"

"噢，我不坐地铁的。"夏奈尔女坚决地摇着头，好像碰触到她的禁忌，更加坐立不宁了，她在手袋里翻腾一阵，找出手机，递给阿宝，"帮我叫一部的士好吗？我不会讲英语，麻烦了大姐，这是我住的酒店地址！"

"大姐"的称呼让阿宝几乎失笑，她接通电话，读着夏奈尔女递上的名片上的酒店名称，呵，是著名的"四季"，五星酒店，不用报地址司机都知道。

夏奈尔女离去时把手伸给阿宝，热情地握了一把："有机会请去北京玩！我请你吃饭！"

但是，她没有留名字和联系方式。

22

~~~~~~~

雨一直没有落下来，往往是这样，你有地方躲雨，雨反而
不下。

天却越来越暗，正午的天空暗成黄昏，这将要到来的雨何
其暴烈，好似受到女子的影响，阿宝竟也有了几分畏惧。

咖啡店拥挤起来，阿宝不好意思占着位子，她走出店堂
奔跑着去地铁站，然而，短短的几百米路，竟让她闷得喘
不过气来。

会不会窒息而死？半秒钟的恐惧，却把自己吓到了，难道
恐惧也能传染？

坐进冷气充足的地铁，阿宝如释重负，此时回想法庭，已
经变得很遥远，与陌生女子共进午餐这个片刻，如同一个长距
离的阻隔，那个片刻，阿宝暂时忘了自己。

她现在的思绪还留在那个女子身上，她的盛装，昂贵的酒
店，那个没有道出的无法想象的真相，以及雷声带给她的突如

其来的恐惧。她留下一团迷雾翩然离去，好像一个情节不连贯的梦境。

阿宝像从梦里醒过来，思绪翻腾，她想起一个人，她想起了彩虹。

她出院前一星期，接受了彩虹的探望。她们隔着两道门和中间三四米长的隔离带谈话。这样的情景一上来便刺激到了彩虹，她对着阿宝，还未说话便抹起了眼泪。

阿宝闭闭眼睛好像不堪面对："对不起，真的对不起……"阿宝嘀咕着，为自己给对方带来的难受而难受。

"为什么要到上海来遭这个罪？"彩虹哽咽着，她用手捂住自己的嘴。

"其实，医院的环境还很适合我。"阿宝告知她。对着远距离的访客，穿着竖条子图案的病房服的阿宝像个囚犯，但这是访客的感觉，总是探监的那个人更伤感些，阿宝自己并没有被囚感，她显得随遇而安，心绪平静。

"这里静，也没有牵挂，真奇怪，我居然也不牵挂他们，我知道家里一堆人要我照顾，可是我发现我并没有牵挂他们。"

"家里有一堆人？"

"噢，我有没有告诉你，我有三个孩子？"

"有三个孩子？"

她朝面露惊诧的彩虹用力点头。隔着几米远，好像不是和真实的彩虹，而是和彩虹的幻影说话，她不由得加大点头这个动作的力度。

"呵……"彩虹长长地叹出一口气，"我做梦都想多要几个孩子，长大后的他们轮流来看我，我就不会那么寂寞了！"泪水又从她的脸上滚下来，她不断地用指头去抹，阿宝的手指摸着她的病房服口袋里的纸巾，住在传染病房，不时要洗把手，她的病服口袋里总是装着一叠消毒纸巾。

隔着隔离带，阿宝无法递纸巾过去。即使递得过去，也不可以给，阿宝想到，病菌是她们之间的一堵墙。

她看着对方流泪，自己的眼睛却是干的。

"哎哟，都是你害的，让我这么伤心。"彩虹嗔她，就像对着多年的老朋友，她现在已经平静下来，有点为自己的眼泪害羞。

"心这么狠，有三个孩子怎么可以……做傻事？"见阿宝垂下头，彩虹以为自己失言，不由得捂住嘴。

"我不是责怪你，是……心疼你，女人懂女人心，那天晚上看你的脸色，我就担着心……"彩虹把手按在嘴角，好像随时要挡住不小心流出的责备，她抬起手臂抹干泪痕，看着阿宝，似在等她回答。

阿宝竟笑了笑："我丈夫不再回家，外边有人了，这件事我知道有一年多了，只是那天被我看到……"阿宝戛然而止，咽了一口唾沫，口袋里的纸巾正被她捻成一粒粒小球。

彩虹"啧"了一声，她大摇其头："不能看的，看到多难受。眼不见为净嘛。"

阿宝对着彩虹深深地点头，彩虹有她来自本能的悟性，这正是彩虹吸引阿宝的地方。

彩虹仍在摇头，阿宝仍在点头，这情景有几分滑稽，但她们俩都没有意识到。

彩虹沉默了片刻又说道："我看得出你这个人，在感情方面，眼睛里容不得沙子……"她苦笑着，"我……我才不要管他，管不住，懒得管，只要他给够我过日子的钱，他回不回家我无所谓！"这么说着，她却垂下眼帘，歉疚般的。

"一样是女人，我只想着怎么活下去，要求很低是不是？"彩虹抬起眼帘睁大眸子看着阿宝，似要看清她的反应，"你相信吗？在我们中国像我这样的女人不会少，我们哪有资格谈论感情……"

她停下来，好像在调整呼吸。

"说出来我也不怕丢脸，贫贱夫妻百事哀，夫妻夫妻，说得好听是做伴，其实是冤家，在一起吵吵闹闹，哪有开心辰光！我告诉过你，这个男人，我是说我老公，去南方赚钱的那三年是我最轻松的日子，我不知道他到底赚了多少钱，也不想知道他养的女人，只要给够我家用的钱！我那三年专心照顾儿子，给儿子一个读书的好环境，他考上大学后，他爹拿出一大笔学费，提出离婚我立刻答应，觉得自己人生的主要责任已经完成，后面得过且过，怎么样都可以对付。感情这种事老早就伤不到我了，经过以前那种辛苦日子，我这颗心就像我这双手，已经长出老茧。"彩虹举起双手，把手掌对着阿宝，开朗地一笑。

阿宝说不出话来，她吞咽着憋到鼻腔的泪水。

那天她并没有告诉彩虹全部的真相，她无法隔着这么远的距离倾吐人生中最隐秘的部分，她或许就是在那一刻感受龙无法倾吐的苦恼？

总之，和彩虹道别后她心里已没有恨，只有空虚，和可以得过且过的麻木。

她回新加坡后很少与彩虹联系，在被家人包围的这个空间讲电话，边上有许多干扰，baby 啦家务啦，生活很具体时间很有限，先得按部就班把每一天熬过去，能有空间谈论心里创伤也成了奢侈。

阿宝在冥想中坐过了站，她索性就跟着列车到终点站，再从那里重新出发。

挤坐在地铁车厢陌生的人堆里，沉浸在自身的思绪里，阿宝开始享受这样一种被嘈杂包围的宁静和放松，尤其是经过整整一上午的法庭煎熬，此时的她竟想赖在车厢里，她不想立刻回家。

她在地铁里随着列车来来去去，新加坡的地铁远不如上海拥挤，车厢里几乎没人站立，这样她就更心安理得占着一个座位，渐渐地便进入半盹状态。

手机铃响，李秀凤打来电话："还顺利吧？"

"顺利！"阿宝答，"正在回家路上！"

阿宝听到自己心平气和的口吻竟有些吃惊，对自己说，以后心乱时就来坐地铁。

"正等你回来，在做酿豆腐！"在今天这个特殊日子，李秀凤的口吻仍镇静如常。

阿宝关了电话，兀自一笑，怎么会用"顺利"这个词？拿到离婚判决算顺利？如果对她是顺利，对婆婆怎么谈得上顺利？

而且，而且李秀凤竟在今天做酿豆腐。而上次婆婆做酿豆腐，是她从上海回来的次日。

上海回家那晚，阿宝告诉婆婆离婚的打算，李秀凤当时并没有多问，她也没有再多说，两人都告诫对方早点休息，其实，回到房间两人都睁着眼睛躺了一晚。

次日，李秀凤从湿巴刹买了一大堆新鲜蔬菜，说要给阿宝做一道酿豆腐。这是惯例，旅行回家，婆婆用酿豆腐接风。

只是对于阿宝，这是一趟地狱之行。

这酿豆腐是新加坡的家常食物，大排档都有卖，但李秀凤自制的鱼浆以及蘸酿豆腐的沙司有她的独特配方，当然不是大排档的酿豆腐可以媲美。

如果说新加坡有什么食物也可以让阿宝思念，那就是婆婆的酿豆腐了。偶尔，阿宝和龙带着孩子们过长堤去紧邻的马来西亚短途旅游几天，婆婆通常选择留守，一家人回家的那天，她便做酿豆腐给他们接风。

家里做酿豆腐蔬菜丰富得多，空心菜啦高丽菜啦花椰菜红萝卜啦以及新鲜菌菇之类，苦瓜茄子更是少不了的。蔬菜这东西是为日日有热灶头的寻常人家诞生的，一日少不了，看起来拖泥带水很草根，出门在外又成了奢侈食物。

"吃到妈做的酿豆腐，才有回到家的感觉。"阿宝那时怀着感恩向龙叨叨。

她最享受和婆婆同煮这道菜，酿豆腐的鱼浆是领衔角色，决定了这道菜的口感，必然由李秀凤亲手调制。阿宝做下手，先是在李秀凤的吩咐下把豆腐放进油锅，旺火炸成金黄，然后亦步亦趋地学着婆婆在豆腐里填入鱼浆和蔬菜，李秀凤便会说："酿豆腐，酿豆腐，这就是'酿'呀！"

豆腐在饱满，阿宝的心竟也会跟着充实。

可是，上海回来后的这顿酿豆腐，却已"物是人非"，阿宝的反应很平静。

从上海传染病医院的隔离病房出来后，她和这个世界之间好像也被什么东西隔离了。她因此与自身的存在产生了距离，她仿佛躲在自己的眼睛后面，冷眼看着自己将要遭遇的一切，看着自己面对遭遇的反应。

那天酿豆腐煮好，李秀凤像往常一样让阿宝尝第一口，她一手拿筷一手握汤勺，把这金黄香滑的酿豆腐从锅里捞出递给阿宝，阿宝却拿来自己的碗筷。犹如一场流畅的戏被打断了一下，但她们俩都装作不在意。

阿宝让婆婆把汤勺里的酿豆腐放进自己的碗里，并示意婆婆舀一些她自制的沙司在豆腐上，她用自己的筷子夹起豆腐，轻轻地吹了几口气，送进嘴，融合新鲜鱼饼蔬菜特殊香味的豆腐裹挟着沙司浓郁地充满了口中，阿宝朝着婆婆等待的目光点点头，慢慢咀嚼，将嘴里的食物都咽下后，用纸巾仔细擦嘴，把她用过的碗筷放到一边。

"妈，今天以后，你还会为我做酿豆腐吗？你还会和我和三个孩子一起生活吗？"这是前一晚谈话的延续，却带着某种急迫性，她抓住李秀凤的手肘。

李秀凤轻轻挣脱阿宝的手，放下手里的筷子和汤勺，双手撑在灶台上，好像不这样她就站不住。

"离婚是为了成全他，我见到他了……"阿宝顿了顿，"他不会回来了，不可能了！我们的缘分结束了……"似要制止婆婆的劝阻，"妈，不要再去干预他，人人都有权力追求自己的幸福，这点理智我还是有，现在我是想知道你……你的选择……"

她问出这句话的时候才觉出对于李秀凤是个非同寻常的选择，甚至是个不那么公平的选择，因为她没有把真相告诉婆婆。

即便是不公平，也不能告诉她，这是她唯一能对婆婆做的报答。

"难道你歧视同性恋吗？"朱迪终于忍不住问道。

自从在医院与朱迪通上话，后来的几个晚上，她们天天通话，每次提到龙的新欢是男人，阿宝总是难掩愤懑和绝望。

朱迪带点质疑的问题让阿宝当时一愣，之后她回答道："不是歧视的问题！"

但她的语气已经不那么激烈，昏睡很久的理智似被触动："我难受我空虚，是因为，既然他是同性恋，为什么要和我结婚，为什么要让我付出这么多感情。"阿宝这么问道又激愤了，"他不过是利用我为他家传宗接代，我遇到了一个骗子，一个最冷酷的骗子！"

"这只是你的气话，他是利用你，还是真心爱过你，你应该知道，你的心会告诉你。"

"我的心已经麻木，我没有判断力也失去最基本的信念。"

朱迪沉默。

"我能为你做什么？"朱迪后来问。

"你已经做了很多！"阿宝突然有了歉疚，"我希望我停止抱怨，我大概已经是你们心目中的怨妇。"

朱迪便问："什么叫怨妇？"

阿宝笑起来。朱迪告诉她："我真喜欢听到你笑。"

阿宝便又"呵呵"笑了两声，好像是在成全朱迪的心愿，阿宝是在自己的苦笑声中与好友道别。

但是，朱迪的那声疑问却一直在她耳边回响："你歧视同性恋吗？"

她听到"歧视"这个词内心有所震动，一个她必须为之羞耻的词。

一种早就定义的是非和道德界限，令她不愿承认她当时看到漂亮男子对着龙呼唤"honey"时胃部涌上的恶心感。

她开始反省，她对自己内心深处涌出的对于这个人群的厌恶感到不安，当然这不安是因了朱迪的发问变得鲜明。

于是，她才有对婆婆"人人都有权力追求自己的幸福"的劝说，不如说这更像是对自己的告诫，她必须不断地如此这般告诫自己。

然而阿宝的话却让李秀凤一惊，她沉默了。她凝视阿宝，目光变得锐利，突然抓住阿宝的手腕，撩起她的长袖衬衣的袖管，利刃划痕触目。

"告诉我怎么回事？"泪水从李秀凤的眼眶涌出。

阿宝给婆婆拿来毛巾，她无言，奇怪的是，也无泪，她以为一触及这伤口，她就会控制不住，会像个孩子对着婆婆号啕大哭，但是没有。这次回家，她没有流过泪，即使拥住她的三个孩子。

李秀凤抹去眼泪，声调依然冷静："很多年前，我……一直对龙是否会娶媳妇而焦虑，后来他和你好上了，你知道，我心里有多称心吗？可是，这世间好像不会有完美的事，我满意有什么用？怎么会料到龙变心？"

阿宝不响。

"龙是大人了，我没法管他，其实从十六岁开始就管不住了。那年龙突然休学去波士顿，不告诉我理由，完全不听我的劝阻……"

她坐到厨房餐桌边，双手捧住头，就像阿宝第一次接到来自皮特的不祥电话。

当年人人都知道龙休学去东岸是为了一段恋情，除了他母亲，现在她才突然想到，也许人人都知道他所恋的对象，只有她不知。

"那是我第一次经受儿子给我的打击。"

李秀凤噤声，似在平息陡然起伏的心潮。

"阿宝，你知道吗，当我眼看他在做傻事，却无法管教他时，心里那种绝望，好像比他爸爸背叛我还要强烈。"

她一震，对着婆婆一头白发，她的空虚被沉重替代。

"对不起你了！"李秀凤的手抚在阿宝的伤口上。

她双眸睁得很大地看着婆婆："妈，为什么要你道歉？"阿宝陡然升高的声调让李秀凤吃惊，"他三十好几，是成熟的成年人了，他知道自己在做什么。"

她有些气喘，就像快跑后突然放慢步子。

"我想了很多，我知道这也不是他的错，谁也……没有错……不是对错的问题……"她终于憋下喘息声，声调冷静，"我重投人生，很多事好像刚刚才想通！"李秀凤的表情让阿宝戛然而止。

"那么，为什么还要做傻事？"

阿宝不响，然后道："相信我，这种事不会再发生了！"

李秀凤抓住她的手使劲点头，她已哭成泪人。

她们的谈话延续了几天，BB一醒就没有安静时刻，白天的时间很短，三点要去接阿囡，那个小人精在，更是什么话都不能说了。老大要升初中了，他现在迷上动漫，对现实的这部分生活不那么关注。

"阿宝，我能体会你的心情，我都经历过，我还是想说，你再等一等……"

有个白天，李秀凤说道。

是的，她终究是龙的母亲，阿宝突然意识到。

"我可以再等一等……"阿宝一声冷笑，"不过，等不等都一样，事情结果不会改变。"她的口气带着些讥讽，"这离婚是为龙想……"

"用不着为他想！"李秀凤打断她，声调竟有些严厉，"现在这个家，先要为孩子想。"

阿宝没有作声。

那天夜晚BB有些拉肚子，她下半夜起床给婴儿换尿片后便睡不着了，起身去客厅拿报纸看，却惊见与客厅相连的阳台上，婆婆独坐一张藤椅上，身姿凝固，像一座雕像。

阿宝的心一紧，默不作声走过去，坐到她身边。

"不用考虑我的想法。"李秀凤说，继续着白天的谈话，"毕竟是你们夫妻之间的事，你们的感觉边上人都体会不来的。"

"你们"两字有着特殊的分量，阿宝觉得婆婆好像在刻意拉开与他们的距离。

"你晚上不睡觉就在想我们的事？"阿宝叹气了。李秀凤却拍拍她的手背。

"不要为我担心，事情想清楚就可以睡了。"她站起身，"阿宝，我答应你，如果你们离婚，我不会离开你，我们还是一起生活，我会和你一起把孩子抚养大。"

阿宝欲起身似要去拥抱婆婆，但李秀凤的手按在她的肩膀，一条沟壑已经横亘在她们之间。

"我去睡了！你也不要多想，来日方长！"

是，来日方长，太长了，BB还是个婴儿，猴年马月才能将他养大？以后，怎么向阿囡交待关于她父亲的离开？她甚至都不知道老大心里到底在想什么。她现在才把心思转到孩子身上。

气馁！未来的路长得令人气馁。

李秀凤已经明确表示她将和阿宝及孩子们一起生活，阿宝为何有一种婆婆也在离开他们的感觉？

"不要去想象，很多事不可以多想，只有一天一天对付着过！"阿宝对自个儿说。

阿宝从法庭出来，在外面延宕了一下午，李秀凤的电话把她催回家，她们没有做成酿豆腐，刚满九个月的老三发起了高烧，并伴随全身疹子。

阿宝是在她回家后给他换尿布时发现，立刻去医院挂急诊，才知BB感染了麻疹，医生关照赶快隔离其他孩子，言语中有些责备，好似怪她没有及时送孩子上医院。

她回家赶紧进行消毒隔离，但晚矣，次日老二发高烧，然后是老大，她和李秀凤都很自责，或者说，孩子们感染的麻疹，将她们从各自的痛苦中转移出来，照顾三个病孩，让两个女人同甘共苦，并发现，她们可以代替夫妻共同体，把抚育孩子这桩事业进行到底！

23

　　阿宝随着人流从地铁二号线换到一号线，下午四点以后就进入了高峰时段，但阿宝已经习惯拥挤并懂得如何在人流突然汹涌时让自己不摔倒不被人流裹挟而去。

　　每每走在地下铁拥挤的走道，那巨大的电影广告牌便扑面而来，布莱德·皮特主演的《特洛伊》早已撤下，现在是气氛诡异的"吸血鬼"。

　　她走到电影广告牌面前就会想起恰克，这里是和恰克相遇的场景，虽然此刻朝她逼近的不再是那个英俊高贵的特洛伊王子。

　　每每想到恰克，想到与他重逢的那一刻，心中竟充满暖意，可转瞬间她就把他遗失了。

　　阿宝怎会料到，现在的自己每天经过这里。

　　走在从二号线转一号线拥挤的地下走道，与汹涌的人流一道漫过广告牌，这时候的她总是怅然若失，忍不住放慢步子要做逗留似的。

然而，这人流像潮流，后浪推前浪的，即使放慢脚步，也无法真正慢下来，潮流难以逆转的力量将她推挤着朝前去，她频频回头，好像要把自己的凝神留在广告牌上，或者说，幻想着把自己经过的痕迹留在这块被千万双眸子凝视过的广告牌上。

是的，无论经过多少次，她没有再遇到恰克。简直像一段重复的被打断的梦境。

时光如梭，转眼两年半过去，与龙的离异一年有余。她的人生变化如同骨牌效应，自离婚后接踵而至，其中一个不曾预料的变化是，她与全家搬迁来上海。

离婚犹如落幕，一段曲折的戏剧结束了。孩子们的麻疹把她带回几乎是由烦恼挫折组成的日常中，最初它们令她全力以赴，令她与身后那个黑洞暂时远离。

当她终于完全滑入"日常"这根轨道，并随着它的惯性朝前去，这个"日常"渐渐变得不容易忍受，她得经常与自己那种突如其来"透不过气"的窒息感挣扎。

有些夜晚，她刚刚入睡，却突然醒来，瞥一眼钟，才睡了二十分钟，可人已清醒得好似睡了一晚上，心绪立刻乱了，这长夜将如何打发？

BB 在身边的小床上呼吸均匀，她悄悄起身走到阳台上，轻风似有若无，却令夜深的新加坡变得轻盈些了，触目所及是草坪，是被黑夜的暗影覆盖的草坪。

她宁愿在黑夜面对它，这样她的眼睛才不会被烧灼般的阳光刺伤。

她刚刚搬进组屋时，面对这一大片草坪曾经欣喜若狂，她想她可以任何时候赤脚走，或干脆躺在草坪上晒太阳，年头到年尾，这草坪永远不会被白雪覆盖。光是这般联想，便让她心里充满阳光，即便那时雷声隆隆。

十年过去了，她竟然从来没有用自己的脚、自己的肌肤去触摸它，阳光的过于充足，令她害怕阳光，那些草就像火中烧烤的钢丝，她从它旁边经过时已汗流浃背，因为她不是背着老大，便是抱着老二，或是大包小包的购物袋。结婚后，她的胳膊肩膀好像从未无牵无挂过。

在一个又一个大太阳的日子，她面对在想象中更其炽热的草坪，却在盼望下雨。以后，漫长的以后，她将如何忍受这一年到头毫无变化的炎热？

归根结底，她问自己，她为何仍然住在新加坡，既然这是龙的城市，而龙已经离去？他离开了她和孩子，他也离开了这座城市。连这个出生在此地的人都要离开，她又为何留守在此？

"呵，呵，你怎么可以在那种地方住下去，太小太乏味，要把你闷死的。"

朱迪喜欢新加坡的酒店下午茶，却无法接受在此地做居民，她如今搬去上海，更要劝说阿宝带孩子们住过去："你新加坡都能住，为何不住上海？这里热闹时髦，物价至少比新加坡便宜，你把新加坡的组屋租出去，在这里可租到洋房。"

但当时的阿宝听闻此言，只觉荒唐。她人生里最悲哀最不堪的故事都发生在上海，她怎能去那个伤心之地。

"可是我在呀！还有你的新女朋友，叫什么虹……"

"彩虹！"

"是啊，除了彩虹，还有小钟，他挺关心你，希望帮得到你，你看，朋友都在上海。"朱迪道，"主要是，这个地方肯定比新加坡有趣。"

阿宝在想，人生对朱迪是有趣或无聊，对她是能否平安无事度过每一天，那个光怪陆离的城市大概只属于朱迪，就像当年读本科，周末的约会也只属于朱迪。

如果说朱迪是个享乐主义者，而她则更像个殉道者。她恨属于自己的这份人生，为何她必须像苦行僧一般活着？

只要这个念头钻进脑子，她面对新加坡的视角也变了，现在她怎么看，都觉得这是个如同朱迪所形容的，"没有比她更乏味的城市"。

"过去的你没有觉得乏味，是因为你有个完整的家。"这是朱迪的结论。

有一天，她接到彩虹的电话，彩虹告诉阿宝，她用钩针编织的室内用品越来越被看好，有出版社要为她出一本教人编织的书。

彩虹说，之前唯有阿宝发现她有这方面的才能，她佩服阿宝有眼光。

彩虹如此这般赞叹了一番，立刻将话题转到餐馆。

"这一来我更没有心思管我的餐馆。我这店地段好，租出去不难，不过，没有店，我只能缩回家里，现在儿子又不在，想想那日子的寂寞心里都会抖，这两天一直有个念头，如果你搬来上海帮我一起做餐馆，生意一定好，我们两人还能做伴！噢噢……"赶快又声明，"这只是我的异想天开，你有三个小孩呢……"

彩虹不想让阿宝为难才这么说，但更有探询的意思。

"还有婆婆呢！"阿宝笑着告知。

"喔，"彩虹便有些沮丧，"上有老下有小的，不可能动了。"

"那倒不一定！"未料到阿宝回答道，"婆婆不是负担，她可以帮到我很多，其实，只要孩子们有学校读书，去哪个城市都一样，我在美国长大，不怕搬家！"

岂止是彩虹，连阿宝本人都不相信自己的耳朵，怎么就这么轻易地做了一个天大的决定？

她放下电话的第一个念头竟然是，这样，又和龙在一个城市了！

怎么会想到龙？她憎恨自己竟然会产生这么个联想。他们离婚后，她内心那道必须穿越过去走向龙的桥门被关上了。他们从此相隔两岸，她死心了，连岸边都不再逗留。她的视野里不再有这个人了。

离婚后的这一年春节的初三，龙回来过，来探孩子和母亲，选择初三回来，龙是经过思虑的，谈离婚合同时阿宝就告知，如果他回家探亲要预先通知，她会回避。龙避开大年夜和正月初一，是为了让阿宝可以留在家过年。

这点心意阿宝懂，龙过去就是个心思缜密懂得体贴的男人，反而是她比较粗枝大叶。

但是，龙这不变的周到却更让阿宝伤心，就好像又瞥见曾爱不释手却已不属于她的爱物，她涌起"失去"的沉痛和莫名的委屈，她仍然无法真正克服那种受到欺骗的怨恨，虽然她的理智告诉她这不是欺骗的问题。

龙回家的这一星期，阿宝安排自己去香港探老父，这是用来回避龙的最好借口，这借口当然是说给婆婆听的。

大年初二便上路，阿宝知道最不好受的将是婆婆，然而她也顾不上了，她首先不能让自己受刺激，自从目睹皮特餐厅那一幕，她不堪再与龙面对面。

"龙是有点失望的，没有见到你！"李秀凤告诉她。

她是在龙离开后的次日才回新加坡。回来几天后，婆婆才提起这个话题。

那天李秀凤又在做酿豆腐，阿宝当然要在她身边帮忙，这也是她们俩在忙忙碌碌的日子仅有的可以安静面对面聊天的片刻，但阿宝现在怕了，明白做酿豆腐只是一个借口，婆婆要利用这一刻让阿宝开启她的心锁。

现在阿宝对于李秀凤的这番话却冷笑了："怎么会？我想他是希望我永远在他面前消失！"

"我理解你对他的恨。"李秀凤用筷子有力地打着鱼浆，眼看它变得越来越稠也越来越有弹性，一边道，"可是，我看他心里不好过，他……他……对你非常歉疚。"

阿宝却摇头，一个劲地摇着："告诉他不用歉疚，是命运的错误安排。"

"我是想狠狠骂他，但孩子们很敏感……"

"妈……"阿宝制止道，"你不要管，有些事你不知道……"阿宝咬住嘴唇，就像一把锁，锁住将要冲口而出的秘密。

"你们有什么事瞒住我？"李秀凤的目光突然锐利，她放下手里的碗筷，只身坐到桌边，现在做酿豆腐好像变得很次要，或者说，它本来就是用来谈话的载体。

但阿宝没有回答，她背对婆婆，开了油锅炸起了豆腐。

那之后，她们再没有机会谈话。即使有，李秀凤已看出阿宝的拒绝，她不想勉强她。

阿宝自己对这一次避走香港的行为也很感慨，当初她要见到龙的愿望如此急切不可阻挡，将三个孩子，其中一个还在吃奶，抛给婆婆去上海追寻，如今要回避他也是这般不顾一切，再一次地只身出门。

其实所谓探老父也就见了两面，父亲有自己的家，她也不便多打扰，因此她参加的是酒店机票折扣很高的旅行团。

她没有告诉父亲她离婚的事，父亲和他现在的妻子有个刚上小学的孩子，他六十多岁的年龄还要工作养家糊口，对早已成年的长女的生活只是应景般地问一问。

阿宝早已习惯将父爱搁置远方，此时在香港更有咫尺天涯的隔膜，涌起的是自悯的情绪，这令她更牵挂自己的三个儿女，她对自己说，她后面的人生只为孩子们存在就值了。

她在香港每晚要给家里电话了解孩子们的状况，拨电话时，会有些踟蹰，生怕龙来接电话，但每次都是婆婆接，听到婆婆"喂"的一声，心里却有那么一丝说不出的"不是滋味"，其中也包含了遗憾，龙甚至不给她机会"挂断他的电话"。

她在香港告诉自己，这辈子要做一件最酷的事：永不跟龙见面。

但这天，当她接了彩虹的电话，做了搬去上海的决定，想到的是"这样就跟龙一个城市了"，她很失望自己竟然又想起他来。

然而，事实是，她内心，她思绪的背景，已被巨大的阴影覆盖，这阴影便是龙的身影，她不用"想"，他一直在那里，在她的身体里。

这一个刚刚获知的自我洞察令她感到惊惧，潜意识里的自己仍被一种情感控制？

难道做出搬迁上海的决定，是受了潜意识的影响？真可笑，人连自己都无法真正了解，又谈何了解他人？

至少，"孩子们离龙近了，他们可以经常见到父亲。"她现在回答自己，也把此作为搬迁上海的理由之一告诉李秀凤。

李秀凤听到这一消息脸上掠过的惊喜，令阿宝明白，无论怎么谴责儿子，龙终究是婆婆最亲的人。

那么上海是非去不可了，即便是为了成全婆婆和孩子们。她在心里讽笑自己。

可是彩虹对于自己的"异想天开"变成现实却又忐忑了，她是打算把餐馆部分利润分给阿宝，只是这未来可能的利润也许不够阿宝一家在上海的开销。

关于如何在上海生存，阿宝其实早有考虑，至少，新加坡两套房出租的租金可以应付上海的生活，家变刚发生，她去上海欲把龙带回来的时候，曾把那里的房价物价都打听过，需要多少生活费当时就折算过，那时的她，曾经考虑过假如龙不愿回新加坡她可以带家人住到上海。

阿宝把自己未来的经济状况如实告知彩虹，让她不用担心。这女子曾为自己垫付好几千元医药费，阿宝信任她。

"除了餐馆，你会有其他的工作机会，这里英语教育很吃香呢。"朱迪给予的信息永远是 positive（积极的）的。

但是，当诸事在心里安排停当，突然就想起了皮特和他那间与彩虹店近在咫尺的"咖喱乡"，心又立刻一沉。但这搬迁已在刹那成了不可改变的现实，不如说，是阿宝需要搬迁的愿望如此强烈，已不可更改。

此时阿宝那颗心，悲喜纠结。

阿宝真正成行是在五个月后，找房子找学校，同时还等老大源源在新加坡读完小学最后一个学期。

就在她准备搬迁的日子，传来皮特中风的消息，那间餐馆盘给了别人，等阿宝到上海时，"咖喱乡"已经变成了服装店。

是否，这就叫世事难料？

正如彩虹的直觉，阿宝会给这间小餐馆带来某种根本性的变化，或者说，她赋予了餐馆一种风格。

阿宝只用三天时间便让彩虹店旧貌换新颜了。

她第一要改造的就是与店堂相连的院子。这十多平米的院子已成废墟，一半地盘堆着已枯萎多年的盆景，花盆里的泥土硬如石块，上面覆盖着一层青苔，早就没有植物的影子，此外，便是这些年来彩虹扔弃的几百只瓶瓶罐罐。

阿宝请收集废品的流动摊将所有的回收垃圾弄走，找来农民工，给废弃多年的庭院做了彻底清洗。之后自己掏钱去买来新盆景，沿着墙边种了些爬藤植物，放了藤编桌椅，撑出了彩色大伞，并拉出一圈彩色小灯，天黑后院子的彩灯亮起来，就像一块立体广告牌。

她在店堂内稍做调整，换了灯具餐具和厨师，悬挂一些风格前卫的软雕塑和绘画作品，餐馆的风格立刻建立。

阿宝聘用一个皮肤浅黑的美国混血女做全职招待，她叫芭芭拉，在美国做过酒吧，会调酒。她是在上海的酒吧结识朱迪，她从纽约到上海来找失去联络的男友，正愁没地方栖身，朱迪便介绍她来"彩虹"打工。她要的工资不高，但希望提供住处。

彩虹这间店原本是居民楼，早些年刚开店时她前夫便借钱把二楼也一起买下，家和店放一起，方便照顾。二楼亭子间原本是她儿子的卧室，儿子大学毕业年前去了澳洲，亭子间正闲置未用，阿宝说服彩虹把亭子间借给芭芭拉。

阿宝告诉彩虹，她来去上海几次便已发现这里的市民相当崇洋，所以芭芭拉的驻店可以吸引老外，而老外又引来本地追赶时髦族群。

但这旧洋房的亭子间看起来破败，彩虹担心芭芭拉未必看得上眼，阿宝却认为，做点小小的装饰，这亭子间会变得很可爱。

然而，所谓小小的装饰，在彩虹看来一点不小。

亭子间墙壁斑驳需糊墙纸，阿宝光为买到称心墙纸便跑了两三天。她请工人糊墙纸，又陪上几天。为了配上与墙纸颜色协调的窗帘和整套床上用品，还要考虑价格，阿宝便地铁换巴士搭上好几小时去坐落在近郊的纺织品市场。最后还画龙点睛地挂上复制名画，镜框是从旧货店淘来，所有这一切并未花多少钱，却花了她不少时间。

这洋房稍做装点便复现其华贵气质，彩虹感慨万千，对阿宝说出的却是一句最草根的话："没想到你这人做事这么肯花力气！"

"我喜欢花力气，力气花完心里就静了！"阿宝的回答让彩虹不好受了，是的，她已经感觉到阿宝干活时那种迫切的劲头，急于把自己耗尽似的。可是，她自从来到店里，不再提之前那些遭遇，这些话题阿宝本人不提，她更不便提。

收拾一新的亭子间让芭芭拉乐坏了，她说就像住在曼哈顿，四周是繁华街，而她在纽约连曼哈顿一张床的空间都租不起。

之后的状况如阿宝预料，芭芭拉的驻店，吸引来不少老外，老外一多，本地年轻人也跟着来了。

彩虹眼见变得拥挤的店面，视阿宝为她的福星。

阿宝和家人租住浦东新公寓，比起朱迪那套公寓离浦西的方向近一半路程，是小钟帮助找的。小区的幼儿园和九年制学校都是双语，虽然房价不菲。

但阿宝来去彩虹店仍然不方便，终究隔着江，彩虹要给阿宝在浦西找房，但阿宝考虑到孩子需要的双语学校不容易找，只能暂时住浦东。

阿宝的遗憾是，自己把家搬来，刚安定，朱迪又走了，她应聘不久的公司搬去大连。朱迪不舍得丢弃那份薪水高于她在美国三倍的职位，只能随公司去了大连的郊区，而她本是因为喜欢上海的繁华才搬来的。

而小钟最近也离开了上海，他们夫妻出现了问题，朱迪简单告知阿宝。也许关于他们夫妻关系，阿宝知道的还多一些，那个夜晚，小钟的倾吐令她难受却也有患难与共的安慰，但她从未向朱迪提起。

事实上，朱迪根本无暇关注别人，除了阿宝。渐渐地，连阿宝这头也顾不上了。

"为了这份高薪水忙得没有了个人生活。"朱迪发着牢骚，她经常回美国开会，时差颠来倒去。

"有空就睡觉，还好与 Alan 分手先，要保住这份工就保不住情人。"朱迪在电话里笑谈自己目前的人生，"无性无爱也是一种人生，很轻松呢，我是说心里轻松！"

阿宝想问，"轻松"是个什么概念？

她早就无性无爱了。心里只有无边的空虚。

虽然夜晚客人多，但终究是小店，为了节省开销，店内招待，除了芭芭拉，阿宝只请一名能讲简单英语的大四学生做兼职。

繁忙时，身兼经理的阿宝也要做服务工作，彩虹管午餐部分，按照以往的习惯，晚上她喜欢坐在店里做她的编织品，但现在这店已成酒吧，彩虹意识到自己的形象实在无法与之相配，便上楼了。

晚春初夏的时候，风有暖意了，彩虹便坐到二楼的阳台上做她的编织，阳台下正是一楼店堂旁的院子，现在的院子成了店堂的延伸，放了三四张桌子。

坐在露天桌边通常是老外，他们抬头看到楼上有个中国女人在做编织会举手与她打招呼，甚至会拿出相机拍几张照，这情景让他们发出满意的赞叹，因为很吻合他们对中国女子的想象。

彩虹坐在阳台，手里在做编织，眼睛在和客人交流，感觉上仍然置身在店堂却又不需要操心，让她觉得十分享受。

便是在这一刻，她会涌起对阿宝的感激，然后是不安。她总是难以相信阿宝这个人才，是的，在彩虹眼里阿宝好有才，她不敢相信阿宝甘愿在这个小店安身，她担心阿宝做不长，更担心的是，阿宝那颗心，它里面藏了太多东西，她担心这些东西把阿宝拖垮。

六月，朱迪来上海，彩虹让阿宝把朱迪请来吃晚饭。朱迪有泡夜店的习惯，自从阿宝到这家店打工，她要是到上海，自然会找机会约上朋友到"彩虹"捧场。她和彩虹也成了熟人。

彩虹这么正式邀请朱迪却是第一次。

这顿晚餐定在星期天晚上八点钟。那天晚上，客人通常特别少，也是芭芭拉休息日。八点不到，彩虹就把关门的牌子挂出去。

朱迪到来时，彩虹已为她们三人摆出一桌菜，是一桌道地的上海菜。

彩虹为她们倒酒时才告知这是她的生日宴。

这个生日夜，三个女人喝空两瓶红酒，都有醉意，竟抱头痛哭。

喝醉的阿宝只字未提龙，却反反复复提到恰克。"我蠢，我蠢，我蠢！"她用英语咒骂自己，"我把恰克给弄丢了！我怎么把他丢了呢？我们不是在一个城市吗？为什么见不到他？"

朱迪次日回大连，她打来电话感谢彩虹招待，彩虹说："真是难得，我和阿宝有缘，没想到和她的朋友也有缘，我是说你，我们三人有缘分。"

"缘分不就是姻缘吗？"朱迪问，赶紧申明，"我们并不算同性恋呀！"

彩虹愣了一愣才明白过来，她笑了又笑："缘分不等于姻缘，只能说包含了姻缘。"

彩虹尽量缓慢语速，此时她才发现她是在和一个黄皮肤的老外说话："朋友之间也讲个缘分，甚至家人也有个缘分问题，比如你和你父母，如果有缘就和睦，缘分不够会有吵架……"

"这么说，我跟我妈是没有缘分，因为我们在一起超过两小时就吵。"朱迪的声明让彩虹失笑，她们的话题又转回阿宝。

"阿宝昨晚喝醉直说英语，我没有听懂。"

"她有个重要的朋友在上海，但是他们失去了联系。"

"他是谁？"

"阿宝高中的男朋友。"

24

恰克走进店时，阿宝睁大双眸然后冲上前紧紧抓住他的双臂，好像要通过触摸他的身体来确认这个现实。

"你怎么会来？你怎么会来？"阿宝喃喃的，凝视着恰克。她周围的嘈杂骤然退远，泪水已经溢满她的眼眶，被她冰冻的往事又融化了，她重又回到空旷得荒凉的少女时代，在被这双真挚的蓝色眸子注视时她所感受到的慰藉。

"你怎么会来这里？是碰巧呢还是……"

"你说呢，宝，这世界上真的会有那么多的巧事吗？"恰克笑问，幽默令他的蓝眸有了男人的魅力，喔，她的候补篮球队员，已经是真正的男人了，一个成熟男人。她心里再次涌起对他的依赖。

"这么说，你是特地找来的？"

恰克笑而不答。

说话间，她已把他领到餐桌边，把菜单放在恰克面前："这顿晚餐我来请。"

"怎么可以，我特地来捧场！"恰克笑答，但语气有种毋庸置疑的笃定。阿宝笑着点头，不再坚持，她从制服口袋拿出点菜单和笔，"啪"地按下笔尖，翻开菜单，指尖点着菜名介绍道："这部分是西菜，但不那么纯粹，加了本地口味，但恰到好处，当然，比美国口味细腻……"

恰克抬起头笑看阿宝："宝，你工作的样子真酷，你帮我决定，亲爱的！"

这声"亲爱的"听起来更像是打趣而不是亲昵，恰克可是比过去自信多了，阿宝赞赏地想到。

"今天的厨师推荐菜是黑椒煎牛排，配菜是煮豌豆和炸土豆，送米饭，前菜虾仁色拉值得一试，来一份家乡浓汤吧，我们店的招牌汤！"

"呵，听起来很诱人……"恰克咽着唾沫，把阿宝逗笑。

然而客人多起来，阿宝必须去照料其他客人。

"告诉我，怎么会找到这里？"

"猜猜看？"

阿宝立刻便想到朱迪，她惊叹："我没想到你和朱迪认识！"

"啊，你猜到了，不过我们不认识，她是通过 Facebook 找到我。"

阿宝的眼睛立刻湿了。

此时他们正坐在咖啡馆。今晚阿宝提前下班。

恰克结账时，阿宝特地把彩虹从楼上叫下来向她介绍恰克，她介绍说他是她的高中同学，彩虹于是执意让阿宝提前下班和恰克一起离开。

"你们好容易见到，有许多话要说！"

阿宝感激彩虹的善解人意，难道她已经看出他们之间曾有故事？阿宝并不知道此时的彩虹心里窃喜，这位"高中男友"居然真的找上门来了！她恨不得马上向那位黑头发的"美国人"电话汇报此情此景。

阿宝带恰克去了附近一家星巴克。

星巴克在上海星罗棋布，阿宝坐进星巴克便有回到美国的感觉，闹市的星巴克人满为患，阿宝现在变得喜欢挤热闹，徐家汇的那家星巴克空间最大，人也最多，她有时特地去那家店喝一杯需要排队买到的咖啡，她明白自己，挤来挤去的凑这份热闹，还不是心里空得慌？

不过这晚，她带恰克去的这家星巴克刚开设不久，躲在西区的小马路上，面积超小，两三张桌子，却在角落安放了两张沙发。当阿宝推开店门，看到桌边都坐了人，两张沙发倒是空着，好像特地为他俩留着，心里充满感恩。

事实上，夜晚八点绝不是喝咖啡的时段，阿宝要了一杯大号的巧克力，杯口堆着一大坨奶油打松的奶泡，恰克笑起来。

"记得你过去从来不碰甜食！"

"可是，你特喜欢甜食！"

她看着恰克从白瓷小茶壶里给自己倒出小半杯淡褐色的花草茶，忍俊不禁。

　　恰克也笑，有点难为情："我还是喜欢，只是我必须戒甜食，否则会成大胖子。"

　　阿宝不由得用手去遮住自己的堆满奶油的杯口，一边笑说："早知道我不应该在你面前喝这杯巧克力，对你是折磨嘛！"

　　"没关系，这点自制力还是有的！"恰克笑望阿宝，"不过当年，我一直以为你不喜欢甜食。"

　　"我喜欢，简直嗜甜如命，但为了减肥嘛！"

　　"你有肥吗，那时候？"

　　恰克不由打量坐在面前的阿宝，阿宝有点心虚，目前的她倒是一点不瘦，与当年和恰克交往时相比。

　　"我那时刚减肥成功，我记得给你看过我做胖妹时的照片。"

　　"有过吗，我不记得了！"

　　可她记得所有与恰克交往时的细节，也许对于他是一段不那么重要的经历，她心里突然布满惆怅。

　　"这么说来我当时在你面前大嚼甜食对你折磨不小。"

　　"有一点儿，不过，当时的我已经注意力转移……"

　　"哦……"

　　"我在为诗歌里的那些形容词绞尽脑汁！"

　　"这个我记得，我也给自己写了几本笔记本的诗呢，那些诗现在再读，觉得肉麻，呵呵，脸要红的。"恰克自嘲地大笑。

他是否还记得给她写过情诗，或者说那些情诗让今天的他觉得肉麻不堪卒读？

阿宝忽然对这个青梅竹马的"小男友"产生无法把握的畏惧。是的，之间隔了近二十年，他已经从那个满脸雀斑瘦弱矮小的 freshman 长成面前这个魁梧端正成熟的 gentleman。

阿宝端起巧克力小心喝一口，双唇感受着奶油的柔软滑腻的触感，她用舌头舔去沾在唇上的奶沫，然后把餐巾纸按在唇上。

"其实我现在也应该戒甜食，但今天看见你心里高兴，人一高兴呀就要破戒。"

阿宝朝恰克一笑，指指柜台，也带着那么点自嘲："刚才站在那里读黑板上的饮品单，心里已经斗争过，我对自己说，活得这么不容易，还老是戒这戒那的像苦行僧，借着恰克的名义放纵一下自己吧！"

他们一起哈哈大笑。

但笑声停下时，恰克好像回味到什么，他看住阿宝，用近乎严肃的口吻问道："宝，你过得好吗？"

她觉得眼睛一热，她的脸已侧过去看着玻璃墙外的街，这条街无论白天还是夜晚都是幽静的，却离布满商铺的淮海路咫尺之遥。

"不错，虽然我搬来上海才半年，但已经相当适应。"她开朗地回答，她今天见到恰克的时候就下过决心，绝不要在刚刚见面的故人前抱怨诉苦。

"宝，我有点奇怪，这次见到的你变了许多。"

"当然恰克，二十年过去，不变不是成了妖怪？"阿宝发出一阵笑声。

"不，我是说上次到现在，你好像又变了，而且瘦了许多！"

"我有瘦吗？太谢了！"

阿宝捋着一头超短发，她现在的发型是由发型设计师剪的。焗过红棕色油的短发配南美风格的蓝银色大耳环，白色棉麻短袖上衣里绑着紧身内衣，配上米色卡其七分裤，褐色高帮露趾凉鞋，和当时穿着宽松 T 恤脚踩运动鞋非常"安娣"的那个中年主妇，简直是两代人。

她是为配合时尚店气氛，才开始重塑自我形象，去社区健身房举杠铃游泳练瑜伽，找著名发廊的设计师为自己设计发型，学着化妆，而服装的改变则容易多了。彩虹的小店成了她自救的舞台。

她体谅恰克不好意思将她这种本质的变化叙述出来。

"你好吗，恰克？还没有问过你呢，家人也搬来上海吗？"阿宝轻而易举便改变了话题。

"啊，我还是单身，不过有个女朋友，她是上海本地人！"

阿宝问过去时有些随意，但听到这回答心竟然一沉。

"宝，我对亚洲女孩有特殊的感觉。"

"哦？"

"当年第一个交往的女朋友是你，虽然我们只是拉拉手，但却影响了我后来交女友的眼光。"

虽然恰克的声音仍然开朗，绝无半点伤感，但阿宝的眼睛发热，她端起巧克力杯，幸好是大号杯，嘴对着杯口时，可遮住大半张脸。

"呵呵，从某种角度，这也是一种时尚，我发现在上海逗留的白种人，都有个本地女孩。噢，恰克，赶快学中文吧，没有比谈恋爱学语言更容易了！"

阿宝用轻快的语调岔开了话题，于是他们开始聊起朱迪如何把恰克找到的话题。

"她是热心人，不知哪一次听我说起你，我自己都不记得有说过，她却放在心里。"

"她在 Facebook 上写了一段感动人的寻人启事……"

"真的吗，她写什么了？"

她问，用一种与己无关的近乎冷漠的口吻，恰克反而有点不好意思说下去。

一阵沉默。

"你真幸运，有这么贴心的朋友。"

她使劲点头："是的，是的，关于这一点我心里充满感恩，虽然其他方面的我不那么顺利……"

她似乎意识到自己说溜了嘴，戛然而止，她和恰克之间又一次产生不可逆转的静默。

然后，恰克以一种谨慎的语气问道："听朱迪说你已经有了三个孩子！"

阿宝点点头，心又一沉，难道朱迪已经把离婚的事都说给他听了？

"孩子的爸爸也在上海吗？"

"孩子的爸爸"，模棱两可的词，他到底是知道还是不知道？

"他先来的上海，那时候被新加坡公司派驻过来，其实是家美国公司……哦对了，今天为什么不带女朋友一起来吃饭？"

"她去日本出差。"

"听起来也是在国际公司。"

"呵，跟我一个公司，位子比我高，英语日语都了得，上海女人了不起的能干，而且漂亮！"

阿宝一个劲点头，心里藏着嫉妒，还有自卑，她当时接到皮特电话来上海找丈夫，看着满大街的上海漂亮女孩，心里也是嫉妒又自卑，她以为龙是被那样的女孩吸引去的。

"听起来很完美！"她敷衍道。

但是恰克却摇摇头，欲言又止。

阿宝看在眼里，她想继续追问，可是问出的话却是："想喝酒，今天晚点回去没关系吧？"

她现在只想着如何安置自己的情绪，心里在说，如果恰克不想喝，就自己去喝。

但恰克竟然道："我带你去一间酒吧，就在附近，Park 97

听说过吗？"

"你经常来这里吗？"

他们坐在吧台前，她已经熟练地点酒，并很快喝完一盎司威士忌，又点了第二盎司。

恰克吃惊地看着她："酒量了得，这里很熟吗？"

"我第一次来上海，知道的第一间酒吧……"

他等着她说下去，但她只是耸耸肩，良久才道："不过，之前只来过一次。"

"也是跟着旅游手册过来？"

她爆发出一阵大笑，恰克被她的笑声感染，也笑了。

很快，第二盎司也喝完了，她点第三份，恰克惊笑："噢，天生的好酒量？"

"不一定，四年本科练出来的，有过很多次醉。"

"没想到，宝也狂野过！"

"不是狂野，是寂寞，是索然无味。"她回答得如此流利，却让恰克涌起不安。

"感觉上你结婚很早。"

"毕业前有了男朋友，一毕业就结婚，可能是一个人过日子过怕了，想要有个家。"

"现在的家够热闹，三个孩子呢，我真羡慕！"

阿宝却没有任何反应，好像她的思绪突然飞出轨道，她端起酒杯仰头便喝，但酒杯已空，她欲扬起手臂招呼侍者，却被恰克温和制止："不着急喝，想和你多聊聊！"

"是，我也想和你聊呢！"

阿宝笑得孩子气，让恰克看见过去的她，他的蓝眸闪过那么一丝伤感。

"宝，日子过得还顺利吧？"他小心问道。

阿宝竟哈哈一笑："可能，跟你的生活比，比较乏味，照顾孩子，没完没了的家务……"

"那现在，要紧吗，这么晚，谁帮你照顾孩子？"

"我婆婆在，还有保姆，上海人工没那么贵，现在比以前好很多……喔，恰克，有没有结婚的打算？"阿宝近乎生硬地转开话题。

"这个……还没有进入我的计划。"恰克认真的口吻，阿宝笑了，她记起过去那个恰克，喜欢制定计划，但同时在写热情的诗，她当时感到惊奇，富于计划性和写诗竟然能统一在一个人身上，她经常以此话题去打趣他。

然而，这是发生在多么遥远的前世，有过婚姻和离婚，之前的故事认识的朋友都像在前世发生，即便此时这个叫恰克的男生就坐在她面前，这当下的一刻为何如此虚幻？

"宝！"

恰克呼唤她，她好像被他看不见的景象吸去注意力，或者说，被一种更深切的比时间本身更邈远的空间隔开了。

"那天见到你，你着急着要去哪里，然后，你就……丢了东西？"

恰克提起这个话题，似乎意欲寻找与她那个远远漂去的陆地连接的通道。

阿宝一只手无意识地转着空酒杯，另一只手托着下巴，好像在努力回放当时的情景。

"对了，那天把你的地址掉了，跟我的包包一起掉了！"

她突然噤声，或者说，回忆的深井将她的声音吸走了。

"噢，对不起，包包也丢了，还有更重要的东西？"恰克注视阿宝，因为关注而有些急切，"我一直有些不安，那天你离开时心里有许多事似的！"

阿宝点点头，看着恰克的目光开始湿润，她咽了口唾沫，喉口有些堵，她慢慢说道，好像在朝遥远的过往回看："那天车很挤！"

阿宝仔细地描述当时的情景，真奇怪，这情景好像此时回想才变得清晰，清晰得仿佛再一次身临其境。

"出站时我才发现我把包给挤丢了，包里除了地铁卡，还有护照银行卡，出来旅行所有重要证件。"

"那……你怎么办？怎么回去？"恰克急促发问，他已被阿宝冗长的叙述带入那个规定场景。

"不不不，我不回去……我要去皮特叔叔的餐馆！我必须去那里！"阿宝急剧摇头，宛如那一刻真有什么人在劝她回家。

"后来呢？"

"后来我就叫了一部出租车去皮特叔叔的餐馆，口袋没钱坐在车上，心还是有点跳的！"

阿宝不由把手捂在胸前，她停下叙述，举起杯子欲饮，见杯空，扬起手欲喊侍应生添酒，恰克再一次按下她的手臂："不着急，等会儿再喝好吗？告诉我，后来……我想知道那一趟路顺利吗？"

阿宝一愣，对着恰克询问的眼神怔忡片刻，自语般地嘀咕道："不会的，不会顺利的！我预先就知道了，我知道不会顺利，可是也没有想到会这么……这么丢脸……"

"发生了什么？"恰克的手放在阿宝突然变得紧绷的肩膀，他的手似乎满溢温情，让阿宝的身体滚过一阵战栗，"无论发生什么都已经过去了，不是吗？"

她缓缓地点头："终于……过去了！"

"那天没有去成你的皮特叔叔的餐馆吗？"

恰克专注的目光让阿宝恢复了自我意识："那天我原是要去那里找……哦，我去找他，让他帮我……帮我……找……"

她为了把引向"错误方向"的话语转回来，舌头打结了："喔，我说到哪里了？"

她的思绪开始混乱，然而这也可以看作之前喝的烈酒正产生作用。

"你去了那个……噢，皮特……你的皮特叔叔的餐馆，你去他那里，希望他帮你找，但是，当然，找不到了是吗？"

恰克急于结束话题，欲把阿宝送回家，但他吃惊地听到阿宝气急败坏地强调着："不可能的，怎么找得回来？回不来了，皮特老早就告诉我，没有可能了，可我不相信，我是妈妈说的那种人，不到黄河不掉泪……"

"宝，我们回去吧，我送你回家！"

"真的吗，你会送我？"

阿宝孩子气地一笑，她的笑却让恰克的心更沉重。

25

有一天午餐时，饭店新来的兼职将一盛果汁的玻璃杯打碎在地，阿宝见状打发侍应生去服务客人，自己动手收拾狼藉一地的果汁和碎玻璃。

当她跪在地上做清理时，"阿宝！"一声低沉的呼唤，阿宝抬头，站在面前的竟是……龙！

龙一身西服笔挺，他弯下腰欲扶阿宝起身，但阿宝轻轻推开他，自己站起身，她的两腿关节突然僵硬，以至她站直时，踉跄了一下，龙把她扶住。

她的身体一阵哆嗦，当龙的双手握住她的臂膀，她举举双臂，挣脱了他的手。

"你……怎么会……"

她看到他的目光落在她手里的拖把扫帚上，他的眸子里是痛惜。

"你到上海来，是来做……这个……"龙咽着唾沫，喉咙似被哽住。

"喔，来吃饭吗？三位？"

她答非所问，用英语问道，职业化的语气听起来爽利，她已经看到龙身边两位老外同伴，也一样西装革履，想来他们是直接从公司过来用餐。

龙像没有听到，嚅动着唇看着阿宝，他的两位同伴正四面打量这间餐馆，并未注意身边发生的"故事"。

芭芭拉过来领位，那两位同伴几分诧异不如说是相当惊喜地跟着她，很有几分如归故里的愉悦，这边阿宝拿起拖把和扫帚对龙道："对不起，我先去忙。"

阿宝回到厨房将所有的清洁工具扔进水池，水龙头开足，水声哗哗，她一时失神。

"阿宝！"彩虹在她身后唤道，阿宝转过脸，彩虹吃惊，阿宝脸色苍白。

"你……不舒服？"

阿宝摇摇头："我看起来不舒服吗？"

语调已经恢复，跟平时一样明快。

彩虹便疑惑了，她仔细审视阿宝的脸，又抬头看看厨房的灯："是灯光关系吗？我刚才一下子看到的你，脸色很不好。"

阿宝笑笑，这一笑，缓解了彩虹的紧张："我怎么啦，变得神经兮兮的！"

阿宝没作声，在哗哗的水声里冲洗着拖把和扫帚，彩虹见状，便来抢她的活："嘿，怎么可以让你做这个，清洁工呢？"

"她在清洁厕所，一点小状况，饮料打翻了……"

阿宝已利索地拧干拖把，把清洁工具归放原处。

"没有把客人的衣服弄脏吧？"

"客人没事！都弄干净了！"阿宝道，她擦着湿淋淋的手，一时有点失去方向般地站在那里。

彩虹用手捋着新剪的短发："嘿，你没有发现我变了吗？"

喔，阿宝刚发现彩虹剪去长发，她剪了个超短发，染成红棕色，一副眼镜架到脸上，是一副浅红框架的平光眼镜。

阿宝暗暗吃惊，彩虹岂止是剪去长发，她好像跳脱了她固守的那个时代，简直是脱胎换骨。

"进口的，两千块呢！"

阿宝的瞠视让彩虹变得不自在，她摘下眼镜递给阿宝："喔，你戴给我看看。"

阿宝顺从地戴上彩虹的平光眼镜。

"好看！好看！你也去配一副。"

阿宝笑笑，把眼镜架回到彩虹的脸上。

"头发剪短了才发现我脸大，发型师建议我戴眼镜！"彩虹试图从阿宝的眸子再瞄一眼自己的形象，就像一个刚刚穿上新装的孩子，到处找镜子自我欣赏。

阿宝笑笑，点头称是："不错唉，你的发型师很有 taste，在哪家发廊？"

"不就是你的发型师？"

彩虹捂着嘴笑，这发型令她的举止都轻快起来，甚至带点儿少女的俏皮。她再一次用手捋一下短发："你忘啦，你刚来店里上班时头发剪得超短，好像突然年轻了十岁！不过，你现在这个发型我们以前上海就流行过，叫'鸭屁股'……"

彩虹吃吃地笑，把"屁股"两字吃掉了，阿宝不知所以地咧咧嘴。

现在的阿宝头发刚抵下颌，两边蓬起，后面稍长，的确很接近七十年代流行的中长碎剪，或者说是目前复古风中的一款。她的发型师去日本开过眼界，其实是朱迪的人脉，阿宝才搬回上海，便被朱迪带去这家坐落在最繁华地段离南京西路只有一百米的商业大楼里。

"改变人生从改变发型开始。"这成了朱迪给予重新出发的阿宝的座右铭，或者说，是阿宝把它当作座右铭。

当时朱迪半真半假说出这句话时，让刚搬来异乡落户想要改变自己却又千头万绪无从开头的阿宝找到了感觉。朱迪把阿宝带到她新认识的发型师那里，是的，朱迪无论去哪座城市，都会立即找到属于她的空间。

正是去年初夏，从刚装修不久还留有油漆味的新发廊出来，一头超短新发型，阿宝有了下一轮的奋斗目标，她直接去了浦东租住的公寓附近也是刚刚建成的健身房。

阿宝三个月成功瘦身二十磅，游泳瑜伽举重，那股疯狂劲头令她仿佛回到与忧郁的肥胖挣扎的高中时代。

讽刺的是，曾经给予她动力的偶像如今成了她的痛苦源泉。

"怎么啦，阿宝，什么地方不对头吗？"阿宝若有所失的神情让彩虹涌起不安。

"没有啊！很好啊！超有型！超有气质！不过，那么长的头发剪掉时，有没有一点 sad？"

"啊？"

阿宝一时找不到一个合适的中文词："比方有点……有点痛……"

她摇头，耸肩，按照彩虹的说法，一着急她的"美国腔调"便出来了。

"不痛！怎么会痛？"

彩虹好笑地甩了甩她的短发，你几乎能感触她那"一头"的轻松。

"不是，我是说这里。"阿宝有些笨拙地指着胸口，"会有一点吧……不舍得……对了，不舍得！"

"不会。"彩虹大摇其头，"它已经变成我的负担，一直想要剪，不过，好像也是要下决心的，可是你看，今年的黄梅天这么闷这么潮，我头发又多，呵，披在身上就像披着一条羊毛毯！"

彩虹"扑哧"一声，似被自己的比喻逗笑，阿宝也笑，一边点着头。

她却在想很久前的心情，那时候看到彩虹非同寻常的长发，曾生出深沉的遗憾，为了自己过早地剪去披肩直发，而龙唯一对她有过要求的，便是要她留长发。她那时甚至认为，她的那头不称龙心的短发，也是导致他变心的原因之一。

"阿宝，你有点不高兴？不喜欢我跟你剪一样的发型？"

"是，不喜欢，你看我不是留长了头发！"阿宝朝彩虹皱眉头，却咧开嘴，她在笑呢，于是彩虹也笑。

"我们的老板娘突然变得这么酷，总要给我一点时间适应。"阿宝尽力开着她不擅长的玩笑，她已经很久不去感触，经过那样的变故，心里所有的创痕已变成一条条老茧，可是为何龙又出现，在她已经平静生活的时候？

"我还不是为了配合店里的气氛呀？"彩虹笑嗔道，"谁让你把它搞得这么……这么洋派……这么摩登……"

彩虹属本地传统市民，仍然习惯把时尚的地方说成"洋派"、"摩登"，她的声调陡然降低："我不敢太落伍，万一哪天你突然离开，我怎么办？难道还要把它变回原来那间土里土气的小饭店？我总要跟你学一点……"

"怎么会想到我突然离开？"阿宝再一次耸起肩，对着彩虹诧笑。

"不知怎么，我就是有这个担心。"彩虹手挡着眼镜架，似担心它会掉下来，她脸上笑意退去。

阿宝转回餐厅前，深深地吸了一口气。然而，餐厅里已不见龙身影包括他的同伴。

"他们突然改变主意，走了！"她虽然没有问，芭芭拉却近前告知。

阿宝并不意外，这更像龙的反应。

门口涌进一批客人，芭芭拉欲言又止。

这天是星期一，按照规律，夜晚的生意相对清淡，这天阿宝六点前就可回家，晚餐有兼职和彩虹顶着，九点以后只要有个芭芭拉留守便行了。

阿宝在用来做更衣间的暗室换下店里制服，她突然遏制不住想上附近酒吧喝一杯，尽管这个念头令她有负罪感。与恰克一起喝酒，之后醉了由他送回家的夜晚似乎近在眼前，那次酒醒后对着孩子她曾下过不再上酒吧的决心。

但今天，今天对她是特殊的日子，也将是她未来人生一直要抗拒的片刻，她无法立刻回家。她必须、简直是刻不容缓地要把郁积在胸口的郁闷抒发出去。

她对着更衣室的镜子化了个淡妆，无非是稍稍抹些眼影涂点口红，但整个形象立刻鲜亮起来。有时候化妆更像给自己服一颗致幻药，当眼前的自我形象骤然新鲜，这个瞬间总有一种错觉，好像，人生可以重新来过。

与守店的芭芭拉道别时，混血女郎打量阿宝眯缝起一只眼向她眨眨，意味深长："阿宝，快去吧！"

"去哪里？"阿宝问，奇怪芭芭拉好像看透她有这个打算。

"好好享受吧！"芭芭拉笑着与她摆手道别。

阿宝走到店门玄关处才耸耸肩，是对刚才芭芭拉带些揶揄的道别的回应。

她低下头又打量一眼自己，DKNY 米色全棉七分裤配浅咖啡色平跟凉鞋，BANANA 的白色短袖 T 恤，现在的她不知不觉在接近美国时的着装风格，或者说在朝记忆中年轻的朱迪靠近，只是长发换成了中长发，才过大腿根部的热裤换成了七分裤。

在这座不无脂粉气的大都会，阿宝略带中性的着装风格，举手投足间西方女子特有的独立气质愈益鲜明，而她的眸子却有一缕忧郁的色调，这正是阿宝特有的韵味，她不再是那个庸碌潦草的"安娣"，如今的她被称为魅力熟女并不夸张。

百米之外是繁华的淮海路，傍晚六点，从这边看过去，行人如织，也许不用去酒吧，就上那条路去逛一逛。她以前听母亲说，本地市民有荡马路的习惯，是的，母亲，或者说上海人把"逛马路"称为"荡马路"，听起来十分惬意轻盈，她这一年多虽在繁华街旁工作，竟来去匆匆，从未享受过"荡马路"的乐趣。

出得店门，阿宝才发现天在滴雨，同时对街的墙却在闪烁阳光，是夕阳的红色光芒。

上海人把这种雨叫作太阳雨，正是江南的梅雨季节也称黄梅天，天气闷热潮湿，只有这种黄梅天才会下太阳雨。这太阳雨不下犹可，一下更闷更潮，少量的雨水落到吸足热能的地面和密密麻麻的行人身上，立刻转换成蒸汽升腾在城市半空中，混杂着汽油味人体味饭店的油烟味。

阿宝离开冷气充足的店堂，猛然置身"蒸汽"腾腾中，胸口像压了一床棉被，她蓦然想起当初抵达新加坡时犹如浸到澡堂透不过气来，她那时还以为自己的心脏出了问题。

有过十年的新加坡经验，这梅雨天的"闷"和"潮"并非不可忍受，不可忍受的却是这太阳雨，这太阳雨下密密麻麻的行人，行人流着汗的湿漉漉的脸，无法挣脱的绵密的窒息感立刻将她拥住。

她站在店门口深深地吸了一口气，一口汽油味浓烈想象中也是相当污浊的空气，她马上屏住气息，后悔着自己的深呼吸，后悔自己总是忘记已置身一个高度污染的城市。

她踌躇了几秒钟，再一次打量一身雪白的 BANANA 短袖 T 恤，她很怀疑这雨是否在白衣上留下污点，抬眼望去，颜色鲜艳的绸布伞如浮萍大片漂浮在马路，在梅雨中撑开伞笃定行走的都是本地市民，只有他们明白黄梅天的太阳靠不住，出门时是大好晴天，也绝不会忘记带伞。

关于这一点，彩虹有过叮嘱，但阿宝常忘记，现在便多了个后悔。

一件 T 恤被雨水弄脏，So what（又怎么样呢）？她转而告诉自己，不值得为这么点小事操心，这么想着脚步便潇洒起来，她朝着淮海路的方向疾步而去。

几乎同时，她听到身后的召唤：

"阿宝!"

她转过身,神情和身姿刹那呆滞。

龙站在她面前。

"我听说你通常这时候离开,特意等在这里等你下班。"龙指指店门旁凹进去的转角。

"喔,有事吗?"阿宝和蔼有礼就像对顾客。

"只是想和你聊聊,一年多了,没有机会面对面说话。"

"还有什么可说的呢?"

阿宝突然激烈起来,她转身脊背对龙,继续前行,雨点大起来,头顶却被一把伞罩住。是龙为她打伞,他就走在她的侧身稍后。她在这样的时候居然会想,喔,龙倒是很上海人,知道黄梅天伞不离身。

他们已经走到了淮海路,密集的行人,就像走在游行队伍里,即便想与龙保持距离也已经身不由己。然而,也很难并肩,不时有迎面来的行人从他们中间穿行而过,这时候的龙便高高举起伞,虽然身体被冲撞开去,但伞仍罩在她的头顶上。

也许这个动作终究打动了她,当他们经过星巴克,龙问她是否进去坐一坐时,她硬不下心肠拒绝。

雨更大了,星巴克门口站了一堆人,都在躲雨。龙带头一点点朝里挤,阿宝被动地跟在后面,好像她的身体是被人推挤着朝着某个方向。

这间星巴克的咖啡厅在二楼,一楼像个小小的门市部,放置售卖咖啡的柜台。

这个时辰，买咖啡的人和躲雨的行人将柜台前有限的空间挤得满满，龙不厌其烦轻声询问每个人，试图找到合适的位置与买咖啡人为伍。

是的，做人的基本礼仪龙从未丧失，尽管在这座万事都要"争先恐后去抢"的城市他已生活了若干年，而许多西方人才住了一两年也开始变得粗鲁无礼。阿宝在他身后看着，有着这一类的感触。

龙排进队伍后便关照阿宝到楼上先找位子坐，这很像过去他们一起进咖啡馆的情景，也是在星巴克，当然，在美国应该叫 Starbucks，通常也是生意很好，于是龙排队买咖啡，阿宝去占位子。

这是个局限于美国的记忆，阿宝完全记不得他们有过在新加坡一起喝咖啡的情景，或者说，婚后他们有一起上过咖啡馆吗？

关于这些往事阿宝已经不去回忆，她的记忆开关已被她封死。她迈着机械的步子上楼，这间星巴克就在地铁站边上，她早晨经过时偶尔会买杯咖啡带走喝，从未上过楼。

楼上嘈杂而拥挤，角落有一对沙发，阿宝进去又退出来，窒息感又一次攫住她，她从未觉得心脏这般虚弱。

她退回楼下，那里已经空空荡荡，原来雨停人散，甚至门口唯一的咖啡桌旁的三把椅子竟也是空的。

龙在等侍应生做阿宝那杯"低因摩卡"。

阿宝应该告诉他，她早已不喝"摩卡"，自从恢复健身便已经戒糖，但不知为何，这些属于她个人生活的部分新习惯，她不想说。

她从龙身后走过直接走到门口的空位上，她知道龙看得到她在换位，至此，他们之间没有一句对话。

他们并排坐在门口的椅子上，刚才的大雨将闷了几天的热量冲刷掉了，风有了凉爽之意，西面的大楼上空有一道彩虹，阿宝抬起头，龙也抬起头，整条淮海路，好像只有他们两人在注视这条彩虹。

以前，阿宝会把这样的景象看作是好兆头。她现在定定地看着心里竟没有丝毫想头，她只是现实地想到，明天气温将升高，更热了！

"阿宝，我几乎认不出你来！"

龙讲英语，这是他和阿宝之间对话的语言，虽然他们出生在各自的国家，但是受教育的语言是英语，他俩都把英语当作自己的母语。

"是吗，老了很多？"

阿宝却用标准的中文回答，来到上海后，她的中文进步飞快，用第二语言的好处是，她会比较审慎、理性地挑选语词。

"不，不老，变年轻了，漂亮了。"

"是有这种说法，说离婚反而让女人变漂亮了！"

阿宝的语气没有讽刺，而是无动于衷，似乎在和不相干的人讨论某个女人。

"我很震惊，看到你在饭店做工。"

"从高中到大学，我打过的餐馆工不下十个。"

"你现在做母亲，有三个孩子要照顾……"

"这是我的选择，你不用管！"

阿宝打断他回答道，他们俩原是隔着桌子并排坐，脸对着马路，她转过脸，瞥了他一眼，目光冷峻。

"谁都可以来告诉我怎么做母亲，但你不可以，你没有……资格。"

阿宝开始觉得语词不够，但她坚持不说英语，或者说，她要守住理性的界限。

龙打开随身带的公文包，拿出一张支票，放到桌上，推到阿宝面前。

"这两年和朋友在泰国开工厂赚了一些……"

"不要给我支票，你不是有我的银行账户？家里的财政妈在管。"

一阵风几乎吹起支票，阿宝用手按住支票，然后推还龙，示意他收回去，龙拿起支票，看着阿宝。

"今天看见你在店里做工，我有负罪感。"

阿宝在想，这句话如果用中文表达一定很别扭，她朝他摇头，耸耸肩。

"如果是看到我做工而给我钱，就不必了！"

她说不来讥讽的话，虽然明摆着这一刻是她宣泄的机会。

他们搬到上海后，龙去了泰国，听说他的 partner 在那边有投资，而阿宝当时的感觉是，他好像故意避开家人。她不明白的是，既然他们已经不用见面，他为何还要躲避，他真的连孩子和母亲都不要见吗？但今天的阿宝是不会再去问这类问题的。

现在老二已经读小学，老三三岁了，进了小区的托儿所了，上海人工费低，阿宝不想累到李秀凤，她请了住家保姆和钟点工。

这些近况他如果不问，她也不会说，连述说的动力都消失了。

"你不会懂，现在对于我，做工是最轻松的！"

龙的脸对着马路，点点头："阿宝，我知道我害了你，害了孩子们。"

"谈不上谁害谁，不就是离了一个婚吗？离婚这种事每天在发生。"阿宝笑笑，耸耸肩。

龙转过脸凝视着她。他的眸子沉郁哀伤，有着令人难以忘怀的磁力，阿宝仍然感受着被吸引的紧张，她移开视线。

阿宝好像刚刚发现面前的咖啡。她拿起咖啡杯，为了啜饮第一口咖啡，她的双唇浸在杯口浓郁的奶油里，然后她用舌头舔去唇上的奶油，这个细小的动作，又让她记起自己的青春岁月。

那时候与龙约会，常常一起到 Starbucks 去完成各自积压了几天的课业，好像必须等到与对方在一起才能安静下来做学问。开工前她总是先要喝上一大杯低因摩卡，喝摩卡最享受的片刻，便是喝第一口咖啡，那是从杯口最浓郁的奶油里流出的咖啡，然后她的双唇沾满了奶油，她用舌头仔细舔去，那时候龙只喝一小杯味道超苦的 Espresso，看着她像猫一般舔着自己唇上的奶油常常忍俊不禁。

这个过程在回想中不过是一秒钟的刹那，阿宝突然惊醒般地即刻拿起纸巾压住双唇。

"你在高二那年突然去了东岸，听说是为了一段感情，那个人是男生吗？"阿宝放下咖啡杯看住龙。

龙没有回避阿宝的视线，他朝她点点头，轻微的，也许只是阿宝的错觉。

"你母亲知道吗？"

龙没有响。

"她知道吗？"她改用英语，声音里有了喘息。

龙一惊，朝她摇摇头。

"为了不让你母亲知道，不惜牺牲我的幸福？"阿宝用气声发问，却有一种切齿的恨意。

"不是这么简单，阿宝，我对你是有感情的，那段日子我很挣扎！"

但是，阿宝已经泪流满面。

几乎同时，雷声隆隆，豆大的雨点掉落在地，发出"嗒嗒嗒"的响声，雨点沉得宛若能穿透水泥地，人们又朝店里拥来。

阿宝哭泣着，猛然起身，挤开迎面冲来的人群，扑进瓢泼大雨中。

龙起身追她，一边撑开伞。

龙高高举着伞紧跟在阿宝身后，行人的冲撞，两人之间不和谐的速度，以至想要为阿宝遮蔽的伞面常常离开阿宝的头顶，于是伞尖上的水便流进阿宝的颈部。

后来，龙干脆收起伞，他追着疾行的阿宝，两人终于并肩在大雨中。

26

～～～～～

阿宝把恰克约出来晚餐的那个电话，语气难掩焦虑，因此来赴约的恰克心里怀着几分忐忑。

这次会面发生在阿宝和龙相遇的三天后。

仅仅三天，季节就换了。这天正好出梅，太阳即刻炽烈。

这是星期四，夜晚来喝酒的客人会比前几天多，且多是老外，对于他们，星期四晚是周末的前奏，空气里已经有了周末狂欢的气息。在美国，星期四晚上酒吧的酒常卖半价，因此有部分美国人有了星期四晚上也去酒吧的习惯。星期四夜晚，阿宝总是尽量和芭芭拉一起守在店里。

平常日子，阿宝也会有请假的时候，通常孩子病了她一定要留在家，阿宝有事离开能代她班的只能是彩虹了，但星期四晚上让彩虹代班，彩虹会紧张。

"阿宝，你知道我不会讲英语，最怕和老外打交道。"

"今天晚上我真的有事，对不起你了！"

———

阿宝口吻坚决，这也是彩虹很少遇到的，她那里一定发生了什么事，彩虹相信，但是，假如她不说，彩虹是不敢贸然提问的。对于她，阿宝是个难得的合作伙伴，是值得信任的朋友，但同时她是半个外国人，她和彩虹之间还是有相当的距离，那是文化距离。当然彩虹本人是无法很理性地认识这一点，她只是凭直觉便明白，她们再要好，阿宝也不会轻易把她的个人生活或属于隐私的事情拿出来说。

　　这两天，彩虹看出阿宝有点神不守舍，她曾试图安慰她："阿宝，有什么事要我帮忙尽管说，我们是好姐妹，不是吗？"

　　没想到阿宝的回答很直接："是的，我会的！"

　　立刻她就提出星期四晚上请假，彩虹便傻眼了："啊呀，偏偏是星期四晚上，那天晚上来的都是老外，我英语不好，最怕和老外打交道。"

　　其实彩虹并非要拒绝她，她只是出于畏惧想逃开。

　　可是阿宝却认真了，语气不无焦虑："彩虹姐，你要帮我，你答应的。我……我必须见一个朋友！"

　　"当然，阿宝，这是没话说的，我当然要帮，你去吧，即使他们把我吃了，我也得上。"

　　阿宝被彩虹的话逗笑，于是彩虹便忍不住发问："阿宝，有男朋友了吗？"

　　阿宝脸色立刻大变，她几乎是生气地摇了摇头。

　　彩虹赶快闭嘴，心里骂着自己蠢，但阿宝似乎看出她的窘，她脸色和缓下来，半开玩笑道："我但愿已经有男朋友了！"

恰克在星期二一早收到阿宝的电话："恰克，有空吗，我想见你一面。"

阿宝语气的急迫，让恰克吃了一惊："嗨，宝，发生什么事了，要紧吗？"

"没有，没有太大的事，但我想见你，你星期四晚上有空吗？没空也可以放在其他时间！"

"我现在在香港，有个商务会议，明天深夜才回到上海，但星期四我要赶去苏州开会，星期四晚上倒是可以！"

"太好了，简直是上帝在帮我！"阿宝喊起来，她不是那种冲动的人，她的"高调"表示却让恰克有些困惑，不由自主地问了一句："你没事吧？"

"没事！只是想见见你，恰克，我很谢谢你能腾出时间见我。"

"喔，宝，你这么说，我好不安，很久没有问候你了！"

"没有关系，你答应见我，已经很安慰我了。"

然而这句话却让恰克不安了。

星期四晚上八点整，阿宝离开彩虹店，恰克已经等在店门外。这次相见离开上次又过去了四五个月。这天的阿宝似乎更显年轻且时髦。

她更清瘦，头发长了，黑白细长条子短袖西式上装配黑色丝缎料的喇叭裤，黑色凉鞋露出仔细修剪并上了肉色甲油的漂亮脚趾，今天的阿宝时髦中又有几分"隆重"。

恰克赞赏欣喜的目光里有一丝疑问：今天不会是什么重要日子吧？

阿宝把恰克带到紧邻的街上一家日式料理店。店门口挂着灯笼，站在门口迎接客人的女孩子烟灰色和服素面朝天，在夜晚的脂粉气里，配着身边高而阔的生铁大门，迎客女子尤显娇小清新。

高大铁门里玄关和餐厅之间被一条细长的池子隔开，一些回廊和过道，将客人引入不同大小的隔间，隔间被细竹帘挡住视线，因而这是一间可以让你保持私密空间的饭店。

他们被带入两到四人位的隔间，服务生上完茶留下菜单，便隐身到竹帘外。

"是我约你出来，这顿饭我请！"阿宝捧着菜单郑重告知，她熟练地点了菜，待服务员离去，恰克要说话，阿宝做手势制止他，"恰克，这是我的心愿！"

"宝……"

"你听我说，我一直想着要请你吃一顿道地的日本餐。"

恰克惊喜地看着阿宝，欲言又止，因为阿宝滔滔不绝，不给他插话。

"那年你搬去西岸时，我们诗歌组聚餐送你，我带去的是一盒寿司，在一家韩国杂货店的熟食柜台买来的，你很喜欢，你告诉我，这是那晚你最喜欢的食物，我当时就想，如果有缘重逢一定要请你吃一顿道地的日本餐。"

恰克起身去拥抱阿宝，他坐回椅子，他的蓝眸放光笑容温柔。

"你不会相信这也是我的心愿！是的，那次送别派对上我第一次品尝日本食物，你知道，我父母都出生在中西部的农场，他们保守没有见识，在去旧金山之前我们几乎不去东方餐馆……"

"并不是完全不去，你告诉过我，你们去过那么一两次，是中国餐馆，但是他们吃不惯，事实上，我告诉过你，我们那个小城的中国餐馆的食物糟透了，而日本和韩国餐馆根本没有，他们不喜欢去东方餐馆一点都不奇怪。"

阿宝摇头表无奈，当年唯一一家中国餐馆糟糕的食物令她至今不堪回首。

"是的，到了旧金山之后，我们才见识到道地的中国餐馆，还有日本餐馆。"恰克做了个强调的手势，"我喜欢那间日本餐馆，虽然很贵，每次去那里，我便会想起你带来的那盒寿司，那时候我就想如果哪一天你去旧金山，我要请你去日本餐馆吃最新鲜的生鱼片，因为你告诉过我，用生鱼片蘸日本酱油加芥末，是世界上最美味的食物。"

"喔，恰克……"这一次是阿宝站起身，隔着桌子拥抱恰克。

"恰克，不管后来怎么样，我们至少是青梅竹马的恋人！"阿宝不由分说的断语让恰克的脸红了。

"恰克？"阿宝询问地看着恰克突然不太自在的神情。

"宝，我们那时算不算恋人呢？我们甚至都没有接过吻。"

这一次阿宝脸红了。

"但是，这不等于我们没有互相喜欢！"

"是啊，不仅喜欢，还爱过！"

"可是，除了写诗，你并没有向我直接表达。"

"我不敢，那时的我大概很自卑。"

"我也是，我觉得自己是全校最丑的女生……"

"怎么可能？"

恰克喊起来，阿宝笑了。

"你刚才说'爱过我'，但现在这种感觉已经完全没有了吗？"阿宝用几分玩笑的口吻，好似在谈论菜肴而不是情感。

恰克收起笑容，郑重其事道："现在的状况是，你已婚有了三个孩子，而我也有了女朋友！"

"但你并没有打算和她结婚。"

"噢，这一个我很认真，我是打算结婚的！"

"这一个？"

"宝，距离上次见面已经几个月过去，我又换了女朋友。"

"真的吗？"阿宝吃惊了！

恰克笑了，毫不掩饰他的幸福感："这一位不是真正的上海人，出生在扬州，是在上海读的大学然后就留下来了，噢，听说过扬州吗，上海附近的城市，人们都说，扬州出美女！"

"那么，她是美女？"

"很美！"恰克使劲点头，崇拜的神情。

“祝贺祝贺！”

阿宝欲举起酒杯才发现酒未上桌，但恰克满脸笑容，与阿宝的笑相比，恰克的笑容太灿烂，或者说太无顾忌了。

“恰克，你才几个月就换了女朋友，我相信你在上海一定很受欢迎！”

恰克的脸就红了，他垂下眼帘微笑着：“这可能也是我喜欢上海的部分原因，你知道我一直不那么自信，在与女孩子相处方面，你不能相信我在上海才三年，已经有过四五次恋爱！”

“喔！我已经听说，这里是西方男子的乐园！”阿宝的语气讥诮，脸上的笑容在消失，她的眸子变得冷冽。

恰克立刻捕捉到阿宝的不快，他解释道：“不是你想象的那种，前面几次都是女孩子追我，关系都很短暂，总是一开始发展很快，她们都很开放，等住到一起，问题就出来了。”

“什么问题？”

“太多了，一言难尽，主要是价值观太不一样。”

“有可能，文化背景不一样嘛！听起来，目前这位扬州女孩很对你的心思！”

“她是我追来的，有人告诉我，在这里要找到好女孩，必须追，而不是被追。所以她应该是我要找的另一半！”

“这么说，你应该开始拟订结婚计划？”

“我会向她求婚！”恰克认真点头。

阿宝哈哈大笑，笑得有些夸张。

一男一女两名服务生进来，男服务生举着托盘，女服务生帮着上菜，一大盘生鱼片拼盆摆放成类似于花瓣的图案，伴随着一瓶清酒，女服务生右手拿起酒瓶，左手轻轻撩起和服的宽袖为两人面前的陶瓷酒杯各斟了半杯酒。

他们俩一时静默，观看着服务生的一举一动犹如观看一场表演，待到服务生退出，静默仍持续片刻。而后阿宝端起酒杯："祝贺，恰克！祝贺你追到称心如意的女朋友。"

恰克笑得腼腆，直道"谢谢"。

阿宝用筷子夹起一片生鱼，在她的放了芥末和酱油的小碟子里很深地浸了一下，然后将整片鱼送进嘴，芥末的刺激令她一刹那闭上眼睛并"嘶"地吸了口气，再睁开眼一层薄泪已湿润眼角，她笑着从桌角的纸盒里抽出纸巾在湿润的眼角轻压一下，嚼着嘴里的鱼片时她的一只手不由得遮着嘴，叹息道："太好了，太过瘾了！"

抬眼撞上恰克的注视，她有些不好意思地用手在嘴边扇了几下："这第一片蘸着芥末的鱼片牙齿嚼下去的第一秒钟是最刺激的……你怎么不吃？"

恰克笑起来："看你吃也很过瘾……"

"趁有冰感吃味道最好，他们这里服务很体贴，一定要等我们把生鱼片吃完才上热菜。"

阿宝看着恰克将蘸着芥末和酱油的鱼片送进嘴，看到他嚼动鱼片的第一秒钟因为芥末的刺激跟她一样张开鼻孔闭上眼睛，阿宝再一次哈哈大笑。

"很 high 对不对？"阿宝几近得意问道。

"不管心情多么低落，只要和蘸着芥末和酱油的生鱼片相遇，一定会振奋！"

阿宝的话却让恰克沉吟片刻，他在想星期二早晨阿宝电话约他时的语气，他那时以为她发生了什么事。

"宝，你最近有低落吗？"

"没有这回事。"阿宝立刻否定，恰克似乎看到她的眸子掠过不快的阴影，"你就是过分认真，我不过随便说说。"

"对不起，真的对不起。"

"不要说'对不起'，你是我最老的朋友，甚至老过朱迪，我只有在你面前才最多话，最直接。"

她给恰克和自己的杯子斟上酒，她向恰克举举杯子，恰克放下筷子也举起杯子，他们酒杯相碰。

"太好了，我想象过很多次我们一起坐在这里喝清酒，享受生鱼片，有时我一个人，有时和朱迪，就坐在这间隔间，我会想象这一刻的情景，就像这样面对面坐着，手里握着酒杯，呵呵，恰克，那是在我把你的地址丢了，我以为再难碰到你的那些日子。"

阿宝虽然用一种说笑的口气在讲述，但恰克的心里却涌起伤感，他的眸子黯了黯，有了忧郁的调子，它们让阿宝想起那个满脸雀斑喜爱写诗的少年。

他们走出餐馆已过十一点，出租车在门口马路排了长队。

排在队伍第一辆车的司机迫不及待下车拉开了车门，恰克把阿宝送到车门旁，在司机催促的目光下，两人匆忙道别。

阿宝坐进车里隔着车窗与恰克招招手，车子便驶远了。

恰克租住的公寓在西区，他一路散步回去，却若有所失。

是的，晚餐精致丰盛，服务到位体贴，就像阿宝形容的。然而刚才，在司机催促的注视下，阿宝匆匆坐进车子没有和他拥抱，隔着车窗与他招手后阿宝的脸还未转回去笑容顿失，失去笑容的那张脸是阴郁的，那一刻他竟很想拉开车门和阿宝重做一番情意真切的告别。

也许用不着这般善感，他对自己说，他们现在在一个城市，有的是相聚的机会。

真是这样吗？经过这个夜晚，恰克却不敢肯定了。今晚的阿宝有说有笑，但她这个人的形象却变得有些模糊，好像她是戴着面具在和他相处，他再一次想起星期二早晨她约他见面时语气里的急迫，他那时相信她有什么事需要他帮忙。

恰克沿着西区安静的窄街慢慢踱步，这里是住宅区，树木高大树影婆娑，商业街的霓虹灯和人流以及令人神经衰弱的噪音都被过滤了，虽然它们仿佛就在咫尺之遥。

恰克在回想上次与阿宝喝酒的情景，那天晚上阿宝是有些失态的，于是便又联想到当初与她重逢，那天的她更是惊慌失措，所有这一切已经构成一部眼看是复杂的故事结构，然而，任何未披露的故事就像一口深邃的黑洞，旁人是无法想象的，如果她不愿说，他就不便问，恰克在为她担忧的同时，却又劝自己不要庸人自扰。

他隐隐感觉到，今晚最初阿宝好像有事相告，但不知何时她改变了主意，到底是什么话题让她改变心情，重新关闭心门？

他朝路边的街心花园去，已近十二点，街心花园仍有人影绰绰，他不会担心安全问题，这里附近不少夜店，白天相当幽静的小街夜晚却被出租车和私家车挤满，经常半夜塞车。

他在紧挨着冬青树的绿漆长凳上坐下，再一次看表，已经凌晨零点，他的女友应该已经入睡两小时，她是个十点钟便要熄灯的安分守己的女孩子，他们交往两个月还未同居，恰克相信，正是开端的谨慎缓慢才让他对这段关系的持久性产生信心。

他现在的情感关系平稳，他此刻是在为阿宝焦虑，她是他生命中不无酸涩的美好回忆，在这里——他们共同的另一座城市的重逢，令他感动也有怅惘，那个曾经给他柔软却坚韧的手腕握住的女生，却比未见面时离得更远。

她现在应该已经到家了，她说坐出租车只需半小时，已经一小时过去，她答应到家后给他电话报一下平安。他想着再等等看，但手指已经迫不及待按在手机的号码键上。

阿宝应答时，声音又轻又闷，恰克以为她睡下了，却听到车喇叭声近在耳旁，有些吃惊。

"你还在外面吗？"

"我坐在家门口，酒有些上脸，我想在门口坐一会儿。"

恰克听到擤鼻子的声音。

"你在哭吗？"他脱口而出，擤鼻子的声音消失，静寂。

"宝？"

"我没有哭，我为什么要哭……"

阿宝的否认被自己的哽咽打断，她更无法控制紧跟而来的一阵呜咽。

"告诉我地址，我这就过去！"恰克焦虑的声音。

"没事的……恰克……不用担心，只是有些……有些……感触……今天……今天是我的生日……"

"……生……日……"恰克竟有点结巴，"我……没有为你准备礼物，真遗憾！"

"我已经很满足，你陪了我一个晚上……"

那么，她的家人呢？为何生日不和家人在一起呢？恰克因此有满肚子的疑问，他一时语塞。

"我已经不过生日了，自从离婚后……"

"喔……宝……我不知道你已经离婚！"

恰克吃惊的口吻让阿宝停顿片刻。

"噢……我没有告诉你？对不起，我不是要瞒你，只是不想让你觉得，见了老朋友就要倒苦水。"

"苦水才应该对着老朋友倒啊！"

"真的吗？"阿宝哽咽了。

"你……需要我现在过去陪你吗？"

"恰克，你真好！我这次又见到你，我心里好后悔……"

"后悔什么？"

"我在想，为什么那时我们没有继续好下去，就像真正的恋人！"

"我那时很傻很笨，是个校园失败者，我没有勇气表达自己的感情。"

"我也一样啊，我也是个校园的失败者，所以我们才应该在一起，可是你突然搬走了，我问自己，为什么不在你走之前，做点什么！"

"做……点……？"

"我是说……我们也许应该像真正的恋人一样，做爱什么的……"

恰克一愣，片刻后才答："那时的我……还没有这样的想法……"恰克的语气认真。

阿宝短促地笑了一声："这只是我现在的想象……对不起，让你尴尬了……"

"没有没有，怎么会？"

恰克急促的否认让阿宝又短促地笑了一声："是的是的，恰克你现在已经是情场老手……"

"没有那么夸张……"

"很正常啦，两三年里谈三五个恋爱，我是说在这里，在上海，人家都说中国的一些地方是全世界最开放的地方。对了，我没有告诉你吗，我前夫是在这里找到他的同性情人？真有意思，他不是在美国也不是在新加坡，他是到上海成了同性恋，或者说，他本来就是，只是不愿承认，他在这里才敢把自己的本性开放出来。"

"……"

"恰克？"

"噢，我在听……我很震惊……"

"我们结婚十年，有了三个孩子，然后有一天我看见他和另外一个男人在一起……"

阿宝"呵呵呵"地笑起来，恰克的胸口却抽紧了，他需要时间去消化刚听到的这一切，但同时他得努力应对，当一阵寂静落在他们之间。

"宝，如果我现在坐上出租车去你那里，大概连半小时都不需要，马路空空荡荡，没有任何阻挡。"

恰克故作轻松的语气，他所在的街心花园已经空无行人，但马路对面停着一长溜出租车，它们是从前面呈丁字型的那条小街延伸过来，那里有一家著名的爱尔兰人夜店。因为这家夜店，周围多是高级老住宅的小街便挤进了更多夜店，一时间这里特有的幽静被夜夜笙歌替代。

"不用了，这里周围没有夜店，连7-11这种通宵超市都没有，没有酒喝……"

没有酒喝？而恰克此时却身处酒吧核心。

"酒我可以带过去……"

"你真贴心恰克，终究，你比较……懂我……"

"在我心里，你还是我高一时的好朋友……"

"不要跟我提过去，那些回忆让我更压抑……"阿宝不客气地打断他。

"可是我很珍惜我们当年的那段……情……"

"我们之间真的有过……'情'吗？罢了罢了，我们只是找了个写诗对象，我们需要爱，但是我们不会爱，于是写些三流诗作为替代，蠢不蠢呢？"

阿宝的口气带着诋毁，恰克在想如何让她冷静下来："好了，宝，告诉我地址，我马上带酒过去！"

"谢谢，真的很谢你的体贴，可是我顶好不要再喝了，我在心里答应过我的孩子们不可以再醉！"

"那么……"

"你肯和我讲电话已经很安慰我了！"

"那好，我今晚陪你说一夜。"恰克说着起身朝他的公寓走，他得让自己的手机接上电。

恰克的身前身后立刻有出租车跟过来，他朝他们摆摆手，如果换了平时，他会随便搭上一部车，不过几分钟的车路，只为了安慰那些空等半天的出租车司机。

"想起过去那些事心里只有后悔，恨自己笨、蠢，生为女人我白活了！"

电话里阿宝的声音，和身前身后仍然试图跟过来的出租车，令此刻的恰克对这座城市产生虚幻感。

"拜托，请不要这般贬低自己！"

"你不了解我，我说的是事实，我活到三十七岁，有了三个孩子，我竟然从来没有……没有过和真正的男人做爱！"

"……"

"恰克？"

"我在……"

"你没有声音，我以为电话断了！"

她又短促地一笑，她的笑声使她的话语有几分戏谑色彩："你以为我在说笑话？是嘛，谁会相信我和一个同性恋有十年婚姻，或者说，他是个双性恋，或者说，他更倾向同性恋，他为了另外一个男人抛弃了我……他到底是谁，我不知道，我至今都弄不清。"

在这番有些混乱的叙述中，恰克试图理出一个头绪："可不可以告诉我，你们什么时候离婚的？是最近吧？"

"当然不，很久了，不过，仔细算算也不过是两年多，之前分居两年，好像……"

"哦，有两年多了？那次喝酒……你一点都没有提起！"

"我不要提，那些事我都要忘记才好！"

"我理解……"

"我已经忘记了，真的，如果他不是突然出现在我面前，我以为我已经忘了，至少不那么痛心了……"

"哦，宝……"

"痛心"两个字让恰克心痛，但是他的话被阿宝打断。"我觉得这辈子再也不会见到他，也不想见到他……"

"他来找你了吗？"

阿宝不连贯的叙述，恰克必须凭着自己的想象力来连接情节。

"他来我们店里吃饭，他不知道我在那里，他过去常去对面那家餐馆，那是皮特的店……"

"原来皮特的店也在那里！"恰克很吃惊，他越来越渴望知道原委和结果，却又怕问话不当刺激到阿宝。

"是的，因为皮特的店在那里，我才有机会认识彩虹……"

头绪复杂，恰克糊涂了，但她后面的话令他一惊。

"那段时间我去找他，但是我不可以经常去皮特那里，他都烦我了，我只能到马路对面彩虹的店落脚，我那时就像个侦探，从彩虹店的玻璃墙看过去，这样做很不体面，但当时我为了把他找回来，什么丢脸的事都做过。"

"噢……宝……请不要把'丢脸'这个词用在自己身上，我难过！"

"不用怜悯我，经过这样的遭遇，我不再接受怜悯，怜悯只会让人消沉。"

"你遇到他们了？"

"是的，有一个晚上，我好像有预感，我突然从'彩虹'那里冲到皮特的餐馆，我撞见他们……"

"他们？他和他的同伴？"

"是的，那位同伴也是个帅男，喔，你没有见过我的丈夫，他很英俊，所以，他们站在一起相得益彰，两身肌肉……"阿宝笑着，当然，是讽笑，"我现在才懂，同性恋男最自爱，在健身房练肌肉的，多是他们……那个帅男当着我面，居然对我丈夫，不，是前夫，一口一声'甜心'，肉麻得我想吐……"

似乎意识到自己话语里的攻击意味，后面的话被她吞回去了。

"因为对方是同性恋人，才令你更憎恨？"恰克的问话里有那么一丝责备，或者说，他正试图用一种理性的声音发问。

"我不能接受丈夫在性取向上对我的欺骗。"她的谴责更像辩解，"我恨他把我当作生育机器，为了向他母亲、向他的华人社会做个交待。"

"十年婚姻，你们关系好吗？"

"当然，很好！"阿宝脱口而出，但马上又意识到什么，"我自己觉得好，可能只是表面的'好'而已，不过我分辨不来，我没有比较，因为他是我第一个也是唯一的男人。"

阿宝笑了一声，这笑声让恰克听来有点像幻觉。

"我为自己觉得不值，我这一生有过的男人是伪男人……所以……我来找你……我来找你是想和你做爱，在生日的今天，我想有和真正的男人做爱的感觉……"

雷声隆隆，这一瞬间，恰克有一种雷声是从自己身体发出的错觉。

这雷声是发生在浦东——黄浦江的东岸，通过阿宝的手机传来，立刻又化为乌有，因为，阿宝的手机断线了。

27

那晚雷声以后，阿宝的手机一直处于关机状态。

接下来的周末，恰克和他的扬州女友去了扬州她父母家。其间，他曾电话阿宝，但她的手机一直挂在录音档，在通不上话的一刻恰克竟如释重负，事实上，他不知如何与阿宝继续通话，但放下电话，却又牵肠挂肚无法安心。

第二个礼拜的周一他又去出差，回来那天也是星期四。那天晚上他尽快离开办公室也已超过九点，他记得阿宝说过，这天和后面的周末她都十点后下班。恰克匆匆赶回公寓脱下西装领带，换上 T 恤和牛仔裤，朝"彩虹"赶。

"彩虹"的人气轻快地弥漫到街边，与店面相连的露天院子，彩色遮阳篷下客人未散，一眼看去多是金发碧眼异域客。

恰克站在院子门口下意识地朝客人堆打量一眼，其实众目睽睽下什么也看不清，他欲推开店门入内，却听到院子里有人喊他的名字。

他转过头，只见人堆里有个女子在朝他招手。

他有些困惑地朝招呼他的女子走去，一时未认出那女子便是彩虹。彩虹的边上坐着朱迪，而朱迪他从未谋面，虽然他们通了好几封信。

"恰克，我是彩虹呀！"彩虹说着她的上海话，一边拿去她的平光时髦眼镜，一只手捋起额前短发，有点好笑的，试图将自己扮回"旧日的彩虹"。

恰克恍然大悟的神情，逗笑彩虹和朱迪。

"恰克，我是朱迪！"朱迪伸出手，熟稔地称呼着恰克。

"哦，你就是朱迪，太巧了！"恰克惊奇地睁圆他的眼睛，这表情在朱迪看去有点幼稚，她愈要表现得不动声色。

"不算巧，我们知道你今天会来！"

"真的吗？"恰克再一次瞪大他的蓝眸，彩虹便问什么事让他这般大惊小怪的，朱迪把他们的对话翻译给彩虹听，彩虹笑着发表议论，"恰克这个老外还真老实。"

朱迪耸耸肩，笑眼打量恰克一边答彩虹："老外都是老实的，就怕到这个地方学坏。"

恰克虽然听不懂，却看出她们在议论自己，他的脸红起来："噢，你们在说什么？我可一点听不懂中国话。"

朱迪又把她和彩虹的对话翻给恰克，恰克笑着摇头，脸更红："类似的话阿宝也说过。"

"当然，这方面她太有感触……"朱迪的神情黯了一黯，恰克也随之收起笑容。

彩虹知道他们在谈阿宝，她起身对朱迪说："你们先聊，我去换阿宝。"嘀咕着离去，"太巧了，朋友都碰到一起。"又转脸关照道，"朱迪，今晚不要急着回家，我要亲自做夜宵请你们！"

阿宝出现在恰克面前，笑容明快，手里拿了一瓶红酒和三只红酒杯，把三只酒杯分放在朱迪恰克和自己面前，利落地从制服口袋里拿出开瓶器开瓶盖，但恰克轻轻却不失坚决地拿过酒瓶抱在怀里，对阿宝道："答应我，这瓶酒我来买。"

朱迪在一旁抢着回答："当然，你是我们中间唯一的男士，入乡随俗，上海男人不仅为女人买单，还要开酒瓶。"

顺手从阿宝手里拿过开瓶器交给恰克。

"呵，'入乡随俗'都会说了！你应该住上海而不是大连。"阿宝笑对朱迪，恰克欲与她对视的目光落了空。

她们两人一起注视着恰克将弯曲成波浪型的旋子用力却不乏小心地钻进红酒瓶的木塞子，待他成功拔出瓶塞子，阿宝便对恰克介绍朱迪："她就是朱迪，我的好朋友……"

"还用介绍吗，我们已经谈得相当热络……"朱迪笑着打断阿宝，向正给她端上酒的恰克调情般地眯起一只眼眨眨。

恰克有些窘，但努力开着玩笑："她很辣，跟我想象的差不离。"

"谢谢谢谢！"朱迪夸张道谢，今天的她烫了个爆炸型短发，配一件吊带碎花连衣裙，高跟凉鞋，当季流行的热带旖旎风。

阿宝再一次惊叹朱迪对时尚的敏锐，她的时髦总有一种感染力，让阿宝相信女人是可以没有年龄的。她接过恰克为她斟的半杯酒，道："朱迪当年是我们校园著名的电女郎，电力特足，只要她喜欢的男生，没有电不倒的……"

　　"不过，我绝不会插足别人的关系，我不做'第三者'。"

　　"喔，'第三者'这个词都会了。"阿宝嘲笑她，对着恰克，"当然，她最讲义气，侠女第一名！"

　　说到这，阿宝已没有玩笑的意味，朱迪则得意点头，"呵呵呵"地，笑得十分由衷，阿宝便也被逗笑，两人举起红酒杯相碰，一起喝了第一口，之间的默契让恰克羡慕不已，他加入她们的笑声，心里却不无疑惑，那个晚上阿宝的哭泣她讲述的那一切已经像用力搓洗的墨迹，几近褪色似有若无。

　　"不过，你的恰克可不是我想象中的模样……"

　　"亲爱的朱迪，恰克已经不是我的……"阿宝飞快打断朱迪，语气是戏谑的，"恰克已经有了女朋友，不，说未婚妻更合适，他是要和她结婚的！"阿宝夸张地发着 fiancee（未婚妻）这个法国词发音。

　　朱迪一愣，她去看恰克的反应，恰克虽然脸又红了，但他朝朱迪微微点头。阿宝在一边道："恰克，现在就给你女朋友打电话，请她一起来喝酒嘛！"

　　"喔，她住在自己家，十点钟上床雷打不动。"恰克看看表，带点歉意，也有几分赞赏，"她是早鸟族，早起早睡，生活很规律。"

"听起来很乖，是个住家女孩。"

朱迪便去看阿宝，对她的这类夸奖有些不以为然，她跟她讲中文："听起来有点乏味。"语气有了责备，"你可没有告诉我他已经有女朋友。"

阿宝笑笑，朝朱迪和恰克举举酒杯，喝了一口酒，然后用中文回答朱迪："我也是知道不久，没有来得及向你汇报，对不起。"

她把杯口送向嘴边，在恰克目光下，他似乎担心她会一口喝干杯里的酒，但她只是抿了一小口，朝恰克微微耸肩，表示让他放心不会滥饮，然后对朱迪用中文正色道："在上海他这样的白人没有女朋友才怪呢！"

"他跟我想象的样子完全相反，我以为他很瘦弱有点神经质，没想到这么壮，简直正常得过分。"

阿宝直笑，恰克提出抗议："这不公平，我听不懂中文，你们又在议论我了是吗？"

阿宝便把朱迪的评论告诉他，恰克笑对朱迪，几分腼腆："青春期的我虽然瘦弱，却一点不神经质，我就是那么正常平庸，没有特殊之处。"

朱迪笑笑，并没有接他的话，似已对这个话题厌倦。

这时，彩虹端来她为他们煮的夜宵，她的拿手点心：上海春卷和酒酿小圆子。

恰克才发现，说话间四周客人已散，好像是骤然消失的，院子里只剩他们这一桌，这让他想起毕竟是星期四，明天还有个上班日。

现在没人打扰，他们四人，其实是三人，因为彩虹一听他们讲英语就借故要整理店堂避开了。在阿宝的带领下，他们用手而不是筷子，拿起整齐码在瓷盘里炸得金黄的春卷，在醋碟里蘸蘸，"喀嚓"一声，三人相视而笑，接下来的话题便围绕着上海食物，或者说，他们并没有聊出什么东西来，只是互相敷衍着。

恰克明白今天是不会有机会和阿宝说什么，事实上，他能说什么？他今天来是为了那个突然断掉的电话，或者说，是对雷声隆隆前那一秒钟，她留给他的比雷声更令他吓一跳的话语，"想和你做爱"，"想有和真正的男人做爱的感觉"。

他那晚几乎无法入眠，假如她当时真的向他提出来呢？他完全想象不出他将如何回答。

他试着想象如果当年他们未断联系，如果他们成了真正的恋人然后走入婚姻，他们会幸福吗？

甚至这也是难以想象的，人的想象力其实是有界限的，对于某些还未实现的情感关系，你无法想象是因为情感无法同步。

对于阿宝的遭遇，对于断线后的阿宝处在何种状况，他无法置之不理，虽然同时他对未来如何与她相对产生了畏惧。

然而恰克似乎多虑了，他们今天相见一刻的光滑令他如释重负，今天的阿宝轻快爽朗，他不用为他们将如何相处而担忧，但他却不无失落，阿宝好像躲在面纱后，影影绰绰的，他并没有看清她真实的表情！

恰克饮尽杯中酒起身告辞，阿宝说："哪天带你的女朋友来吃饭，我们都想见见她，是不是，朱迪？"

朱迪淡淡一笑，显然她并没有表示要见恰克女友的愿望。

恰克想和彩虹道一声再见，阿宝便进店内招呼彩虹，她离去的间歇，朱迪道："彩虹是阿宝的恩人，她救了她呢！"

"她救了她？宝怎么啦？"

"她一时想不开，在彩虹的厨房用刀割自己，是彩虹把她送到医院……"

恰克张口结舌，朱迪问："她离婚的事你不知道吗？"

"我也是刚知道……"

恰克嚅动着嘴，悲伤令他的眸子的颜色变深了，直到这一刻，朱迪才感受到他那好像还停留在年轻时代的真挚。

"好了，不说了，她们过来了！"朱迪的脸正对着迎面走来的阿宝和彩虹。

恰克在与彩虹道再见时，身不由主地一步跨前拥抱住彩虹，低沉有力地说了一声："很谢谢你！"

这声"多谢"的英语彩虹是听得懂的，她红着脸挣脱恰克的拥抱，一边对阿宝说："告诉他不要这样嘛，我不习惯！"

"老外的拥抱就跟握手一样。"朱迪告诉彩虹。

这边恰克在和阿宝道别，他抱住阿宝，抱得有些紧，絮絮叨叨地："你要保重，我会电话你。"

可是阿宝却轻轻地将他推开一些，笑说："听起来你好像要去很远的地方。"

恰克摇摇头，他一瞥朱迪，她正微微皱眉看着他，好像担心他抛撒太多的怜悯。

"听到你这位恰克已经有未婚妻，我连应酬他的兴致都没有了。"

那时她们已经离开"彩虹"，阿宝要去赶地铁，朱迪送她，她自己则住西区的酒店，因为是公差，浦东的房子这两年经常空关。

"你也太明显了，我真是怕你连这句话都会直接告诉他。"

"我有种一脚踏空的感觉，很不爽呢！"

"他很无辜啊，怎么会知道我们在打他的主意？"阿宝一笑，含着讥讽，她欲言又止，朱迪锐利地瞥了她一眼。

"今天你在恰克面前表现得很'假'，你来不及告诉我的还有什么？"

"我倒是觉得他离开时有些失态，他跟你说什么了，还是你说了什么？"

阿宝还给朱迪一瞥。

"我跟他这位已经是扬州毛脚女婿的男人有什么可交谈的？"

"毛脚……女婿？"第一次阿宝要向朱迪请教中文。

"就是未来的女婿，带点讨好丈人的意思。"

"呵，连这么冷僻的词都知道了？"

"并不冷僻，上海人之间经常用。"

阿宝笑眼一瞥朱迪，点点头："我明白了，你在和某位上海先生谈恋爱。"

"谈不上恋爱，在约会……"

"可是约会和恋爱有什么差异？"

"当然有，太大了，约会，只是彼此有点感觉，是在暖身……"

"是是是，恋爱是发烧，肾上腺素分泌达到高峰……"阿宝笑着补充，想起这是个多年前的话题，"我不奢望恋爱，有约会已经很好了，现在的我还有机会约会吗？"

阿宝抬起头望着星空，这句问语更像问老天。

"到网上去找啊，Match.com，每月付二十五美元，我写不好中文，只能用回美国网站。"

阿宝吃惊地看住朱迪："不会吧，你这位上海先生是从网上找来的？"

"为什么不？我们不是活在网络世界？"

阿宝点点头，却有些怅惘，朱迪看看她，意味深长地。

"你还没有回答我刚才的问题。"

地铁口在淮海路转角"百盛"商厦下面，商厦门口有一方空地，差不多就像个小广场，那里经常搭起某个产品的广告舞台，即使没有宣传活动，仍是挤着许多人，约会的人在那里碰头，准备搭地铁的人在那里告别。

商厦旁地铁的出口处有家麦当劳，生意出奇地好，似乎每时每刻人满为患。店门口的街道一方一方的花圃，花圃的四周是水泥砌成的一尺见宽的台阶，并铺上人造大理石，光可鉴人，行人经过此，禁不住停留歇脚，宛若公园里圈绕着梧桐树的绿漆长椅，坐满游客。

经常会发生这样的状况：满溢出麦当劳店门的顾客和旁边"广场"驻足不前的人群呼应，行人在这里受阻，同时被这股人气吸引，不如说是被旺盛的人气带来的悬念吸引，他们会紧紧挤坐在花圃边上，怀着等待的心情观看眼前的纷乱。因此，街头这一角总是拥挤不堪。

不过，这是个十点以后的夜晚，拥挤的景象不再，坐在花圃旁的行人更像来乘凉。他们成双作对，也有三五成群，脸朝马路，手里拿着饮料杯。

阿宝和朱迪经过时，被此地悠闲景象吸引，朱迪拉着阿宝坐到两对人中间，她们的脸正好向着马路对面的星巴克，阿宝的手仿佛不经意地指过去，轻描淡写道："上星期我和龙就在对面的 Starbucks 喝咖啡。"

"真的？这么大的新闻你竟没有提起！"

轮到朱迪大睁双眼，阿宝笑着拍了她一下："哪有机会？你刚到上海！"

"他来找你吗？"

"是碰巧！"

阿宝便将那天如何被龙撞见在"彩虹"，之后他们又怎么相遇的过程述说了一遍。

"他以为我在餐馆做女招待是生活所迫，好像很不安，给了我一张支票……"

"这段听起来像旧电影里的情节……"

"亏你想得出，这段那段的，好像在编写故事……"

"你们之间发生的那些事风格真的很不一样，有些像前卫的欧洲电影……"

阿宝好笑地耸耸肩，朱迪却皱起眉头，问道："你不会为了争口气，拒绝了？"

"才不会呢，到了离婚都是现实第一，很无情的，不过，我告诉他用不着专门来送什么支票，可以通过银行直接转账，他每年要付生活费不就是用这个方式？"

朱迪头朝后一仰，退远一些看着阿宝，很有点刮目相看的意思："阿宝，你越来越酷，很有型呢！"

"和他并排坐在门口那两张椅子上，一点不酷。"

阿宝看着对面他们坐过的地方，自嘲地一笑，视而不见朱迪表达的惊异，自语一般："只要坐进 Starbucks，就没有这城和那城的差异，咖啡香，咖啡机的噪音，还有定时钟'叮'的一响，呵，熟悉的图像，那些图像早就不去回想，突然之间又出来了……很刺激呢！"

阿宝蜷起膝盖，将两腿盘起来，做了一年的瑜伽，她对自己的四肢、骨骨节节驾轻就熟，盘腿坐时，腰背便挺起来，就像打坐，朱迪对此当会议论，但她忍住了，因为阿宝在说。

"本科时，周末哪有勇气待在图书馆，宁愿拿了书和电脑去 Starbucks 挤热闹，那里多是我们这种除了学业便没有其他可寄托的单身人，也有情侣，哼，嫉妒他们，特别充实幸福的一对对和无边空虚无聊的一个个，人生的两极！"

"不至于吧……"

"你当然不会有这类感受，那时的你，忙得连泡咖啡馆的时间都没有……"

朱迪没有争辩，她自己并未意识到，她现在变成耐心的倾听者。

"傍晚五点到六点之间，总有个胖胖的，应该是相当胖的女生，她好像每天来买咖啡。"

阿宝继续刚才的节奏，一种自语的节奏。

"她一定只买最大号的冰摩卡，上面厚厚一坨奶油，看起来很美味，也很危险，你太享受它了，就会沉溺进去！这么一大杯摩卡，卡路里不得了呀！她居然天天喝，我相信她天天在喝，因为只要我在咖啡馆的那个时段，一定遇见她！你瞧，她已经胖成那样，看起来像怀了七八个月的身孕，我后来怀孕时还会想到她。"

阿宝的语调似在讲述逝去的故人。

"每次看见那个女生，都要担心自己，会不会一辈子在咖啡馆这种地方消磨周末，会不会跟她一样，喝摩卡喝上瘾，天天用一杯堆着奶油的巧克力咖啡安慰自己的孤独。大概，正是为了对抗这种可能，我从来就不敢喝诱人的冰摩卡，我只给自己要一杯小号的 Decaf（低因咖啡），直到和龙约会。"

阿宝的脸上亮起一层光泽，当她说到"和龙约会"这几个字。

"现在想起来，那时约会，难得做一次爱，我们在一起最多的场景是在咖啡馆，一起去做好像永远做不完的学业，不过对于那时的我，和龙一起待在咖啡馆就让我很满足。我对性没有太多感觉，也许因为他没有感觉，这也是现在才意识到，其实，我对所谓爱情需求很低，只要有个人陪着我，重点是我对他有爱意，就足够了，尤其是在 Starbucks 和那些单身学生坐在同一空间。我很庆幸自己已经和可怕的单身生活告别，所以，所以自从和龙约会，我开始喝我一直渴望喝却不敢喝的摩卡咖啡，大号杯，上面一大坨奶油，但同时，我有很深的愧疚感，是不是太好了？还有隐隐约约惧怕的感觉，这双双做伴的景象有一天又消失了呢？……呵呵，当时的惧怕竟然变成预感……"

阿宝戛然而止，转脸朝麦当劳看去。

"好想吃冰淇淋呢！"

她起身进店，朱迪有一种被生硬地从某种情景中拉出的感觉，她使劲瞧住阿宝的背影，在她的生命经验里，她还未有过如此使劲地用眼睛去看一个人的背影。

她现在觉得自己不再是领头带路的那个角色了，阿宝已经偏离她们相处时的路径，朱迪急切等着，似乎在担心阿宝突然离去，不再回转来。

阿宝两手各托一只蛋卷冰淇淋，一白一褐，香草和巧克力，她把白色的香草给了朱迪，坐回位子。

只见朱迪用舌头沿着蛋卷边缘舔去最先融化的那一圈冰奶油，唇上留下白色奶渍，立刻也被舔去，朱迪满足地笑了。

"不错，还记得我喜欢香草……"

"当然，怎么会忘记？虽然至少有十年没有在一起吃冰淇淋了。"

阿宝像朱迪一样沿着蛋卷边缘舔着她的蛋筒，唇上留下咖啡色奶渍，也立刻被舔去。

"还记得那个夏天我们坐在店门外的长凳上，你吃香草我吃巧克力？"

朱迪继续舔着她的"香草"，眸子看着阿宝。

"大二时，在合气道班训练把小趾骨摔断，上了石膏出不了门。五月暑假开始，小城才刚刚春意最浓，街边开满花，你和你的男朋友却要去亚洲旅行。出门前的那个周末你开车带我去兜风，去了一家冰淇淋店，那家店很有名，在公路边上，我从来没有去过，没有车，去不到那么远……"

朱迪嘴里含着还未融化的冰淇淋，滚动着被冰麻的舌头，享受里带一丝受折磨的表情，一边朝着阿宝点头，表示记起来了。

"这一年里在这个地铁站上上下下，每次看到女孩子们坐在这里一起吃蛋筒，便会想起那个夏天，我们并排坐在长凳上吃冰淇淋，我的脚上绑着石膏，那种开心和放松回想起来真是美妙！"

最后一句话阿宝不得不用英语。

"被你一形容，好像真的很美妙。"

朱迪也用英语答她，一边出神地看着蛋卷上骤然矮下来的冰淇淋，仿佛需要认识这件物质所蕴含的意义。而阿宝已开始啃咬蛋卷，徐徐地将它塞进嘴里，慢慢咀嚼，直到全部咽下，她用那块原先托着蛋卷的纸巾擦嘴，然后揉成一小球在手里把玩。

"因为龙的突然出现刺激到我，才会去约恰克……"

朱迪深深地看了阿宝一眼，性急的她应该是会立刻追问的，但她忍住了，她有些不解地看着阿宝举起手里的小纸球朝着对面并排的空椅子做投掷状。

"嘿……"

朱迪刚要阻止，但阿宝已改变角度掷向斜近旁的垃圾箱，但纸球未入垃圾箱的口，而是被入口处的铁皮弹到地上，阿宝起身拾起纸球，坐回位子，再一次瞄准垃圾箱。

阿宝连掷三次都未进垃圾箱口，不得不起身将纸球塞进垃圾箱，朱迪笑起来，阿宝也笑，朱迪发现她的眸子在灯光——路灯车灯和霓虹灯，繁华街各种灯光交错照耀下，仿佛含着两颗饱满的泪珠，可她分明在笑。

"你都告诉他了吗？"

阿宝耸耸肩，朱迪性急地继续问道，或者说下着判断："你说想和他交往，但他告诉你他有女朋友了？"

"我已经知道他有女朋友，我找他，不过是想请他帮个忙……"

"帮忙？"

"我想请他和我做爱……"

她若无其事的口吻，听起来就像在说，我想请他和我一起吃饭。

朱迪看着阿宝，似乎在等她再说一遍，阿宝改用英语。

"我希望他答应和我做爱……"

"什么意思？"

"就是'做爱'的意思！"阿宝垂下头深深叹了口气，"朱迪，你可能不理解我的感受，你知道吗，我看到龙，我还是很受刺激，我以为我应该扔开他了，可是我发现自己对他还是有感觉……"

阿宝瞥了朱迪一眼，朱迪并没有大睁双眼，她微蹙眉头沉思地倾听着。

"我突然发现你变得安静了，你真的不再是 teenage（青少年），你是大人了！"

"你在胡说些什么，下个月过完生日我将整整四十岁，二十年前我就和 teenage 告别了。"

"你有吗？我以前并没有这种感觉……"

朱迪笑了，越想越好笑，为她们之间可笑的对话。

"噢，阿宝，我真爱你，你倒是变得有趣起来……等等，不要打岔。"她拍拍阿宝的膝盖，"你想和恰克做爱是为了忘记龙？"

"有这个意思，但重要的是，我总应该和一个真正的名符其实的男人做一次爱吧？"

轮到朱迪耸肩："我猜你们并没有上床。"

"他说起想和女朋友结婚，我就打消了念头。"

"这满大街的真男人，为什么非要找他？"

朱迪不以为然，她现在其实很后悔把恰克重新从人海里捞出来推到阿宝面前。

"但是对我来说，机会就这么一点，找恰克方便嘛，他看起来健康清洁……"

"什么话嘛？"朱迪喊起来，"什么叫'方便'，你又不是找旅馆……"

"我知道我知道，说'方便'真是有点不像话……"

阿宝抬起脸朝对面的星巴克看去，那边门廊竟还亮着灯，照着门口那对并排放着的椅子，灯光下那对椅子空着，空得令人神往。

她们俩一起望着那对空椅子出神。

28

这是个普通日子的夜晚十点以后，"彩虹"关门了，阿宝从"彩虹"的后院出来，走到路口等红灯，准备穿马路朝对面的酒吧去。

对面这间酒吧开张一年不到，已经是这一带最红的夜店，夜夜门口一长溜出租车。

若干年前这里是一间新加坡风味的餐馆，名"咖喱乡"，自从"咖喱乡"老板皮特中风以后，餐馆关门，转租给一家服装店，一年后服装店又关门，之后又转过好几次手，直到阿宝把它租下，做成酒吧。

自从有了这间酒吧，"彩虹"就只做餐馆业务。

"彩虹"的老板娘彩虹一年前远嫁澳洲，她的新丈夫曾是"彩虹"的常客，他喜欢坐在院子的露天座位，那些日子，彩虹常坐在她的二楼阳台做编织活，她和他之间不时遥遥相望，就这么望出了感情，虽然他只会简单的汉语。

彩虹随澳洲籍的丈夫定居墨尔本时曾想把店铺卖给阿宝，但阿宝劝彩虹保留自己的房产。

"因为这是你的城市，你在这里出生，你不会真正离开她。"

阿宝告诉彩虹，她并不属于这个城市，所以不想在上海购置房产。

她继续做"彩虹"的经理，对她来说，经营对面的酒吧有点顺手做做的感觉，没想到一年不到就红了。

然而，酒吧虽红，门口的灯光和招牌却比周边店铺幽暗。蓝色节能灯管绕着酒吧间画出清晰优雅的建筑轮廓，店名在门楣上方同样闪烁蓝莹莹的光，是一串英文字母：ONLY BLUE。

在周围亮得耀眼的霓虹灯的衬托下，这一片幽幽蓝色更其引人注目。

这"蓝色"几乎奠定了这家酒吧的调子，人们相信来此光顾的客人不会那么喧嚣，可能多是异乡客，年轻，正在恋爱或失恋，彷徨的，落寞的，携带些漂泊的尘土。

这晚的阿宝穿过马路走向她的酒吧时，突然站住了，在那片蓝色轮廓中央站着一位老人，光脑袋穿一套米色棉麻中式夏装，脊背佝偻拄着拐杖，他看着门楣上那一串英文字母 ONLY BLUE 发呆。

"您……不是 Uncle 皮特吗？"

阿宝轻轻喊了一声，她跨前一步，但和老人保持着距离，仿佛不敢确定。

老人慢慢转过身，他拿去眼镜看着阿宝，他们互相接近，直至阿宝抓住他的双臂。

"我是阿宝呀，您认不出来了吗？"

"阿宝，是你，你的声音没变……"

中过风的皮特稍稍有些大舌头，但口齿还算清晰，他戴回眼镜，仍然怔怔地看着阿宝。

"阿宝，你现在是另外一个女人，你不说话，我真的不敢认了。"

"老了不是？我们有四五年没见，这么长时间，女人哪经得起！"

阿宝笑说，鼻子却发酸，就这么几年，皮特已经面目全非，中风使他的右腿右手僵硬，脸庞眼睑浮肿，像从漫画里出来的老者，其苍老颓败好似被夸张地强调着。

"你哪里有老？年轻得很呢！阿宝现在很漂亮，很有风情呢！"

皮特打量着阿宝，用他历练过的男人目光，一时间过往的江湖气又露出来，龙钟态退远了。

"进去坐坐，喝点儿什么？"阿宝欲扶皮特进店门。

"我……合适吗？这里看起来很时髦！"

"有什么关系！来吧！"

他们坐在门旁一角，那里紧靠玻璃墙，能看街景却又相对安静。

服务生紧跟过来拿着酒水单，皮特忙摆手："中风后就没有再喝酒了。"

"调一杯 Gin Tonic 吧，少放一点酒！"

"哈，这么一来把我酒瘾吊起来啰……"

"那……喝果汁吗？"

"就 Gin Tonic 吧，难得喝一次有什么关系？"

豪爽的口吻，仿佛过去的皮特在慢慢现身，阿宝心头的阴霾也在散去。

"不喝酒，这人生太寡淡了！"

"不会，Uncle 有这么多朋友！"

"酒肉朋友啦！没有酒给他们喝，人影都看不到。"皮特哈哈大笑，不给人发牢骚的感觉。

阿宝吩咐服务生也给她自己调一杯 Gin Tonic，她已经很久不喝烈酒，自从自己经营酒吧。

阿宝又为皮特要了坚果和水果，而直到此时，在阿宝与服务生的对话中，皮特才意识到这间酒吧与阿宝的关系。

"喔，这里已经是阿宝的地盘，真是不敢相信！"皮特抬头四周打量，半张着嘴，吃惊不已，"简直像发生在戏里，记得吗？好几年前是'咖喱乡'呀！"

阿宝使劲点头，眼圈有些泛红："当然记得，因为'咖喱乡'我才有缘认识对面'彩虹'的老板娘，她后来请我帮她经营饭店，我才搬来上海，等我搬来上海'咖喱乡'却关门了，我只听说您病了，离开了上海，却不知道您去了哪里……"

"开饭店那些年，喝了太多酒，熬了太多夜，玩疯了，都忘了自己的年龄。"

皮特的口吻有没有悔恨呢？好像更多是"遥想当年"的自傲。他没有回答阿宝的问题。

"感情还顺利吧？"

阿宝一愣，皮特深深地看着她："你离婚的事我知道，当时就知道了，心里跟着一轻松呢，我想，阿宝终于走出来了！"

走出来了吗？

好像很久没有被人触到心，阿宝眼睛湿了，却笑着点着头，为了把眼泪憋回去，她不敢看皮特。

但皮特已转过身，再次朝四周打量，打量得很仔细，嘴里啧啧有声："真的想不到，是你阿宝在经营，对我来说，简直是扭转乾坤的事！大家都在说这家店怎么怎么时尚，怎么怎么popular，说是 Blue Note 的分店！"

"噢，Blue Note，有客人向我提起那家店。"阿宝便笑开来，笑得如此开怀，这是皮特不曾看到的喜悦的阿宝。

"是从纽约来的客吧？"

"是是，一位自称纽约客的香港人，他在 NYU（纽约大学）拿的学位，说那间店就在大学街区……"

"在西村的 Bleecker Street，夜夜门口排长队。"

"哇，Uncle，您很熟噢？"

"当年在 Down Town 的中国餐馆送了两年外卖，那一带了如指掌。"

"喔……"

见阿宝一惊一乍的，皮特又哈哈笑，这时他脸上的浮肿好似也在消退，仿佛他欲用笑声擦去生命中残败的那部分。

"我的店怎么能跟纽约的著名夜店比？"

"因为也是 blue！"皮特笑答她，眼神却是询问的。

阿宝笑笑，没有解释为何用"ONLY BLUE"做店名，解释起来让她难为情。

曾经偶然听到一首流行歌，在她心里萦绕不去：那段爱情有些遗憾／像不知不觉游向海天／到最深的地方／才发现你早已经放弃我……有什么办法让我忘记／only blue only blue……每次又回到同样海边／还是对你想念／想念你有点 blue。

Blue（蓝色，忧郁）也许将是她内心永久性的色调。

直到有年轻的本地客人问她是否是陶喆的歌迷，她才开始去收集陶喆的歌，于是她就真的成了陶喆歌迷，但她几乎不在酒吧放他的歌，他的歌她只放给自己听。

"孩子们呢？你晚上在店里，他们谁照顾？"

"婆婆，还有保姆，老大都上高中了，老三明年也要上小学了！"

"噢，连老三都上学了呀！"皮特喃喃的，竟怔忡了。

"最近刚搬家，就在对面弄堂，买的老房子，好旧好旧，但是方便，和孩子们在一起的时间多很多。"

"真是难得，居然还和婆婆一起过，龙去了哪里？你们有联系吗？"

"我让他和他母亲联系，如果他想见孩子，好像他经常在泰国……噢Uncle，你现在住哪里呢？"

皮特一愣，被她突然转移的话题，他沉吟片刻才答："回洛杉矶住了一阵，治病、享受老人福利，可是住惯热热闹闹的上海，受不了那里的安静了……"

皮特突然缄默，似在倾听在大厅回旋的似有若无的歌声，然后他跟着歌声吟唱起来：

Do you smile to tempt a lover, Mona Lisa
（你诱人的微笑是对着爱人吗，蒙娜丽莎）
Or is this your way to hide a broken heart
（或者是用微笑藏起你破碎的心）
Many dreams have been brought to your doorstep
（多少梦被带来你门口台阶）
They just lie there and they die there
（它们就在那里幻灭）
Are you warm, are you real, Mona Lisa
（你有生命吗，你是真人吗，蒙娜丽莎）

皮特那好像变得过大的舌头咬出的词一片含混，可这些词阿宝耳熟能详，每一次听着仍然无法无动于衷。

不过，中过风的老人哼出的旋律却一点不走调，他的嗓子又沙又糙比他的面容还苍老，这些流行了多少年的歌，在被每个时代的失意人唱吗？

"Nat King Cole，我年轻时最红的爵士歌王！"

皮特却用一种孩子气的得意指出，然而，"年轻时"这个词令他有了感触，他沉默片刻，再说话时，声调陡然低沉。

"在纽约唐人街的中国餐馆送外卖那两年，有一对年轻的华人夫妇是老主顾，住在苏荷的loft，好大一间仓库，两万尺都不止，当然，那时的苏荷没有现在这么贵，先生在华尔街上班，妻子做服装还写诗，经常举行party，是个讲浪漫的女子，我一个月至少给他们送一两次外卖，每次去她家，总好像去经历一次奇遇，苏荷的街上常常拥挤着人，反战游行，或者嬉皮士聚会，她家的仓库房空得像一间球场，却满满盛着一个人的歌，Nat King Cole的歌……"

"满满盛着"的形容让阿宝失笑，皮特也笑。

"是女主人的形容，因为那间仓库不仅大，还高，至少有三层楼那么高，很少家具，所以，就像个超大音箱，回声从四面八方罩过来。'是不是像满满盛着，要溢出来了？'她就是这么问我的。"

"Uncle，你爱她！"阿宝突然指出，她看住皮特没有玩笑的意味。

皮特向她摆摆手，举起杯子。

"喝酒喝酒！"发现自己的杯子已空，"你喝，我不喝，当年喝太多，现在只能回味了。"

"是啊，你是在回味'满满盛着'的滋味！"阿宝揶揄道，她让服务生给皮特拿来一瓶气泡水，添了一些水果。夜深十二点，大厅空无客人，阿宝去吧台打发服务生们回家，给自己端来半杯加了冰的威士忌。

看到阿宝手里的威士忌，皮特探究地瞥了她一眼，却欲言又止。

"后来呢，有没有后来，你和她？"阿宝回到位子，继续刚才的话题。

见皮特缓缓摇头，阿宝笑着指指皮特："没有后来，因为你不会告诉她。"

"也没有机会告诉她，她死了，得了忧郁症，吊死在那间仓库。"

阿宝的笑容僵住，她的举着酒杯的手悬在半空。

皮特用手搓了搓脸，仿佛欲搓去不必留下的痕迹，他神情平静。

"你Uncle是粗人，心里不装东西的，那些年的事都忘了，没有想到在这里又听到Nat King的歌，这里呢……过去是我的地盘，现在变成你的了，阿宝你说，人能不相信命运吗？"

阿宝沉吟地点着头，一口接一口喝着杯里的烈酒，皮特近乎赞赏地看着她豪饮，指指吧台："是在这里学会喝酒的吧？"

"自己开店反而不敢喝了，真的Uncle，我已很久不喝了……"阿宝看了看瞬间喝去一半的酒。

"怎么可能，阿宝你这么能喝，我怎么会不知道？我从来没有见过你喝酒呢！"

"您是没有见过，连龙……都没有看见过……"

真奇怪，怎么会说到他，阿宝有些怔忡。

"噢，这么说，结婚前已经是老练的酒客了？"

"二十一岁才可以合法喝酒，您知道那种时候喝得最起劲，跟着一帮本科生进出酒吧喝了多少烂酒啊，那个小地方酒客真不少，结婚后几乎戒酒，前两年又喝上了，我没有自制力，一喝总是喝到醉，孩子们大了，让他们看到多不好，所以一年前开这间店时，我就不喝了，今天，看到 Uncle 太高兴了……"

"Uncle 觉得对不起你……"

"怎么啦 Uncle，说什么对不起？"阿宝爽朗发问，一边用手轻轻晃动杯里的酒，苏格兰威士忌特有的酒香轻撩鼻尖，皮特不由咽了口唾沫。

"当年 Uncle 没有帮到你……"

"您帮了我许多。"阿宝的手按在皮特的手肘上制止道，她微微一笑，"Uncle，许多事不是我们可以努力的，谁犟得过命运呢？喝酒喝酒……"

阿宝似乎忘了皮特手里仅仅是一杯汽水，她举杯与他的杯子相碰，却手一软，杯子一倾，酒泼在桌上，阿宝竟低下头去啜饮桌上的酒，皮特一惊，欲去阻止，却发现她的脸扑在洒着酒的桌面上睡着了。

皮特拿起桌上的纸巾试图垫在阿宝的脸下。

阿宝抬起脸已是次日黎明，脸上粘着沾了酒渍已成絮状的白色纸巾，双眸迷惘，她用手去抹脸上的碎纸，一边惊奇地朝四周看去，好似刚刚意识到自己从昨晚起未曾离开 ONLY BLUE，而此时寂静无人的酒吧间被乳白色的晨曦罩着，看着有点儿陌生。

她觉得口渴，起身有些猛，头晕目眩，她站着定了定神，脚步有些踉跄地朝吧台走去。

她拿了一罐清水一只口杯坐回桌子，这时她才看到桌上有一张纸，纸上压着笔，她拿开笔，读着纸上的字，那些字大而歪扭，满满铺了一纸。

阿宝，我走了，很满足地走了，我又老又病，不再属于这个城市，我今天是来最后看一眼的，没想到遇到你，好亲切呀！

阿宝呀，我真为你高兴看你做得这么好！可是我也看出你心里还有痛，只希望时间可以帮到你，让你的痛越来越轻，越来越轻！

你要保重，代我亲亲孩子们！

你的 Uncle 留字

阿宝从清水罐里倒出满满一杯水，一口一口喝着，就像昨晚一口接一口喝着烈酒。一大颗泪珠从她的眼眶涌出，流淌在她脸上，她只顾喝水，泪水只顾流，越流越猛，好像这水从她的口里进去又从眼睛里流出。

跋

一

我从小长大的街区是过去的法租界，与淮海路相邻。我住的那条弄堂，曾经住满旧俄人家，然后陆续回国。与我家住同一层楼的旧俄女子，我们叫她丽丽，他的丈夫是犹太人，叫"马甲"（沪语发音，也许是迈克的译音？），他曾在淮海路开着一家只有一个门面的珠宝店。但我的父母和邻居一概把他们称为罗宋人。

经过"文革"，这些人或事，有一种隔世的遥远。

白俄当年穷困潦倒，上海人把他们称为罗宋人其实带有歧视。弄堂对面有一家卖油盐酱醋廉价酒的小店，上海人称糟坊，这糟坊每个街区都有。糟坊有高高的木制柜台，很像今日酒吧间的吧台。罗宋男人在糟坊买一两（50克）廉价白酒，斜倚在高高的柜台旁，一条腿是弯曲的，手肘搁在油迹斑斑的台面上，手里握着酒杯，就像靠在吧台旁。这就是罗宋人，喝着劣质酒穿着破西装，有时还小偷小摸，却把糟坊柜台站成了酒吧吧台。那条充满往昔回忆正在衰败的街道，衬着旧俄贵族浪迹天涯的身影，有一股伤感的浪漫，我要到很多年以后才知道，他们正是时代变迁时被放逐的一群，身世故事都是生离死别的大悲哀。

后来上海开了多少间酒吧，好像从来没有看到一个上海男人可以像罗宋男人那般帅气地斜倚在吧台旁喝酒。

因为罗宋人家，我们的走廊终日漂浮着很异国的气味，那是羊牛肉夹杂洋葱和狐臭及香水味。生活困窘的白俄邻居，仍不放弃周末派对。来的多是同胞，他们喝酒放唱片跳舞，然后摔酒瓶打架，歌声变成哭声，一些人互相搀扶着离去。妈妈全部的努力是把我和妹妹阻止在她家房门外一公尺，她不要我们看到这些情景，那样一种放浪形骸跟整个时代的严峻是多么不相称。不过，我也是现在回想当年，才有这样一种惊异，比起那些落魄的白俄流浪者，我父母那一代上海人，才是那个年代更不快乐的人群。

在八〇年代的出国潮中，我那条街区走了太多人。然后，直到二〇〇〇年，我第一次到纽约，几乎每天晚上有电话进来，他们是这十多年来陆续去海外留学或移民的故人，在我那条街区多年不露面的邻居，却在纽约地下铁甚至长岛的小镇上邂逅，其中有一些，家族全部成员都已出来，上海的房子都被没收了。他们已很多年未回去，那一口上海话，有些词语上海已经不用，却让我感受道地的上海气氛，那种在今天的上海正在稀薄的气氛。

多年的美国奋斗，现在的他们都有一份高学历，住在东部或西部郊区的 House，周末时在自己的花园修剪草坪。他们费尽周折远离家园时就希望过这样一种生活，有自己的房子和花园，还要有尊严隐私，不再被暴力威胁并且可以以自己的意愿说"不"的人生。很多人与家人一别十年，甚至失去家庭，就是为了从这样一个人生开始。

以今天上海人的价值观，他们不可谓不成功，但在与他们邂逅的瞬间，我怎么突然记起很久以前的旧俄邻居来？令我感慨的是，比起苏维埃时代的流亡者，今天寄居他乡的上海人的生活，是要优渥稳定得多，可快乐的感觉为何仍然握不住？他们脸上那样一种落寞，是我在美国的任何地区都能辨别的我的同乡特有的神情。

说起上海，他们脸上有一种遥远的憧憬，和一些迫切的小愿望，回忆着只有我们自己懂得，住在同一街区经历过同一时代的人才会有的往事。但我知道他们是不会回去了，他们宁愿一边回忆着自己的城市，一边在他乡漂泊，过去的记忆太深刻了，深刻到成了生命的全部真实，眼前这一个急速变化的上海，却更像个梦幻。

二

约翰·厄普代克曾说："我真的不觉得我是唯一一个会关心

自己前十八年生命体验的作家，海明威珍视那些密歇根故事的程度甚至到了有些夸张的地步。"他认为，作家的生活分成了两半，在你决定以写作为职业的那一刻，你就减弱了对体验的感受力。写作的能力变成了一种盾牌，一种躲藏的方式，可以立时把痛苦转化为甜蜜——而当你年轻时，你是如此无能为力，只能苦苦挣扎，去观察，去感受。

这多少解释了为何我故事里的人物总是带着年少岁月的刻痕。

我的"双城系列"小说《阿飞街女生》《初夜》《另一座城》再版之际，我去走了一趟从小生活的街区，在我住过的弄堂用手机拍了一些照片。奇怪的是，离开这条街区很多年，我竟然没有要去拍一下旧居的念头，事实上，我总是下意识地远离它。

我的这三部长篇，便是以我年少成长的街区为重要场景，更准确地说，是在创作过程中作为虚构世界的背景，在记忆和想象中，它已经从真实世界抽离。因此，在漫长的写作过程中，我曾经试图通过肉身的远离获得精神世界的空间。

我出生时就住的这条弄堂叫"环龙里"，在南昌路上，南昌路从前就叫"环龙路"。"环龙"是法国飞行员的名字，上个世纪初，这位法国飞机员因为飞行表演摔死在上海，这条马路为纪念他而命名。

环龙里的房子建筑风格属新式里弄，有煤气和卫生间，安装了抽水马桶和浴缸（当时上海人称抽水马桶为小卫生，浴缸是大卫生），每层一套，这煤卫设备很具有租界特色，因为传统的上海石库门房子并不安装煤气和卫生设备。

一九四九年前整条弄堂住着白俄人。他们在相邻的淮海路开了一些小商铺，五十年代后逐渐搬迁回欧洲，最后离开应该在六十年代前期，但七十年代仍能在南昌路上看到一位衣裙褴褛的白俄老太太。也有白俄和上海人通婚，我朋友中便有中俄混血的女生。

南昌路曾经不通机动车，马路窄房子矮，法国梧桐站在两边，夏天，便是一条绿色的林荫道，它象征了今日上海渐渐消匿的街区，有最典型的上海市民生活图景。我一位弄堂邻居，八十年代去美国嫁了华人医生，住在山林边高尚社区，夜晚通向她家的车路漆黑一片，路灯开关由她家掌控。她不习惯只见动物不见人的环境，怀念弄堂旺盛的人气，婚后多次换房，从独栋房搬到排屋，再从排屋搬到城中心的公寓房，当然社区的阶层也越来越低，但她并不在乎，后来索性搬回上海。

无疑的，弄堂承载了许多故事，留在记忆里的欢乐多在童年。前些年在美国时，我曾向一位美国医生太太描述弄堂场景：如同公共大客厅的空间，紧密的人际关系，日常里的热闹。她那般羡慕向往，她家住树林边，美景是真，但没有人影。事实上，弄堂这个场景早已远离我自己的生活。

当然，弄堂热闹是表象，童年欢乐很短暂，许多故事渐渐从弄堂深处浮现，或正在发生。

南昌路在七十年代便被本街区人自傲为引领淮海路时尚。

当时的美女没有时装和化妆品，但留在记忆里翩若惊鸿的身姿却让我追怀了很多年，遇上一起长大的旧邻居总要互相打听一番。相近的几条弄堂都有自己的佳丽，风情各异，似乎个个完胜当时电影上的女主角。现在想起来，那时候洗尽铅华的美貌是多么赏心悦目。

群星拱月，可以称为月亮的那一位住在隔壁弄堂，喜欢穿一身蓝，藏蓝棉布裤和罩衫，脚上是黑布鞋，走起路来十分缓慢并盈盈摇摆，有人说她的脚微跛，可女生们却在人背后学她的行姿。她并非一直穿蓝，偶尔也会一套白色，当然是舶来品的白，那份华贵雍容令路人驻足赞叹，那已经是"文革"后，亲戚可以从香港寄来衣物。她是幸运的，没有离开过家，可她的大弟却在黑龙江农场伐木时被倒下的大树当场砸死，她的小弟与我同班。

美女们渐次消失。有一位皮肤雪白性情孤傲，也去了黑龙江。听说她后来是直接从东北坐火车去香港和早已定居在港的母亲会面，初夏她还穿着臃肿的黑棉裤，母亲在罗湖桥抱住她大哭。她弟弟也是我同学，高考恢复后曾报考大学英语系，政审未通过。他不久去了香港，却在那里跳楼自杀。

那些年的某一天我们在上学路上，看见一家屋前簇拥着行人。在临街天井，一位美丽的中年妇人穿着有折痕的旧旗袍，抱着枕头当作舞伴在跳交谊舞。天井留着大字报的残骸，天井的雕花铁栏隔开的窗内，有一位青年的侧影，他正对着墙呆滞地笑着。人们说，这家人家只剩两个疯子了，男主人早已在"文革"初期自杀,接着老婆错乱,后来儿子也傻了。妇人穿着色彩鲜艳的羊毛衫裙子、高跟鞋,手肘上挽着精巧的手袋,在她的已被卸去铁门的天井抱着枕头跳舞。我们不明白的是,她怎么敢穿得这么漂亮?她怎么敢跳舞厅舞?然后又突然意识到她只是个疯子。

那时候,我们常常无聊却无比耐心地站在她的天井前,像观剧一般看着她从房间里换出一套又一套衣服,那些陈旧的也是摩登的衣服。她从房间走出来的时候,就像现在的模特儿从后台出来,而我们的神情却渐渐呆滞,我们比她更像梦游人。

这些年常常离开上海,当我在异国,在另一座城回望自己的城市,感受的并非仅仅是物理上的距离,同时也是生命回望。我正是在彼岸城市,在他乡文化冲击下,获得崭新的视角去眺望自己的城市。故城街区是遥远的过往,是年少岁月的场景,是你曾经渴望逃离的地方,所有的故事都从这里出发。

我在阅读和写作中感悟,唯有通过文学人物,去打捞被时代洪流淹没的个体生命。马塞尔·普鲁斯特早就指出:"真正的生活,最终澄清和发现的生活,为此被充分体验的唯一生活,就是文学。"

二〇一七年三月

图书在版编目（CIP）数据

　　另一座城 / 唐颖著 .— 杭州：浙江文艺出版社，2017.6

　　ISBN 978-7-5339-4897-9

　　Ⅰ．①另… Ⅱ．①唐… Ⅲ．①长篇小说－中国－当代

Ⅳ．① I247.5

　　中国版本图书馆 CIP 数据核字（2017）第 109555 号

策划统筹：曹元勇

责任编辑：吴剑文

封面设计：人马艺术设计·储平

责任印制：吴春娟

另一座城

唐颖　著

出版：浙江文艺出版社

地址：杭州市体育场路 347 号　邮编：310006

网址：www.zjwycbs.cn

经销：浙江省新华书店集团有限公司

印刷：浙江新华数码印务有限公司

开本：880 毫米 ×1230 毫米　1/32

字数：220 千字

印张：11.375

插页：2

版次：2017 年 6 月第 1 版　2017 年 6 月第 1 次印刷

书号：ISBN 978-7-5339-4897-9

定价：35.00 元